유마
도

유마도 柳馬圖

조선 통신사 변박, 버드나무 아래 말을 그리다

초판 1쇄 발행 2017년 10월 30일
    4쇄 발행 2024년 3월 28일

지은이 강남주
펴낸이 강수걸
편집 강나래 이선화 오해은 이소영 이혜정 김성진 송연진
디자인 권문경 조은비
펴낸곳 산지니
등록 2005년 2월 7일 제333-3370000251002005000001호
주소 부산시 해운대구 수영강변대로 140 BCC 626호
전화 051-504-7070 | 팩스 051-507-7543
홈페이지 www.sanzinibook.com
전자우편 sanzini@sanzinibook.com
블로그 http://sanzinibook.tistory.com

ISBN 978-89-6545-444-1 03810

강남주 장편소설

유마도
柳馬圖

조선통신사 변박
버드나무 아래 말을 그리다

산지니

차례

가
마
도
를
찾
아
서

정오가 가깝다. 그런데도 숲에 싸인 절의 사위는 적요 그 자체다. 기다리고 있던 주지 스님은 감감무소식. 주지스님을 모시고 오겠다던 사람마저도 소식이 없다. 신자인지, 관광객인지 알 수 없는 두서너 명씩이 이따금 고양이 걸음으로 창문 밖 마당을 지나간다. 그래도 적요는 그냥 그대로다.

지붕은 창연한 세월의 이끼에 눌려 있지만 절은 꽤 컸다. 본당 앞 흙마당은 비질로 깨끗하다. 불사라도 있는지 징을 쪼아 구멍 난 화강암 큼지막한 것 몇 덩어리가 마당 한쪽에 무질서하게 놓여 있다. 겉으로 보아서는 우리나라의 절과 다른 게 없다.

이렇게 외딴 일본의 절에서 2백여 년 전 조선의 화가, 그것도 변방 동래의 화가였던 변박(卞璞)의 그림이 발견되었다니, 알 수 없는 일이다. 절도 절 나름이지만 그림이 발견된 이 절은 일본 본토에서는 바다를 건너야 하는 시코쿠 섬의 산속에 있다. 조선과의 연고는 찾기 어렵다. 변박은 발걸음도 해본 일 없는 절이다. 이

7

런 절에서 변박의 그림이 발견되었다니 어떻게 된 일일까? 궁금하지 않을 수 없었다.

어느 미술사 학자가 최근 그의 논문에서 변박의 그림이 여기서 발견됐다고 밝혔다. 조선통신사 연구자도 같은 사실을 말했다. 누가 이를 부정할 수 있겠는가. 인정을 하지 않을 수는 없었지만 나는 궁금했다. 어떻게 그 절에 그런 그림이 보관되어 있는지에 대해서.

변박.

그는 부산진순절도와 동래부순절도를 남긴 화가다. 두 그림은 보물 391호와 392호로 지정되어 있다. 그만큼 유명한 그림이다. 동래부사 접왜사도(接倭使圖)도 있고 묵죽도(墨竹圖), 묵매도(墨梅圖)도 있다. 소나무 아래 호랑이가 앉아 있는 송하호도(松下虎圖)는 구경만이라도 했으면 하는 일본인이 수두룩하다. 그렇게 알려진 화가다. 이들 그림 가운데 묵매도, 송하호도, 왜관도 등은 2016년 조선통신사 세계기록유산으로 유네스코에 등재신청까지 되었으니 알 만한 화가가 아닌가.

그러나 미술사에 남긴 그의 발자국은 그다지 선명하지 못했다. 화려한 조명을 받을 수 없었던 것은 오로지 변방의 화가로 살다 갔기 때문인지 모른다.

역대 서화가를 망라해서 펴낸 『근역서화징(槿域書畵徵)』에서도 그의 이름이나 작품은 찾을 수 없다. 『근역서화징』이 어떤 책인가. 애국정신이 몸에 밴 서화가 오세창이 역대 서화가 1,117명을 망라해 1917년에 펴낸 미술사의 중요 자료집이 아닌가. 여기에서도 동래부사 송상현 공의 순절을 그린 변박의 발자국을 찾을 수 없다니, 그렇다면 그는 2백여 년 전 오직 변방에서만 서성거렸던 화가였단 말이 아닌가.

한 예술가의 예술적 평가가 지역에 따라 달라서는 안 된다. 오로지 작품으로 평가되어야 한다. 그래서 나는 비록 『근역서화징』에 들어 있지는 못했지만 변박에 대해서는 의미 있는 주목을 하고 싶었다.

그런 화가 변박을 우연히 한 논문에서 조우하게 되었다. 그 뒤 나는 그를 좀 더 깊이 알고 싶어졌다. 그가 받았던 화가로서의 온당하지 못했던 조명에 대해서도, 또 그의 당대 활동에 대해서도 궁금한 게 자꾸만 늘어났다.

임진왜란의 잔혹함과, 전쟁에서 드러나는 구국충정과 보신주의자의 망동에 이르기까지를 그림을 통해서 펼쳐놓은 장면은 결코 가벼운 것이 아니었다. 그런 화가였던 그가 뜻밖에도 조선통신사 사행선을 타고 선장의 자격으로 일본까지 갔다 왔다. 이 또한 예상 밖이었다. 그랬기 때문에 그에 대한 궁금증과 관심은 더했다.

물론 그는 임란현장의 피비린내를 장렬하게 되살려 낸 화가다. 그뿐 아니다. 산수와 자연까지도 그의 손에서는 실체보다 실감나게 되살아났다. 이름 있는 화가라면 그림에 곁들여 한시 한 줄쯤이야 쓸 수 있어야 한다. 변박은 그랬다. 그는 수준 높은 한시를 서정적이고도 유려하게 구사했다. 채색이면 채색, 묵화면 묵화, 서예면 서예, 어느 것이라고 말할 것 없이 그는 한 시대에 일가를 이룬 화가였다.

자연 속의 사(事)와 물(物)을 깊이 들여다보는 변박의 눈은 예사롭지 않았다. 그런데도 그가 미술사에서 제자리를 찾지 못했다.

아쉬운 일이 아닐 수 없다.

사실 나는 나이 팔십이 되도록 그를 모르고 있었다. 변명 같지만 젊은 날의 나의 관심은 미술사가 아니었기 때문이다. 그래서 그랬는지 모르지만 동래 변방의 화가 변박에 대해서까지 관심을 두지 않았던 것이 사실이었다.

그랬던 내가 정년으로 직장에서 물러난 뒤 시간적 여유가 생겨 역사책에 가끔씩 눈을 돌렸다. 재미있었고 지금껏 몰랐던 새로운 사실들이 의외로 많이 눈에 뜨였다. 변박도 그래서 알게 된 화가였다.

그의 그림이 일본에서 발견됐다는 사실은 그래서 그에 대한 궁금증을 더욱 증폭시켰던 것이다.

변박은 원래 동래부의 장관청에서 일했다. 왜구의 출몰이 잦아 동래는 군사적 요충지였다. 군사와 치안업무를 담당하는 동래부의 장관청이 다른 곳보다 규모가 큰 것도 그래서였다. 변박은 일찍부터 거기서 병기와 병사를 관리하는 그다지 높지 않은 신분이었다.

스무 살도 채 안 돼 나이는 어렸지만 명민하고 부지런한 그는 진작부터 여러 면에서 주위의 주목을 받았다. 시간이 지나면서 윗자리가 비면 부지런한 그는 항상 그 자리를 차지했다. 고속승진을 한 셈이다. 업무에 열심이었고 게으르지 않았으니 당연한 결과라고 주위에서도 그렇게들 생각했다. 거기에다 그는 틈만 나면 손에서 붓을 놓는 일이 없었다. 글공부와 그림공부에도 힘을 쏟는 그를 주위에서는 주목하지 않을 수 없었다. 그런 그가 뜻밖에도 배를 타게 된다.

경험도 없으면서 막중한 책임이 따르는 조선통신사 사행선의 기선장으로서 일본으로 가게 된 것이다. 시화에도 솜씨가 있으니까 문인으로서 문화교류를 위해 가게 됐다면 그렇거니 생각이라도 할 수 있다. 그렇지만 기선장이었으니 뭔가 아귀가 잘 맞지 않았다. 왜 그랬을까.

임진왜란을 겪은 뒤 조선은 일본의 군사동태에 늘 신경을 곤두세우고 있었다. 임란 전에 일본에 보냈던 적탐사를 임란 후에도 보냈다. 장관청 출신 변박이 혹시 신분을 속여 적탐사로 일본에 가게 됐던 것은 아닐까. 아니면 일본의 산수를 그의 화폭에다 담고 싶어 그가 자청해서 선장으로라도 사행단에 끼어 일본에 가려고 했던 것은 아니었을까?

"도대체 그는 누구인가?"

나는 드디어 그의 정체를 본격적으로 살펴보기 시작했다. 그 시작은 학술적인 목적에서 비롯된 인물연구가 아니었다. 어디까지나 그의 변신이 흥미로워서였다. 바람을 타면 연이 하늘로 떠오르듯 한 인물에 대한 흥미가 그의 천착에 부채질을 해 관심이 부풀었던 것이다.

그는 1763년 10월 조선통신사 사행선의 기선장으로서 일본에 갔다가 1764년 8월에 돌아온다. 그 10개월 동안 그는 일본에서 무엇을 했을까. 그리고 일본에 가게 된 직접적 동기는 또 무엇이었을까를 살펴보기 시작한 것이 그에 대한 탐구의 출발이었다.

우선 그와 관련된 일본행차의 기록부터 낱낱이 뒤졌다. 그리고 화가로서 사행기간 동안 그가 남긴 작품이 무엇인가도 살폈다.

그런 과정을 거치는 동안 몰랐던 사실 하나를 알게 되었다. 그는 일본에서 단 몇 점의 그림과 한 편의 한시밖에는 남기지 못하고 돌아왔다는 사실이었다.

그런 그를 알아보기 위하여 그와 관련된 논문을 읽다가 또다시 뜻밖의 사실과 마주쳤다. 일본의 어느 절에서 그의 또 다른 그림 한 점을 보관하고 있다는 사실이었다. 논문은 사행기간 동안에 그가 어디서 그 그림을 그렸는지는 밝혀 놓지 않았다. 그래서 짐작마저 할 수 없는 그런 그림이었다.

다만 그림에는 낙관과 함께 밝혀 놓은 화가명과 완성의 시기인 세시(歲時)가 적혀 있었다. 변박의 낙관이 그 그림을 그린 때를 계산해 보면 언제 그린 것인지를 확실하게 알 수 있게 해준다. 그러나 언제 어떻게 하필 그 절에서 이 그림을 보관하게 되었는지는 알 수가 없었다.

변박이 부산을 떠난 뒤 맨 먼저 도착한 곳이 일본의 대마도였다. 거기서 항해를 계속해 오사카에 이른다. 오사카까지 가는 동안에 그가 머문 곳은 배가 아니면 바닷가 절이었다. 오사카에서부터 에도(지금의 도쿄)까지 가는 동안 머문 곳도 거의 대부분이 절이었다. 절에서 그린 그림과 글씨는 사행원들이 남긴 여행기에 모두 그대로 기록되어 있다.

그런데 어느 기록에서도 발견되지 않은 변박의 그림이 뜻밖에도 그가 지나간 길과는 뚝 떨어진 곳의 절에 보관되어 있다는 것이다. 일본 본토의 남쪽, 시코쿠라는 큰 섬의 산속 호넨지(法然寺)가 그 절이다. 조선통신사가 2백 년 동안 열두 번이나 일본을 오갔지만 아무도 거쳐 간 일이 없는 절이 아닌가.

궁금함은 갑갑함으로 변했다. 그래서 나는 결국 변박이 일본으로 갔던 1763년 출발 사행단의 사행일기를 모두 뒤져보기로 했다. 그래도 궁금증은 하나도 풀리지 않았다. 어떤 단서라도 찾을 수 있을까 하는 생각에서 임진왜란 이후의 사행록을 모두 묶어 펴낸 『해행총재(海行摠載)』 24권을 새로 읽었다. 물론 내용은 재미도 있었다. 그러나 끝내 거기서도 내가 알고 싶은 그림의 의문을 풀어줄 어떤 단서도 찾을 수는 없었다.

호넨지에서 발견된 변박의 그림은 여전히 출처를 알 수 없는 그림 그대로였다.

그렇다면 그 그림은 그가 일본에서 그린 것이 아니라 동래에서 그린 그림이었단 말인가.

그림의 이름은 '유하마도(柳下馬圖)'라고 했다. 버드나무 아래 있는 말을 그린 그림이라는 뜻이다. 조선의 정서가 깃든 그림이 분명하니 어쩌면 조선에서 그린 그림인지도 모른다.

관심이 그렇게 쏠리자 이번에는 변박의 동래 생활을 더듬어 보지 않을 수 없었다.

변박은 생몰연대를 알 수 없는 인물이었다. 당시는 양반이 아니면 사람의 태어나고 죽은 시기에 대해서 꼼꼼히 따지지 않았던 때였으니까 그럴 수도 있었다.

그러나 그의 나이는 대략 짐작할 수 있었다. 그가 일본에서 머물렀던 1764년의 기록이 그 단서를 제공한다. 그때 그는 오사카에서 일본인 관상가를 만났다. 그 관상가는 조선인의 인상을 『한객인상필화』라는 책에다 남겼다. 그 글에서 변박은 대략 스물세

13

살쯤이라고 했다. 그러니 그는 1741년쯤에 태어났다고 봐야 할 것이다.

이제 무명 속에 가려진 그의 진면모를 찾아 오랜 꿈을 깰 시간이다.

이 글은 동래의 화가 '변박'의 삶과
그의 그림 '유마도'를 찾아 떠나는 여행이다.

변박이 스무 살도 채 되기 전의 어느 날이었다. 느닷없이 그는 동래부사 조엄(趙曮) 앞으로 불려 나가게 되었다. 혹시 무슨 잘못은 없었는지 불안했다. 그러나 부사가 변박에게 한 첫 마디는 너무나 뜻밖이었다.

"그림 솜씨가 뛰어나다고 들었다."

"황공하옵니다."

불안했던 변박은 우선 꾸중이나 문책이 아님을 알고 속으로 안도의 한숨을 쉬었다. 그러나 긴장을 풀지는 못했다. 그는 머리를 깊이 숙인 채 가만히 서 있기만 했다.

"그림을 누구에게서 배웠느냐?"

"특별히 배운 바는 없사옵니다."

"그래?"

부사는 놀라는 표정을 지었다. 이 젊은이가 누구에게 특별히 사사한 일도 없이 그림을 잘 그리고 있다니, 소문이 믿어지지 않았다. 자신이 직접 그의 그림을 한번 보고 싶었다.

"그림을 한번 보여 줄 수 있겠느냐?"

"…"

"보여 주는 것보다 여기서 한번 그려 보는 것도 좋겠다. 당장에 그려도 좋고, 마음에 준비가 되면 그때 그려도 좋을 것 같다. 지필 묵은 항상 준비되어 있으니."

변박은 난감한 생각이 들었다. 어느 명이라고 사양이나 거절을 할 수 있겠는가. 그렇다고 당장에 그리기에는 마음의 준비가 전혀 되어 있지 않았다.

"음… 내 부탁이 과한가?"

자문자답이라도 했는지, 부사는 한발 물러서는 것 같았다. 순간 변박의 머리를 스치는 것이 있었다. 부사 앞에서 직접 그림을 그려 그것을 보인다는 것은 자신의 평소실력을 부사에게 각인시킬 수 있는 천재일우의 기회라는 생각이 그것이었다.

"글씨도 잘 쓰고 문장도 좋다고 들었다. 누구의 서체를 쓰고 있느냐?"

"아뢰옵기 황송하오나 아직 특별히 누구의 체라고 내세울 정도가 되지 못하옵니다."

"음…"

부사는 변박이 겸손까지 갖추고 있어 기특하다는 생각까지 들었다.

"당장에 그림을 그리기 힘들면 먼저 한시부터 한 수 적어 보면 어떻겠느냐? 자작이나 다른 누구의 시라도 좋다. 손 풀기도 겸해서."

부사는 변박이 과연 소문대로인지 직접 한번 확인해 보고 싶었다. 평소의 그의 성격으로서는 그다지 높지도 않은 무임직의 재능쯤이라면 다음에 보자며 확인의 기회를 뒤로 미루었을지도 모른다. 그런데도 변박에 대해서는 아직 새파란 무임직이 시서화에 뛰어나다니 당장 그의 솜씨를 한번 보고 싶다는 생각이 그를 자극한 것이었다.

"문재가 부족하여 자작시는 감히 용기를 내기 어렵사옵니다. 송나라 시인 가운데서 시 한 수를 감히 적어 올려도 되겠사옵니까?"

"송나라 시인? 당송팔대가 중? 그래, 누구든 상관있겠나, 어디…."

부사는 힐끗 변박의 손을 보았다. 마디가 굵고 손등도 꺼칠해 보였다. 무인이 송나라 시인의 한시를 쓰겠다니 이 또한 기특한 일이 아닐 수 없었다. 그만큼 기대도 컸다.

"밖에 누구 없느냐?"

부사는 집무실 총신당 옆 휴식공간 독경당에서 밖을 향해 하인을 불렀다. 지필묵을 준비시키고 벼루까지 변박 앞에 준비하게 한 뒤 연적에 물이 가득한지도 확인했다.

사실 변박에게 자작시가 없는 것은 아니었다. 그러나 어느 대감 앞이라고 감히 자작시입네 하고 시를 적어 내보일 수 있겠는가.

글을 쓸 준비가 끝나자 그는 잠시 심호흡을 했다. 그리고 붓을 쥐었다. 길게 펴진 종이를 좌우로 자세히 살펴봤다. 종이의 폭을 확인하고 세로로 몇 글자가 어떻게 들어가야 할지 눈짐작으로 계산을 했다.

붓에 먹물을 먹인 뒤 잠시 숨을 멈췄다가 그는 산(山)이란 글자 하나를 먼저 썼다. 손끝이 떨렸다. 먹물을 듬뿍 먹여 진하게, 그리고 힘 있게 山이란 글자 하나를 먼저 만들어 낸 것이다. 부사는 아무 말 없이 山 자를 유심히 보는 것이 아닌가.

숨을 죽인 뒤 긴장을 풀지 않은 채 변박은 곧이어 山 자 다음에 앞 전(前) 자를 썼다. 山 자가 뭉툭해서 나무들이 없는 산의 형상이었다면 前 자는 좀 가늘어 마치 산 앞에 나무들이 서 있는 듯했다. 부사는 여전히 아무 말 없이 이제 막 써 놓은 글자를 내려다보고 있었다.

변박은 이어 우퇴화(雨褪花)를 앞 글자 산전에 붙여 썼다. 그의 이마에는 땀이 솟았다. 한 자 한 자를 쓸 때마다 유심히 들여다보면서도 부사는 여전히 아무 말이 없었다. 첫 행임이 분명한 다섯 글자를 읽은 뒤 부사는 뭔가를 알았다는 듯 말없이 고개를 끄덕였다.

변박은 쓰기를 이어 갔다. 산전우퇴화 다음에 나온 행은 여방서로목(餘芳棲老木)이었다. 두 번째 행을 읽고 난 부사는 알겠다는 듯 이번에도 가볍게 머리를 끄덕였다. 변박은 붓을 놓지 않고 글쓰기를 계속했다. 권장만고춘(卷藏萬古春)까지 쓴 뒤 그는 붓에 먹물을 가볍게 더 먹였다. 곧이어 귀차일창죽(歸此一窓竹)을 썼다. 오언절구의 사행시를 끝낸 그는 이마에서 땀을 닦았다.

부사는 변박이 지금 쓴 이 시를 운에 맞춰 소리를 내면서 읽었다.

산전우퇴화(山前雨褪花)
여방서로목(餘芳棲老木)
권장만고춘(卷藏萬古春)

귀차일창죽(歸此一窓竹)

"이 시가 누구의 시인고?"

읽기를 끝낸 뒤 부사는 변박을 바라보며 짐짓 물었다. 변박은
운에 맞춰 가며 이 시를 읽을 수 있는 부사가 이 시가 누구의 시
인지를 모를 리가 없을 것이라고 짐작은 했다. 동래부사가 누구
인가. 과거시험을 거친 조선조 최고의 문반이 아닌가. 그렇다면
이 정도는 분명히 알 것이다. 그러나 변박은 부사의 질문에 우물
거리고 있을 수는 없었다.

"예, 송나라의 문장가 여조겸(呂祖謙)의 「명초잡시(明招雜詩)」 네
수 가운데 한 수인 줄 알고 있사옵니다."

"그래, 그렇지…."

부사 조엄의 표정이 화안해졌다. 글을 아는 장관청의 무임직을
발견해서 반가운 것인지, 아는 글을 다시 접하게 되어서 반가운
것인지는 알 수 없는 밝은 표정이었다.

"물론 글의 뜻도 알겠지?"

부사의 목소리는 부드러웠다.

"황공하옵니다."

"어디 뜻을 한번 말해 보게나."

변박은 매우 조심스러워졌다. 자신이 부사에게 시험을 당하고
있는 것이 분명하다는 생각이 들었기 때문이다. 그는 시를 한번
훑어본 뒤 조심스럽게 입을 열었다.

산 앞에 비 내리니 꽃이 시드누나

남은 향기는 고목에서 맴돌며
오랜 봄빛을 깊이 간직하였다가
여기 창가 대나무로 돌아왔구나.

목소리를 낮춰 시의 뜻을 말한 뒤 변박은 부사의 얼굴을 바라
봤다. 부사의 얼굴에서는 기쁨 가득한 표정이 떠돌았고 변박은
그것을 그의 표정에서 읽을 수 있었다.

"이 시를 어디서 익혔느냐?"

"『당송시가집』에도 있습니다만, 저는 신묘년에 일본에 갔다가
돌아온 『조선통신사의 사행록』 속에서 이 시를 발견하고 익혔습
니다."

"신묘년의 조선통신사?"

"그러하옵니다. 왜국에서 봄을 맞은 사신이 창가의 대나무를
보며 고국을 그리워하는 내용을 담고 있어 그 감동에 이 시를 따
로 외웠던 일이 있사옵니다."

부사는 조선통신사라는 말에 새삼 놀랐다. 그리고 변박이 지조
높은 대나무를 생각하며 사행원이 타국에서 쓴 시를 선택해서 써
보인다는 것도 기특했다.

자신도 조선통신사에 대해서는 대략 알고는 있었지만 거의 50
년 전인 신묘년에 사신들이 일본에 건너갔던 것에 대해서 자세히
는 모르고 있었다. 더욱이나 사신들이 왜국에다 이런 시를 남겨
두었다는 것은 더욱 몰랐다. 그런데 휘하의 한갓 무임직에 불과
한 변박이 이런 역사적인 사실까지 꿰뚫고 있으며 문장수업 또한
예사롭지 않으니 실로 놀라지 않을 수가 없었다.

동래는 일본과 접한 지역. 임진년에는 왜군으로부터 피비린내 나는 피해를 입었던 곳이다. 그렇기 때문에 동래부사는 왜국 사정에 정통해야 했다. 그들과의 정상적인 교역이나, 왜국 사신들의 공식적인 응대도 동래부사가 하는 일이었다.

"천총은 왜말도 할 줄 아는가?"

부사는 변박의 이름을 부르지 않았다. 이름 대신 관직명으로 그를 불렀다. 그만큼 그를 대우한 것이었다.

"황송하옵니다. 왜말은 한마디도 할 줄 모릅니다."

"그렇다면 어디서 사행록을 읽을 수 있었던가?"

"진성에 나갔다가 우연히 보게 되었습니다. 명초잡시에서 본 일이 있는 시였기 때문에 기억해 두었을 뿐입니다."

부사는 변박을 새롭게 보지 않을 수가 없었다. 한갓 무임직이 이 정도의 높은 교양을 쌓고 있다는 것은 수령으로서 자랑스럽지 않을 수 없었다.

"그림도 한번 보고 싶구나. 다음에 한번 그려 보여주게나. 내가 성 안에 있을 때는 언제라도 좋아."

부사 앞을 황황히 물러선 변박은 얼얼한 생각을 간추렸다. 한 시를 먼저 써서 부사에게 보이길 잘했다는 생각이 들었다. 한시를 잘 아는 그에게 여조겸의 시를 망설임 없이 적어 보여 부사가 호감을 갖게 된 것이 변박으로서는 크게 다행스러운 일이었다.

다음은 그림을 그릴 차례. 부사가 지켜보는 자리에서 제대로만 그려 보일 수 있게 된다면 시서화에 대한 인정은 분명하게 받게 될 것이다. 그렇다면? 자신의 신분상승의 길도 열릴 수 있지 않을까 하는 기대도 가슴에서 요동쳤다.

반상의 계급이 뚜렷한 세상에서 중인의 끝자락이나 농사짓는 상민의 앞자락 어디쯤에서 서성이는 자신이 양반이 된다는 것은 구우일모다. 장관청에서 천총의 직분으로 일하고 있으니 부러워하는 사람도 있기는 하다. 그렇지만 그는 나라에서 봉록을 받으니 겨우 상민의 턱을 넘어선 정도일 뿐이다.

　변박의 무임직은 무과에 급제한 선조로부터 세습 받은 것이 아니었다. 그때는 사내 셋이 모이면 제 성을 가진 사내는 한 명 정도뿐인 세상이었다. 상민들이 더 많이 우글거리는 그런 세상에서 그는 변씨 성 덕에 종9품이라도 간신히 얻게 된 것이다. 성이 있는 집안 후손이기 때문이었다. 그러나 양반, 중인, 상민, 천민 가운데 그는 오직 상민 계급의 앞자리에 서 있는 정도였다.

　글을 잘 알고, 문장을 잘 구사하고, 좋은 그림을 그릴 수 있어도, 또 아무리 운필이 아름다워도 그것이 신분상승에 직접 도움이 되지는 않는다. 그를 이끌어 주는 이른바 힘 있고 높은 자리에 있는 양반이 없으면 아무런 쓸모없는 개인의 유희에 불과했다. 과거의 문과에는 응시할 기회마저 주어지지 않아 출세에는 도움도 되지 않는 어중간이 문사가 되기 알맞은 정도일 뿐이었다.

　변박은 그런 사정을 잘 알고 있었다. 먹물이 머리에 가득하기에 그런 사정을 더욱 훤하게 알면서도 항상 갈증에서 벗어나지 못하고 있었다. 오매불망 신분상승을 꿈꾸던 그가 드디어 동래부사 조엄의 눈에 띈 것이다. 그에게는 어쩌면 이 일이 천재일우의 기회가 될 수도 있지 않겠는가. 가슴이 뛰지 않을 수 없었다.

　간절하면 이루어진다던가.

　며칠 뒤 그는 부사의 휴식공간인 독경당으로 다시 불려 갔다.

"복잡하고 시간도 많이 걸리지 않았으면 좋겠다. 오늘은 어떤 그림이든지 간단하게 솜씨를 보일 수 있는 것을 한번 그려 보면 어떻겠느냐?"

부사의 용건은 단도직입적이었다. 변박의 대답에도 군더더기가 있을 수 없었다.

"예, 소나무를 그려 보겠사옵니다."

손에 익지도 않은 까다로운 그림이라도 그려 보라고 하면 어쩌나 은근히 걱정했던 터다. 그에게는 매난국죽 그리고 소나무는 수없이 그렸던 화재다. 뿐만 아니라 부사가 머잖아 부를 것 같아 며칠 사이에 손에 익도록 미리 그려 본 소재들이었다. 매난국죽보다는 조금 까다롭다고 할 수도 있는 소나무를 선택한 것은 너무 평범한 것을 살짝 피해 본 것이다.

"소나무? 좋지. 사시상청(四時常靑)이라, 선비의 정신 같아 나도 좋아하는 소재로다."

부사는 평소에도 소나무를 좋아했던 모양이다. 머릿속에서 소나무를 그려 보기라도 하듯 부사는 짐짓 기대가 부풀어 오른 것 같았다. 다행이었다.

"지난번 글씨는 대나무와 관계 있는 것이었지. 오늘은 소나무라, 높은 절개에 관심이 많은 것 같군…."

부사는 나름 해석하고 혼자 중얼거렸다.

변박은 언제나 그림을 그릴 때 하는 버릇 그대로 화선지를 펴고 손바닥으로 그것을 쓰다듬어 보았다. 명주 천과도 같이 부드러운 화지의 촉감이 손바닥을 스쳤다. 평소 자신이 연습해 왔던 것과는 천양지판이다. 부드럽고 좋았다. 벼루에는 누군가가 이미 먹을 갈아 놓았다. 벼루의 가장자리가 약간 마른 것 같아 변박은 직접 물을 조금 더 부었다. 붓을 들자 이번에도 손끝이 떨렸다. 부사가 곁에서 내려다보고 있었다.

그는 벼루 옆에 놓여 있는 파지에다 붓끝을 눌러 붓을 골랐다. 족제비 털인지 쥐의 털인지 붓끝 역시 부드럽고 순하다. 지금껏 자신이 연습하던 붓과는 너무 달라 그게 오히려 불편할 것 같았다. 붓을 든 채 그는 버릇대로 속으로 길게 한 번 호흡을 했다.

"연적에도 물이 가득하고 옆에 있는 그릇에도 물이 더 준비되어 있으며 붓도 그 곁에 더 있으니 그것으로는 농담을 조절하면 되지 않겠느냐?"

부사는 변박의 생각을 깨알같이 읽고 있었다. 그림을 숱하게 그려 본 사람이 아니라면 화가의 머릿속에라도 들어갔다 나온 사람 같았다.

변박은 붓을 벼루 위에서 굴리며 다시 먹물의 농담을 조절했다. 그러고는 붓을 조심스레 놓고 다른 붓에도 물을 먹였다. 그림을 그릴 화지를 내려다보면서 마음을 다스린 뒤 서서히 그 위로 붓을 옮겼다.

먼저 세로로 길게 펴 놓은 화지의 화폭 아래쪽에서부터 천천히, 그리고 가늘게 위로 선을 그었다. 외줄로 그은 선은 연해서 부분적으로는 보일락 말락 했다. 그 선을 중심으로 줄기에 붙어 있는 껍질의 형상이 음영을 나타내며 요철 모양으로 시각에 잡히기 시작했다. 그것은 둥치에 엉겨붙은 것 같았으나 그렇다고 그렇게 큰 나무 같아 보이지도 않았다.

둥치부터 서서히 모습이 드러났다. 위로 올라가면서 잔가지의 색깔은 점점 여릿해졌다. 바로 그 여릿한 어름에서 짙고 옅게 섞인 잔가지가 형체를 드러내기 시작했다. 그 위에는 군데군데 잎이 덮였다. 농담이 섞여 가며 가지와 잎이 하늘 사이로 하늘거렸다.

밑그림이라도 그려 두었던 듯 변박의 그다음 붓놀림에는 전혀 거침이 없었다. 부사는 옆에서 기척을 죽이고 그림이 완성되어가는 것을 지켜보고 있었다.

드디어 하늘 한쪽을 가린 소나무가 허공을 헤치며 나타났다. 둥치에는 용의 비늘처럼 송피가 붙었다. 수백 년 된 소나무 같지도 않았고 황새가 내려앉는 것도 보이지 않았지만 세월을 감고 있어 자태가 수월했다. 오른쪽 여백에서는 삽상한 바람이 지나고 있었다.

"듣던 대로야. 대단하군…."

부사는 감탄인지 칭찬인지 알 수 없게 낮은 목소리로 짧게 한 마디했다.

"왼쪽 빈 공간에다 낙관을 하면 좋겠는데, 낙관은 하지 않을 셈인가?"

"송구합니다. 준비가 되지 않았습니다."

"음, 그러면 낙관도 하게나. 좋은 그림 하나 갖고 싶기도 하고…."

변박은 귀를 의심했다. 겨우 천총에 불과한 자신의 그림을 부사가 갖고 싶어 하다니, 그건 영광이 아닐 수 없었다. 거기에다 '좋은 그림'이라고 말하니 더욱 놀라운 일이 아닌가.

"예, 분부대로 하겠습니다."

변박은 붓을 든 김에 소나무 그림의 왼쪽 여백에다가 술재(述

齋)라는 자신의 호를 짧게, 그리고 가늘게 썼다. 그 아래에는 자신이 그림을 그렸다는 뜻의 사(寫) 자도 함께 썼다. 술재 변박이 그린 그림임을 확실히 한 것이다.

"호가 술재인가?"

"송구합니다. 그렇게 쓰고 있습니다."

부사 앞에서 물러나자 그는 큰 짐 하나를 내려놓은 것처럼 홀가분한 기분이 되었다. 쇠는 뜨거울 때 때리라고 부사가 흡족해할 때 당장 낙관을 쳐야겠다는 생각을 했다.

그런 일이 있고 난 뒤 동래에서 제일가는 화가는 변박이라는 소문이 파상을 이루며 온 동네에 퍼져 나갔다. 그러나 정작 자신을 유명하게 만들어 준 부사는 그다음부터는 만날 기회가 없었다. 자신의 낮은 신분이 가장 큰 이유였을지 모른다. 물론 동래부사라는 자리가 변박을 불러 그림이나 그리게 하고 그것을 보며 감탄하고 있을 정도로 한가한 자리도 아니지만.

동래부 관할구역은 굴곡이 심하고 해안선이 길었다. 수군을 지휘하는 수사가 있긴 했지만 동래부사가 왜구의 노략질에 대해서는 최고 책임자였다. 그래서 늘 긴장해야만 했다. 또 공식적인 일본과의 대응은 모두 동래부사의 몫이었다. 그만큼 동래부사 자리는 바쁘고도 중요한 자리였다.

장관청에서 일하는 변박으로서는 부사의 그런 나날을 잘 알고 있었다. 그래서 언젠가 한가한 시간이 나면 다시 불러 줄 것으로 믿고는 있었다. 그러나 다시 그를 불러서 그림을 그리게 하고 글씨를 쓰게 하는 기회는 오지 않았다.

뒤에 알게 되었지만 그러는 사이 조엄은 이조 참의로 승진을 했었다. 능력을 평가받은 것이다. 그리고 뒤이어 조엄은 다시 경상도 관찰사로 자리를 옮겼다. 승승장구였다. 그러나 변박은 어쩐지 깃털 뽑힌 새가 된 것 같았다.

그때는 남자가 열여섯 살이 되면 호패를 찼다. 성인으로 대접을 받는 나이에 이르렀기 때문이었다. 그 나이가 되면 나라의 공공사업에 동원되어 공역을 맡아야 했다. 세금도 내고 공무도 맡을 수 있었다.

워낙에 부지런하고 여러 재능이 있던 변박은 호패를 차게 된 뒤이내 동래부에서 일을 할 수 있게 되었다. 그가 천민이 아니라 상민이었던 데도 이유가 있었지만, 군역에 나가기보다 일찍 장관청에 들어가 천총이나 행수의 자리에까지 오르게 된 것은 이와 같은 그의 성실함과 업무처리의 탁월함 때문이었다.

조엄 부사가 경상도 관찰사로 떠난 뒤 변박은 은근히 실망이 컸다. 그러나 주위에서 그런 눈치를 채지는 못했다. 설사 눈치를 챘다고 하더라도 남의 일은 사흘뿐, 변박 자신도 이내 마음을 다잡으며 그런 생각을 털어 냈다. 그는 오직 자기 일에 열심이었고 다시 글공부 그림공부에도 힘을 쏟았다. 평상심을 찾으려고 애썼던 것이다.

관찰사는 언젠가 동래부를 순시할 것이다. 그때면 자신을 찾을지 모른다. 그런 날이 왔으면 하고 기대하면서 그는 오로지 시서화의 정진에 힘을 쏟았다.

경상도 관찰사의 감영은 대구에 있었다. 동래와는 그다지 먼 곳도 아니었다. 거기에다 후임 동래부사도 비중에 버금가게 모든 일을 잘하고 있었다. 그래서 그런지 관찰사가 다른 곳의 바쁜 일들을 제쳐놓고 동래에 온다는 소식은 감감했다.

경상도 관찰사는 병마절도사와 수군절도사를 겸하고 있었다. 육지를 방어하는 경상좌병사와 바다를 지키는 경상좌수사는 당연히 휘하였다. 그 외에도 산과 바다를 지키는 진이 여럿 있었다. 모두 경상도 관찰사의 휘하였다. 그런데도 그는 관할구역이 넓어 내륙지의 만호, 찰방까지 챙기기에 언제나 바빴다.

부임 초기가 지나면 언젠가 관찰사를 만날 수 있겠지 기대했지만 좀체로 그런 기회가 오지 않았다.

그런 어느 날, 조엄 동래부사의 후임자인 홍명한 부사가 변박을 불렀다. 뜻밖이었다. 왜 부사가 자신을 부를까 생각하면서 변박은 잔뜩 긴장하여 홍명한 부사 앞에 섰다.

"부산진순절도와 동래부순절도를 본 일이 있느냐?"

"예, 얼마 전이긴 합니다만, 본 일이 있사옵니다."

"그래 어떻더냐?"

"사뢰옵기는 황송하오나 오래되어서 좀 낡은 것 같았사옵니다."

"그래, 벌써 51년 전 숙종대왕 35년 때 권이진 동래부사께서 화공을 시켜 그렸던 것이야. 이제는 색이 바랬어. 그리고 그림도 뛰어나지 않은 것 같고."

변박은 홍명한 부사의 말을 묵묵히 듣고만 있었다.

"이제 그것을 다시 그렸으면 해."

그 말을 듣고서야 변박은 부사가 자신을 부른 이유를 알았다.

"동래에서는 천총의 그림 솜씨를 덮을 사람이 없다고 들었다. 그래서 불렀으니, 정성을 다해서 두 그림을 보면서 다시 한번 그때의 순절 장면을 그려 보면 어떻겠느냐?"

부사는 변박의 의견을 물었다. 그러나 내용은 명령이었다. 변박은 내심 또 한번 그림 솜씨를 보일 수 있는 좋은 기회가 왔다는 생각이 들었다.

"안락서원에다 그림을 그릴 수 있는 방을 이미 마련해 두었다. 그릴 수 있는 준비는 다 해 두라고 했으니 좋은 그림을 한번 그려 보거라."

부사 앞을 물러난 변박은 속으로 쾌재를 불렀다. 그러나 다른 한편으로는 걱정이 앞섰다. 안락서원에서 봤던 동래부순절도와 부산진순절도는 보통 그림과는 달랐다. 역사적 사실을 기록화로 그린 매우 중요한 그림이었기 때문이다. 과연 자신이 그보다 더 잘 그릴 수 있을까? 걱정이 앞섰다.

그가 지금까지 그린 그림은 주로 매난국죽이나 산수화 중심이었다. 동래부순절도나 부산진순절도는 그런 그림과는 종류가 달랐다. 비록 원작품을 보고 그리는 임화에 다름 아니지만 두 그림은 전쟁화여서 지금까지 그가 그려온 그림과는 성격이 달랐다. 따라서 기법도 다르지 않으면 안 되었다.

부사 앞을 물러나온 변박은 곧장 안락서원으로 향했다. 동래부에서 안락서원은 거기서 거기였다. 먼저 원화인 부산진순절도와 동래부순절도를 다시 한 번 요모조모 꼼꼼하게 살펴보기 위해서였다.

"말씀 들었습니다."

안락서원에 도착하자 아전은 기다리기라도 했던 것처럼 그를 반겼다. 하던 일을 멈춘 뒤 그는 그림이 걸린 곳까지 변박을 안내해 주었다.

"당장에라도 그릴 수 있도록 준비는 다 되어 있습니다."

"우선 두 순절도부터 천천히 한번 봅시다. 그리고 어떻게 그려야 잘 그릴 수 있을지도 한번 생각해 보고."

벽에는 부산진순절도와 동래부순절도가 전에 봤던 그 자리에 그대로 나란히 걸려 있었다. 그러나 오래된 그림이어서 전처럼 먼지도 그대로 끼어 있었고 역시 후줄근해 보였다. 그림을 보는 순간 이 그림을 그리게 한 51년 전 권이진 부사의 높은 뜻이 파장을 일으키며 변박의 가슴에 와닿는 것 같았다.

그림 앞에는 준비된 비단이 놓여 있다. 그는 약간 망설였다. 그러다가 조심스럽게 비단을 펼쳐 봤다. 눈짐작으로 세로는 다섯 자가 될락 말락 해 보였고 가로는 세 자가 될락 말락 해 보였다. 벽에 붙은 그림과 넓이가 비슷했다. 붓과 물감까지 준비되어 있어 당장에라도 먹을 갈고 물감을 풀어 그림을 그리면 될 것 같았다.

변박은 꼼꼼하게 그림을 들여다봤다.

부산진순절도는 임진년 4월 13일과 14일의 이틀에 걸친 부산진성 싸움의 처절함이 새롭게 가슴을 저미는 그림이었다. 그림의 오른편 중단에는 성곽이 있고, 왜병이 반달형으로 겹겹이 에워싼 성곽 속에서 검은 갑옷 차림의 정발 장군이 죽기를 결심한 수비병들과 함께 저항하고 있다. 거기에다 맞은편에서도 무장한 왜병과 왜선들까지 공략을 위해 빈틈없이 화면을 가득 메우고 있다. 그림만 봐도 전력의 격차를 금방 알 수 있었다.

변박은 전에 이 그림을 볼 때와는 또 다르게 정발장군의 최후가 머릿속에서 되살아났다. 그는 동래부순절도 쪽으로 눈길을 옮겼다. 부산진성이 무너진 하루 뒤인 4월 15일, 동래부사 송상현 공이 동래성에서 왜적과 싸우다 순절하는 장면을 그린 그림이다.

그림의 크기는 부산진순절도와 같았다. 역시 비단 바탕에 채색이었으나 색은 꽤 낡았다. 그림은 볼수록 가슴에서 치밀어 오르는 분노를 느끼게 했다. 전쟁의 엄중함과 나라를 위한 병사의 책무가 어떤 것인가를 새삼 깊이 생각하게 했다.

동래성 역시 부산진성처럼 왜병이 겹겹으로 둘러싸고 있었다. 성안의 시민들까지 돌과 깨진 기와로 왜군을 공격하고 있었다. 싸움이 절정에 이르렀을 때 붉은 조복을 입은 송상현 부사는 북쪽 임금이 있는 방향을 향하여 스스로 최후를 고한다. 조감법으로 그린 이 그림은 동래성 북쪽이 무너지고 왜병이 난입하자 전쟁을 지휘해야 할 경상좌병사 이각이 병사 몇몇을 데리고 산속으로 도망치는 장면까지 생생하게 그려져 있었다.

안락서원을 나서는 변박의 심정은 착잡했다. 어느 시대나 그렇듯 나라를 지키기 위해 목숨을 초개처럼 던지는 사람이 있다. 그런가 하면 자신의 안위만 생각하고 반역하고 도망치는 비겁자도 있다. 임진년 전쟁이 더욱 그랬다. 임금까지 줏대 없이 궁궐을 비운 채 줄행랑을 치는 바람에 나라가 쑥대밭이 되지 않았던가. 그림은 그와 같은 충, 불충이 역사의 심판을 받는 자료가 되어야 한다는 생각이 그의 머리를 스쳤다.

변박은 이튿날부터 붓을 들었다. 조엄 부사 앞에서 소나무를 그릴 때와는 다른 마음으로 저항하는 백성과, 심지어 기생의 참전 모습까지도 생생하게 그리려고 안간힘을 다했다. 그러나 170여 년 전 전투장면을 그림으로 재현한다는 것은 그렇게 쉬운 일

33

은 아니었다.

많은 것을 한 장의 화본에 다 넣기는 어려웠다. 원근법을 제대로 따른다면 멀리 보이는 장면은 담을 수가 없었다. 구도를 손질할 수밖에 없었다. 결국 새가 위에서 아래를 내려다보는 것처럼 조감법을 사용해서 그리는 방법을 택했다.

붓을 든 첫날, 주위가 어둑해지기 전까지 그는 그림에 매달렸다. 홍명한 부사는 날이 저물어 어두워져도 그림을 그릴 수 있도록 화실에 등잔불까지 마련하는 세심한 배려를 잊지 않았다. 그렇지만 변박은 사방이 어두워지자 붓을 놓았다. 그림에 채색이 바로 먹히도록 하기 위해서는 자연 채광이 더 좋을 것 같아서였다. 그림이 완성되는 순간까지 그는 낮 동안은 매일 그림에 매달려 있었다.

그림이 완성되던 날, 홍명한 부사는 그림을 보기 위하여 직접 안락서원까지 찾아왔다. 그는 꼼꼼히 여기저기 그림을 한참 살펴본 뒤 한동안 입을 닫고 가만히 서 있었다.

"한 폭의 그림이 깊은 참호와 높은 성담과 굳은 갑옷과 날카로운 병기보다 훨씬 나은 것이라 하겠다."

감격에 찬 목소리였다. 떨리는 듯한 이 한마디는 변박의 모골을 송연하게 했다. 부사는 곁에서 누가 듣거나 말거나 상관없이 혼자 이렇게 한마디 하고 난 뒤, 그 자리에 선 채 다시 그림을 차근차근 보았다.

"그림을 누구에게서 사사했는가?"

"특별히 사사한 바가 없습니다."

"그래?"

의외라고 생각한 것 같았다. 홍명한 부사의 표정을 보던 변박은 문득 조엄 부사를 머리에 떠올렸다. 불과 얼마 전 조엄 부사에게 듣던 질문과 꼭 같은 질문을 들었고 꼭 같은 대답을 했으며 꼭 같은 반응을 보았기 때문이다.

"음, 그렇다면 뛰어난 재질을 타고난 게로구나."

역시 조엄 부사에게서 듣던 말과 같았다.

"이 순절도를 보는 사람은 누구나 나라의 방패가 되겠다는 생각을 하지 않을 수 없을 것이로다. 변박은 소문대로 뛰어난 화원이로다. 이 그림을 소홀히 다루지 말고 귀히 보존하며 보는 이 누구나 임진란을 잊지 않도록 해야 할 것이로다."

홍명한 부사는 변박을 크게 칭찬했다. 그리고 부산진순절도와 동래부순절도를 안락서원에서 영원히 보관하고 후세에 전하며 백성들이 임진왜란의 비극을 잊지 않도록 하라고 당부했다.

이 그림을 그린 뒤 변박의 명성은 동래성 성문을 넘었다. 동래부 전역 어디라 할 것 없이 그 명성이 출렁거렸다. 부산진순절도와 동래부순절도를 그린 뒤 그는 동래에서 누구와도 비할 수 없는 화가로서의 단단한 위치를 굳히게 되었다. 안락서원에는 두 그림을 구경하기 위한 구경꾼들이 계속 모여들었다. 전에 없었던 일이었다.

조엄 부사 앞에서 시를 짓고 그림을 그렸을 때 이미 변박을 알 만한 사람들은 다 그가 누구인지를 알았다. 그러나 이번은 그 정도가 달랐다. 그에 대한 소문은 바람 만난 구름이었다. 거기에는 나라 사랑하는 사람의 모습까지 곁들어 있었다.

그런데도 정작 변박 자신은 부산진순절도와 동래부순절도를 그린 뒤 그 그림이 만족스럽지 않았다. 유연성을 잃은 직선과 곡선, 빨간색을 너무 많이 쓴 것, 원근법을 무시하고 조감법으로 그림을 그린 것들이 마음에 들지 않았던 것이다.

붓 한 자루로 매난국죽을 그릴 때, 그는 붓과 하나가 된 채 선의 움직임에 실려 몰아지경에 빠졌다. 음영을 마음껏 구사한 한 그루 소나무를 그리기 위해 농담에 변화를 자유롭게 주면서 붓을 놀릴 때는 검은색이 빚어내는 조화의 삼매경에 빠졌다. 심지어 소나무 아래 앉아 있는 조선 호랑이를 그릴 때도 호랑이 등의 털까지 계산하면서 그리던 것에 비하면 자신의 이번 그림은 규격품만 같았다. 그만큼 정신이 녹아들지 않은 것 같아 만족감이 덜했다.

그런 생각이 자신을 옥죄는 날이면 그는 종종 밤을 밝혔다. 낮에는 일터인 장관청에서, 그러나 밤에는 서실에서 주경야독하는 심정으로 오로지 글 쓰고 그림 그리는 일에 매달렸다. 종전에 비해 달라진 것이 있다면 그림에 자신의 혼을 녹여 넣는 것이었다.

주경야독이 계속되던 어느 날, 조엄 경상도 관찰사가 그에게 내린 명령이 날아들었다. 너무나 뜻밖이었다. 명령의 내용보다 관찰사의 명령 그 자체를 믿기가 어려웠다. 그에게 내려진 명령 내용은 극히 간단했고 단순했다. 즉시 경상좌수영으로 가서 현지의 지시를 받으라는 것뿐이었다.

관찰사의 명령. 자신에게만 내려진 전례도 없고 까닭도 밝히지 않은 이상한 명령이었다. 변박은 도무지 영문을 헤아릴 수 없었다. 그동안 은근히 조엄 관찰사의 소식이 궁금하긴 했던 터다. 그러나 막상 명령은 받았지만 반가운 내용인지 걱정해야 할 내용인지 갈피가 잡히지 않았다. 즉시 좌수영으로 가라는 내용뿐이어서 그저 의아하기만 했다.

어떻든 변박은 관찰사의 명령을 따르지 않을 수 없었다. 어느 명이라고 거스르겠는가. 그러나 그에게는 봉양해야 하는 아버지가 있었다. 병약한 어머니가 있었고 아직 나이 어린 동생도 두 명이나 있었다.

그런 그가 좌수영으로 불려간다면 수군이 되는 것밖에 따로 할 일이 무엇이 있겠는가. 장관청에서 하는 일과 좌수영에서 해야 할 일은 같은 군사업무라고 해도 그 내용은 서로 다르다. 그렇다고 경험 없는 일이라면서 꽁무니를 뺄 수도 없지 않은가. 생각할수록 관찰사의 명령은 이해가 되지 않았고 속뜻을 알 수가 없었다.

명령에 따라 만약 좌수영에서 수군이 된다면 병선이라도 타게 될지 모른다. 그렇게 된다면 가족과 떨어져야 하니까 그 역시 그에게는 이만저만한 걱정이 아니었다.

물론 수군이 된다고 해도 일 년 내내 병선만 타는 것은 아니었다. 그렇지만 자신의 생활근거지는 좌수영이 될 수밖에 없게 된다. 가족과 떨어져서 생활하게 된다면 아무래도 대책이 있어야 할 것 같았다. 그렇다고 당장에 가족 모두가 농토를 버리고 수영만 어딘가로 옮겨 살기도 쉬운 일은 아니다.

다시 생각을 가다듬어 보았다. 아무리 생각을 해도 결론은 마찬가지였다. 그림을 그리도록 하기 위해서 조엄 관찰사가 자신을 좌수영으로 보내는 것 같지는 않았다. 우선 환경 자체가 좌수영은 동래와는 너무나 판이하지 않은가.

좌수영은 동래현 안에 있는 수군 병영이다. 임란이 있던 해 남촌으로 옮겼다가 가만이포로 다시 옮겼으나 그곳은 왜인의 눈에 자주 뜨여 또다시 동래 남촌으로 옮겼다. 남촌은 원래 자그마한 어촌이었다. 수군의 진영이 있어 수영이라고 지명이 바뀐 곳이다. 그곳에서는 문사들을 만나고 어울리기는 힘들 것이 뻔했다.

이런저런 생각을 하던 변박은 수군이 되든 농사를 짓든 명령대로 우선 수영진으로 가 보기로 했다.

'아전을 만나면 다 알 수 있다고 했으니, 가 보면 알겠지…'

그는 가족에게 이 사실을 알렸다. 그리고 경우에 따라서는 좌수영이 있는 남촌의 어딘가로 이사를 해야 할 일이 있을지도 모른다고 했다.

이튿날 아침, 변박은 동래성을 일찍 떠났다. 날씨도 춥지 않아 일이 끝나는 대로 일찍 되돌아올 요량이었다. 챙긴 짐이란 아주 간단했다. 주먹밥 두 개와 노자 몇 푼, 그리고 허리에 찬 수건 한 장이 전부였다.

동래천을 따라 내려오다가 왼쪽으로 돌아 수영천 쪽으로 방향을 잡았다. 개천가에는 곱게 물들었던 영산홍도 이미 시들어 보이지 않았다. 대신 물가에는 버들강아지 새 순이 습기 머금은 아침 바람에 꽃술을 말리며 피어날 준비를 하고 있었다.

물길 따라 이어지는 사람들의 발자국 터는 그의 초행길을 어렵지 않게 했다. 높은 곳도 낮은 곳도 없어 힘들지도 않았다. 등이 촉촉할 정도로 열심히 걸었지만 날씨는 상쾌했다. 걸으면서도 그는 좌수영에 가서 무엇을 해야 할 것인지가 사뭇 궁금했다.

좌수영에는 생각보다 일찍 당도했다. 변박은 영 안으로 바로 들어가려다가 말고 걸음을 멈췄다. 우선 듣기만 했던 좌수영이 어떻게 생겼는지 성 밖을 먼저 한 바퀴 둘러보기로 했다. 영 앞 바닷가에는 병선이 계류되어 있었다. 크고 작은 병선은 50척은 넘을 것 같지만 이 역시 전쟁이 없으니 한가로워 보였다. 계류장 옆에는 병선을 새로 건조하거나 수리하는 시설도 있었다. 그러나 이곳 역시 사람의 그림자도 눈에 띄지 않았다.

진영의 바깥 둘레는 어림짐작으로 오 리는 넘고 십 리는 덜 될 것 같았다. 벽의 높이는 사람 키보다는 훨씬 더 높았다. 동문 앞에서 시작해 서문과 남문, 북문 등 영의 바깥을 한 바퀴 휘 둘러본 뒤 그는 중문으로 와서 안으로 들어섰다. 들어서자 본영 중앙에서 영의 집사를 맡은 장관청 건물을 비롯, 관아시설들이 눈앞으로 들이닥쳤다.

분위기는 경상좌도 수군절도사영답게 적당한 무게감을 주었다. 그러나 영의 무게감과는 어울리지 않게 저쪽 마당가에서 뚜껑을 열어놓은 우물이 하품을 하고 있는 모습이 눈에 들어왔다. 난리가 없어 그런지 영내는 조용하기만 했다. 동헌에 들어섰다.

"동래성에서 온 변박이올시다."

아전에게 자신이 도착했음을 알렸다. 인기척에도 모른 척 서류를 뒤적이고 있던 아전이 변박이라는 말을 듣자 벌떡 일어섰다. 마치 기다리기라도 했다는 듯 반색을 하였다.

"아, 오셨네요. 오늘쯤은 오실 줄 알았습니다."

그러면서 그는 한 눈으로 변박의 아래위를 주욱 훑었다.

"서장과 문서는 준비해 두었습니다. 서장을 가지고 즉시 경상우수영이 있는 통영진으로 가시면 됩니다."

"경상우수영요?"

경상우수영이라니, 변박은 귀를 의심했다.

"그렇습니다. 모르셨습니까?"

아전이 오히려 의아한 표정을 지었다.

경상우수영은 듣기는 했지만 변박에게는 생소한 곳이다. 이 뜻밖의 소식에 엉거주춤 서 있는 변박에게 아전이 다시 말했다.

"경상도 감영에서 하달된 명령은 천총께서 오시면 서장과 함께 즉시 통영진으로 가시도록 하라는 것이었고 그 밖에는 우리도 아는 것이 없습니다. 가시면 모든 연락이 되어 있는 줄 알고 있습니다. 오늘 저녁은 여기서 주무시고 내일 아침 일찍 떠나셔도 됩니다."

경상도 감영에서 하달된 명령이라면 조엄 관찰사가 내린 명령임에 틀림없다. 그러나 아전은 정작 관찰사에 대해서는 한마디 말도 없었다.

"내일 아침에 떠나신다면 함께 갈 사람이 몇 명 있어서 심심하지는 않으실 겁니다."

"그 사람들은 뭘 하는 사람들이죠?"

"저도 자세히는 모릅니다. 주로 배를 타는 사람들인 줄 알고 있을 뿐입니다. 모두 감영으로부터 내려온 명령을 받고 떠나는 사람들입니다."

"그 사람들은 지금 어디 있죠?"

"연락이 갔으니 아마 오늘 중으로 모두 다 도착할 것입니다. 천총께서는 내일 떠나셔도 좋고 안 되면 모레 떠나셔도 괜찮을 것으로 알고 있습니다."

"관찰사 대감은 언제 여기에 오시나요?"

"관찰사 대감요?"

"예."

"그건 우리도 모릅니다. 규찰을 하실 때도 사전에 우리가 알게 되는 일은 잘 없으니까요. 그리고 관찰사께서 여기는 잘 오시지도 않습니다."

변박은 그걸 몰라서 물은 것이 아니었다. 조엄 관찰사가 언제 여기로 오게 되어 있냐는 물음이었다. 그런데 아전의 말을 듣자니 변박의 질문과 무엇이 어긋나 있는 느낌이었다.

"나를 경상우수영으로 가라고 한 명령은 조엄 관찰사께서 내린 게 아니었습니까?"

이번에는 아전이 의아스러운 표정을 지었다.

"명령을 내린 분은 경상도 관찰사 대감이 아니라 조엄 대감입니다. 조엄 대감은 얼마 전 조선통신사 정사로 자리를 옮기셨습니다. 정사 대감의 명령전달만 경상도 감영에서 맡아 한 것인 줄 압니다."

변박은 그 말을 듣고 새삼 놀랐다. 그리고 일의 전말을 비로소 알 수 있었다. 조엄 관찰사가 자신도 모르는 사이에 이번에는 조선통신사 정사가 된 것이다.

"안으로 안내를 해드릴까요?"

"괜찮습니다."

변박은 아전의 말을 듣는 순간 사태의 전모를 단번에 알 수 있었다. 조엄 정사가 자신을 곁에 두려고 했음이 분명했다. 그런데도 불구하고 그는 자신에 관한 일이 이렇게까지 진척된 것을 까맣게 모르고 있었다.

그는 영 안으로 들어가지 않았다. 생각도 정리할 겸 우선 영 밖으로 나왔다. 바다가 보이는 쪽을 향한 길가 바위에 걸터앉아 지금까지의 일을 정리하며 어떻게 하는 것이 좋을지를 생각했다. 뭔가 빨리 결정하지 않으면 안 될 것 같아 갑자기 쫓기는 기분이 들었다.

무엇보다도 먼저 결정해야 할 일이 가느냐 마느냐였다. 간다면? 가족문제부터 해결하지 않으면 안 된다. 또 있다. 경상우수영으로 가서 자신이 해야 할 일이 무엇이냐는 것도 알아야 할 것 같았다. 수군의 어떤 자리가 주어지더라도 자신은 배를 타 본 일이 없다. 물론 거기서 그림을 그리고 있게 할 리도 만무하다.

조엄 관찰사가 조선통신사 정사가 되기 바쁘게 자신을 경상우수영 통제영으로 보내다니, 이상했다. 생각을 거듭해도 역시 알 수 없는 일이다. 공연히 마음만 조급해졌다. 왜 가야 하는지, 언제까지 가야 하는지, 가서 뭘 할 것인지, 얼마나 있어야 하는지, 좌수영에서는 아무것도 알 수가 없어 답답하기만 했다.

그러나 결론은 역시 '어느 명령이라고 어길 수 있겠느냐'였다. 그렇다면 가긴 가야 할 것 같았다. 가 보면 사정을 알 수 있을 것이다. 아무럼 조엄 정사가 앞뒤를 다 생각해 보고 한 일이겠지, 그런 생각을 하니 뭔가 마음이 좀 놓이는 것도 같았다.

조엄 정사가 동래부사로 있을 때의 일이 새삼 머리를 스쳤다. 그가 명초잡시를 외워 썼을 때의 일이었다. 어디서 그 한시를 익혔느냐고 물었을 때 신묘년 조선통신사 사행록에서 읽은 일이 있다는 대답을 했었다. 정사는 그런 일 때문에 조선통신사 정사가 되자 자신을 조선통신사와 연관시켰을지도 모른다는 생각이 들었다.

어떻든 그는 늦어도 내일은 경상우수영으로 가야겠다고 마음을 먹었다. 그렇게 마음을 굳히자 당장 집으로 달려가서 부모에게 이 일을 알려야겠다는 생각이 들었다. 뭔가 준비할 것이 있으면 준비하고 가족을 위한 대책도 세워야 한다는 생각을 하니 마음이 바빠졌다. 되돌아갈 때는 바쁜 마음에 길가의 꽃도 보이지 않았고 새소리도 들리지 않았다.

집에 도착한 변박은 아버지에게 우수영에 가게 됐다고 알렸다. 돌아올 때까지 농사문제 등 생계대책도 논의했다. 경상우수영에서 보내야 할 기간이 그렇게 길지는 않을 것 같다는 것도 이야기했다.

그런 이야기를 한다고 변박은 밤을 통째로 새웠다. 새벽에는 옷가지와 함께 종이와 붓과 벼루도 챙겨 괴나리봇짐에 넣었다. 그리고 짚신도 두 켤레 멜끈에 달아 먼 여행을 위한 채비를 했다.

날이 밝자 부모에게 하직을 고한 뒤 그는 집을 나섰다. 전날 갔던 길을 따라 다시 좌수영으로 바쁘게 발걸음을 옮겼다. 다리가 뻐근했고 피곤했지만 발걸음을 늦추거나 중간에 쉬지도 않았다. 우수영으로 갈 사람이 또 있다니 다행한 일이 아닌가. 먼 길 가는데 길동무가 있다는 것은 얼마나 마음 놓이는 일인가.

춘분, 곡우도 한참 지나서인지 해는 길어졌다. 보리이삭이 이른 아침 바람결에 물결치는 것을 보면서 그는 일행과 함께 좌수영을 떠났다.

정오가 채 되지 않았다. 경상우수영이 있는 통영진으로 함께 갈 사람들 몇 명이 대열을 이뤘다. 모두들 건장하고 자신보다 걷기를 잘했다. 대부분이 배를 탄 경험이 있는 사람들이었다. 그들은 사행선 선원이 되기 위해 뱃일을 익히려고 우수영으로 가게 됐다고 했다.

변박은 그들과 함께 중간 객사 어딘가에서 하룻밤을 묵었다. 날이 뿌옇게 밝아오자 다시 우수영으로 향했다. 길 안내는 다대

포 근처에서 살아 중간 지리에 밝은 사람이 맡았다. 그는 지름길도 알았고 나루를 건너는 곳이 어딘지도 훤했다. 그는 쉬지 않고 걸어도 해가 떨어지기 전에 우수영에 당도하기는 어렵다고 했다. 가다가 저물면 주막에서 하루를 더 묵을 수밖에 없으니 너무 서두르지 말자고 했다. 체력을 안배하자는 말이었다.

안골포를 지나 나루터를 건너자 주막이 나타났다. 거기서 얼마를 쉬고 난 뒤 일행은 다시 걷기를 계속했다. 해가 뉘였거렸다. 모두들 중간에서 하룻밤을 더 묵기로 했다. 경상우수영 통영진이 멀지 않은 곳 같았다.

밤에는 탁주잔 위에 안골포가 화제로 올랐다. 안골포는 임진년 7월 이순신 장군이 왜군 병선 42척을 격파한 대첩지였다. 그러나 술에 약하고 피곤한 지친 사람들은 탁주도, 주고 받는 이야기도 다 관심 밖이었다. 곁에 앉아 꾸벅거리다가 이내 머리를 박고 잠에 골아 떨어졌다.

일행은 이튿날 아침부터 다시 걷기를 시작했다. 얼마 지나지 않아 모두는 경상우수영에 도착할 수 있었다. 우수영은 좌수영과는 달랐다. 우수영은 임진란을 겪으면서 경상, 전라, 충청 수군절도사를 통합지휘하는 삼도수군통제영으로 바뀌기 전의 옛 이름이었다. 삼도 수군을 지휘했던 통제영은 우선 우람한 건물의 외모와 그 규모부터 위엄이 가득했다.

경상우수영은 원래 한산에 있었다. 임진란을 치르고 이순신 장군이 삼도수군통제사가 되면서 통제영을 새로 짓고 섬에서 이 자리로 옮긴 것이다.

그 위치가 참으로 절묘했다. 서툰 사람의 눈으로 봐도 그랬다.

군사를 훈련시키고 출병시키며 병선을 관리하기에는 더없이 좋은 배산임해의 비탈에 터를 잡고 있었다. 그것도 자연이 방벽을 이루어 적이 공격하기 어려운 오목한 만 안의 산기슭에서 영은 앞바다를 내려다보고 있었다.

와서 비로소 알게 되었지만, 통제영에는 군사목적의 세병관이나 군선이 머무르는 계선장, 객사만 있는 것이 아니었다. 12공방도 딸려 있었다. 12공방, 동래성 안에 있는 공방과는 규모와 기능의 차이가 대단한 군수시설의 부속 기구였다. 여기서 뭔가를 익혀 혹시 자신을 동래성이나 좌수영에서 일하게 할 것이 아닌가 하는 생각도 들었다.

그런 생각 때문에 그는 도착하자 12공방부터 자세히 살펴봤다. 그리고 이내 실망했다. 칠기 공방과 같은 것은 그림과 전혀 무관하지는 않았지만, 자신과 같은 화원이 그림 그리고 글 쓰면서 할 수 있는 일은 눈에 띄지 않았다.

12공방은 그야말로 무엇을 만드는 방이 12개 있다는 뜻이었다. 가령, 상자를 만드는 상자방도 있었고, 철물과 병기를 다루는 야장방, 놋쇠를 다루는 주석방, 화살통을 만드는 통개방과 부채를 만드는 선자방도 있었으며 망건이나 탕건을 만드는 총방까지도 있었다.

그 가운데 눈에 뜨이는 것이 있다면 그것은 지도와 수조도, 의장용 장식화를 그리는 화원방이었다. 그러나 아무리 생각해도 화원방에서 그림을 그리게 하기 위해서 조엄 정사가 자신을 이곳에서 일하게 했을 리는 없을 것 같았다.

우수영까지 와서 생각해도 정사가 자신을 이곳까지 보낸 속뜻을 헤아릴 수가 없었다. 거기에다 너무 급작스럽게 오게 되어 누구에게도 자신의 문제를 물어볼 수도 없었다. 궁금증을 안은 채 시간이 지나 밤이 되자 피곤이 물에 젖은 이불처럼 빈박을 무겁게 눌렀다.

'정사께서 아무 생각 없이 여기까지 보내시기야 했을라구….'

정사에 대한 믿음이 그의 궁금증을 다독여 주기는 했다. 믿음. 그가 무조건 정사를 믿기로 아주 딱 작심을 하고 나니 다른 큰 생각 없이 잠자리에도 들 수 있었다.

이튿날, 날이 새자 그는 이곳도 자신이 계속 일할 곳이 아님을 알게 되었다. 그가 가야 할 종착지, 있어야 할 곳은 이미 정해져 있었다. 통제영이나 12공방이 아니라 통제영의 서쪽에 있는 협수로 건너 산양섬의 선소가 그가 가야 할 곳이었다.

선소란 선박을 수리하거나 건조하는 곳이다. 산양섬에는 큰 선소와 작은 선소가 있다고 했다. 그가 가게 되어 있는 곳은 배를 새로 모으는 큰 선소였다.

어떻든 가는 데까지 가 보자. 그러나 선소 역시 자신과는 연관성이 있는 곳은 아니란 생각이 들었다. 배라고는 한 번도 고쳐 본 일도, 타 본 일도 없었기 때문이다. 그런 자신이 선소로 가게 되다니, 처음부터 끝까지 모두가 궁금증 투성이었다.

선소는 통영진에서 걸어서도 멀지 않았다. 남쪽으로 한 마장쯤 가서 협수로를 건너니 산양섬의 선소가 나타났다. 물살 빠른 협수로를 건너 서쪽으로 돌자 바로 거기였다.

바다 기슭을 비스듬히 물고 있는 선소는 상당히 넓은 공간이었다. 한쪽 빈터에는 두꺼운 소나무 판자가 수북하게 쌓여 있었다.

그 곁의 직선과 곡선의 통나무들도 함께 눈에 잡혔다. 이곳이 배를 건조하는 곳, 한창 작업이 진행 중이라는 것도 한눈에 알 수 있었다.

작업장 안쪽 나지막한 산 아래에는 간이 숙소가 있었다. 숙소 한쪽 가장자리에는 커다란 가마솥이 몇 개 걸려 있는 것도 보였다. 모두들 여기서 먹고 자면서 일하는 것이 분명했다.

끌질을 하는 사람, 대패질을 하는 사람들이 차양막도 없는 햇볕 아래서 땀을 흘리고 있었다. 그 가운데 서서 일을 하고 있던 한 사람이 변박을 보고는 곁으로 오면서 금방 누군지 알아차렸다는 듯 말을 걸었다.

"좌수영에서 오신…."

"그렇소이다. 우수영 객사를 떠나 지금 오는 길이올시다."

"오늘 오실 줄 알고 있었습니다. 느즈막하게 오실 줄 알았습니다만, 먼 길에 수고가 많았습니다. 우선 더우실 테니 등물부터 좀 하시고 오늘은 푹 쉬시는 것도 좋겠습니다."

변박에게 피곤할 테니 쉬라고 말할 수도 있는 것으로 봐 지위가 있는 사람 같았다. 마디 굵은 손, 까맣게 그을린 얼굴빛이 만만찮은 그의 이력을 말해 주고 있었다. 그러나 그가 누구이며 구체적으로 어떤 지위에 있는지는 알 수가 없었다.

"저는 여기서 일하고 있는 도목수입니다. 가끔 도편수라고 부르는 사람도 있죠. 우리는 지금 통신사 사행선 네 척을 바쁘게 건조하고 있는 중입니다. 자세한 이야기는 천천히 하기로 하고, 우선 땀이라도 좀 닦으면서 한숨 돌리십시오."

변박이 궁금해하는 것이 무엇인지 알기라도 하는 듯 그는 자기

소개를 겸해서 말을 걸었다. 변박은 선소의 책임자를 먼저 만나고 싶었다.

"이 선소의 책임자는 어디 계시는지요?"

"선소는 우수영의 우수사가 책임자지만 지금 여기서 하고 있는 일의 책임은 제가 지고 있습니다. 뭐든지 궁금한 게 있으면 제게 말씀하시면 되겠습니다."

깎지 않은 수염이 그의 입 주위를 잡초처럼 덮고 있다. 그러나 말씨는 점잖았고 나이도 있어 보였다.

"그런데 제가 여기서 해야 할 일은 어떤 것인지요?"

변박은 앞뒤 가리지 않고 가장 궁금한 일부터 단도직입적으로 먼저 물었다.

"지금 당장에는 하실 일이 별로 없습니다. 여기서 배 모으는 것을 구경하시면 되고, 하시고 싶으면 목수들이 하는 일을 좀 도와주셔도 됩니다."

"그게 제가 여기서 할 일 전부입니까?"

그는 그냥 웃었다. 그것이 대답 같기도 하고 아닌 것 같기도 했다. 역시 무슨 일로 여기에 오게 된 것인지 그는 아직도 알 수가 없었다.

"먼 길을 오시느라고 수고하셨으니 오늘은 편하게 좀 쉬시지요. 사행선을 건조하는 것을 지켜보시는 것이 제일 중요한 일이니 그렇게 아시면 됩니다. 그리고 편한 마음으로 쉬고 계시면 저녁 식사 때 여기서 일하는 목수들을 소개해 올리겠습니다. 그러면 저는…."

도목수는 목수 한 사람을 불러 변박을 숙소로 안내하라고 일렀다. 그리고 자신은 고개를 숙여 가볍게 인사를 한 뒤 목수들 속으로 향했다.

선소의 한쪽 평지에 두꺼운 소나무 판자가 수북이 쌓여 있는 것으로 보아 배를 모으기 위한 준비는 이미 끝낸 것이 분명했다. 배의 저판 뼈대와 용골돌기용 목재는 머리띠를 질끈 동여맨 일꾼들이 톱질을 하고 있거나 거기에다 끌질을 하거나 대패질을 하고 있었다.

숙소는 공사장 안쪽 후미진 곳, 제대로 쉬지도 않았는데 날이 저물기도 전에 취사당번이 벌써 저녁 식사를 준비하는 것 같았다. 굴뚝에서 올라오는 흰색 연기를 보자 변박은 갑자기 허기가 들었다.

저녁 식사시간은 생각보다 빨라 아직 해가 이울기도 전에 밥자리가 펴졌다.

"우리가 기다리던 변박 기선장께서 오늘 도착했습니다. 아는 사람도 있겠지만 원래는 동래성 장관청의 천총이십니다."

식사가 끝나자 도목수는 일하는 사람을 모두 한자리에 모이게 해 변박을 이렇게 소개했다. 그러나 좌수영에서 함께 온 다른 사람들에 대해서는 별 다른 소개를 하지 않았다.

변박은 이 자리에서 비로소 자신이 기선장임을 알게 되었다. 그러나 그는 기선장이 구체적으로 무슨 일을 하는 사람인지도 모른 채 여기까지 오게 된 것이었다. 모두들 그의 어리둥절함과는 상관없이 반가운 표정으로 그를 맞았다.

기선장이 무엇을 하는 자리인지, 구체적으로 어떤 일을 하기 위해서 조엄 정사가 자신을 바쁘게 여기까지 보냈는지를 알기까지는 그러나 그다지 많은 시간이 필요하지는 않았다.

이곳 선소에서는 얼마 전부터 도목수의 말처럼 통신사 사행선 네 척을 새로 건조하기 시작했다. 그 가운데 세 척은 정사선, 부사선, 종사관선이었다. 이 세 척을 기선이라고 불렀다. 그리고 나머지 한 척은 주로 짐을 싣는 선박인데 복선이라고 불렀다.

조선통신사 사행선 선단은 모두 여섯 척으로 짜여 있었다. 이곳 선소에서 건조하지 않는 나머지 복선 두 척은 좌수영 선소에서 건조하기로 되어 있었다.

조정에서 조선통신사를 계미년(1763년)에 왜국으로 보내기로 결정한 것은 출발 2년 전이었다. 처음 정사로 결정되었던 사람은 경상도 관찰사 조엄이 아니었다. 그러나 정사로 결정된 사람이 어머니의 중병으로 갈 수 없게 되자 중간에 경상도 관찰사 조엄이 조선통신사 정사로 갑자기 바뀌게 되었다. 그가 일본에 대해서 많은 것을 알기 때문이었다.

16년 전 무신년에 통신사가 일본으로 건너갈 때도 사행선은 모두 새로 건조했었다. 조정에서는 이번에도 사행선을 모두 새로 건조하기로 한 것이다.

갑자기 정사로 임명된 조엄은 출발 준비에 매우 바빴다. 그런 가운데서도 변박을 생각해 냈다. 그는 신묘년의 조선통신사 파견을 알고 있었고 문무를 겸한 인재였기에 곁에 두고 싶었던 것이다. 그러나 변박에게 알맞은 자리를 주어 그를 일본으로 데리고 갈 수는 없었다. 정사인 자신을 비롯해서 부사와 종사관, 제술관, 서기, 역관, 사자관, 화원, 의원 등은 조정에서 임명하기 때문에 그를 화원의 자격으로는 데리고 갈 수는 없었다.

정사가 현지에서 마음대로 채용할 수 있는 사람은 사행선의 선장과 격군이라고 부르는 사공, 허드렛일을 하는 잡역부, 자신을 돕는 소동, 경비 담당자 등 모두 합쳐 3백 명 정도였다. 조엄 정사는 그래서 변박을 사행선의 기선장으로 일본에 데리고 가기로 하고 바쁜 대로 자신이 경상도 관찰사로 있던 대구 감영을 통해 변박에게 이 사실을 통보하도록 했던 것이다.

사정이 이렇게 되었으니 변박이 자신의 문제에 대한 구체적인 내용을 모를 수밖에 없었다. 그렇던 것을 이곳 선소에 와서야 비로소 모든 것을 알게 되었다.

정사는 짧은 기간 동안에 우선 사행선 건조도 서두르지 않으면 안 되었다. 또 왜국에 갔던 사신들이 어떤 일을 했는지도 살펴봐야 했다. 거기에다 전체 5백 명에 이르는 사행단 구성에도 관여하지 않으면 안 되었다.

사행선 건조는 경험이 있는 좌수영과 우수영에 대부분 의존할 수밖에 없었다. 그런데도 정사는 출발 준비를 위해서 한양과 좌수영 사이를 부지런히 오가야 했다. 그야말로 눈코 뜰 사이가 없을 정도로 바쁘기만 했다.

막상 변박을 데려가려고 마음을 정했지만 그는 항해에 대해서 아는 것이 아무것도 없었다. 그런 사실을 알게 된 조엄 정사는 하루라도 빨리 그를 사행선의 건조현장으로 보내기로 했다. 그에게 선박구조를 이해시키기고 항해술을 익힐 수 있도록 하기 위해서였다.

같은 군사업무이긴 했지만 수군과는 전혀 다른 업무를 취급해

온 동래부 장관청 출신. 신묘년 사행 때의 사행록 속에서 여조겸의 「명초잡시」를 발견해 기억하고 있던 무임직. 그럼까지 수준 이상으로 그리던 그를 기억 속에 각인해 두었던 것 외에 사실 조엄 정사가 그를 특별히 챙겨야 할 이유는 따로 없었다.

그런데도 갑자기 그가 생각났던 것이다. 변박 정도로 글을 아는 적당한 기선장을 찾기도 쉽지 않았다. 사행단이 일본으로 출발하기까지는 상당히 긴 시간이 있기 때문에 그동안에 그에게 배를 익히게 한다면 영리한 그는 기선장으로서 제 몫을 할 수 있을 것이라는 믿음이 갔다. 그래서 그를 일본에 데려가기로 마음을 굳혔던 것이다.

동래부와 좌수영이 조엄 정사의 지시에 따라 변박을 우수영 선소까지 보내도록 절차를 협의하게 된 전말을 변박이 알 수는 없었다. 설혹 누군가가 그런 사실을 알았다고 해도 변박에게 구구하게 설명하거나 납득시킬 사람도 없었다.

저녁식사가 끝난 뒤 도목수와 변박은 별도로 만났다. 한잔하며 이런저런 이야기를 나눌 수 있는 기회였다. 이런저런 이야기라고는 하지만 대부분이 선소에서 하는 일에 대해서였다. 변박은 이곳에서 자신이 해야 할 일을 구체적으로 알게 되자 새삼 의아한 생각이 들었다. 배를 타는 사람으로 완전히 변신하지 않으면 안 될 것 같아서였다.

배는 고장이 날 수도 있다. 고장이 어디서 났는지를 제일 먼저 알아야 할 사람이 선장이다. 그래야 고치는 일을 지휘할 수 있다. 변박이 배를 모으는 첫 단계부터 견학을 하기 위해서 여기 온 것은 배의 구조를 확실히 익혀야 했기 때문이다. 가령 배 밑창에서 물이 샐 때는 밑창의 어디에서 어떤 이유로 새는지 알아야 했다. 그래야 무슨 판자로 어떻게 고쳐 막아야 하는지 문제에 대응할 수 있기 때문이다.

"구경만 하면 되는 일이라면 어려운 일은 아니겠군요."

술기운에 기대서 변박은 가볍게 한마디 던졌다.

"그렇지 않습니다. 보면서 배우는 일도 쉽지만은 않습니다. 그리고 그것이 끝이 아닙니다."

"그러면 또 무엇을 해야 합니까?"

"배 모으는 일이 끝나면 새로 모은 배가 이상이 있는지 없는지 실제로 배를 타 봐야 합니다. 산양섬, 매물섬, 저 욕지섬까지 돌면서 배가 균형이 잘 잡히는지, 바람을 잘 타는지, 방향은 제대로 잘 잡히는지, 노 젓는 일에는 문제가 없는지 하나하나 꼼꼼하게 짚어 봐야 하고요. 이 일도 기선장으로서는 아주 중요한 일이며 신경 쓰이는 일이지요."

"이 일은 누가 합니까? 그리고 누가 자세히 가르쳐 주나요?"

"물론 처음에는 노련한 사공이 합니다. 그러나 첫 단계가 지나면 그다음 단계는 기선장께서 도맡아서 그 모든 일을 다 하셔야 합니다. 그래야 배를 마음대로 조종할 수 있게 되고 험한 왜국으로 갈 수도 있게 되니까요?"

"제 혼자의 힘으로 배를 직접 끌고요?"

"그렇습니다. 처음에는 정사선, 부사선이 앞서지요. 그 사행선의 기선장들은 다 노련한 사공 출신이에요. 그다음 얼마쯤 지나면 자연스럽게 종사관의 기선장께서도 익숙하게 될 겁니다. 그동안 배에서 익힌 기술을 그대로 쓰실 수 있게 되니까요."

변박은 술이 깨는 것 같았다.

"그렇게 어려운 일은 아닙니다. 다른 사람들도 그랬고 몇 달만 열심히 연습하면 다 잘하실 수 있게 될 것입니다."

변박은 밤에 잠을 제대로 이룰 수가 없었다. 술도 좀 마셨고 먼 길에 몸도 지쳤지만 화가가 아니라 선장으로 운명이 바뀐다는 생각을 하니 마신 술까지 깨는 것 같았다. 밤이 깊을수록 정신은 오히려 초롱초롱해졌다.

자신을 아끼고 발탁해 준 정사의 깊은 뜻은 고맙다는 말로써는 다 표현할 수 없을 것 같았다. 그러나 운명이 이토록 완전히 바뀌어야 한다는 것을 생각하면 그는 잠 속으로 편안하게 풀려 들 수가 없었다.

지금까지의 그의 삶은 매일 일정한 시간 병기를 손질하고 잡무를 처리하는 것이었다. 그 일이 끝나면 그림도 그리고 글씨도 쓰면서 살았다. 또 때로는 좋은 시를 읽고 감탄하면서 사는 삶이 그의 마음을 풍족하게 했다. 그런 삶을 바다 위로 옮겨 살아야 한다니 어찌 잠 속으로 쉽게 풀려 들 수 있겠는가.

그렇지만 여기까지 왔는데 어쩌겠는가. 그는 잠자리에서 계속 뒤척이면서 생각하고 또 생각했다. 어차피 주어진 일 최선을 다해 보자는 쪽으로 마음이 조금씩 옮겨 갔다. 새로운 일을 하면서도 자신이 꾸었던 꿈을 꿀 수 있는 길은 있지 않겠나. 이런저런 방법을 생각하면서 돌아눕고 또 돌아눕고는 했다.

이튿날 아침 그는 나른한 몸을 이끌고 일찌감치 목수들과 섞였다. 이때는 이미 새로운 인생을 시작한다는 단단한 각오를 하고 난 뒤였다. 구경꾼이 되어서는 안 되겠고 심부름꾼이라도 되어 일에 뛰어들어야겠다고 마음을 단단히 먹었다. 그러나 배에 대해서 아는 것이라고는 하나도 없었다. 목수들과 어울린다는 것이 일을 거들어 주기는커녕 오히려 어정잡이가 끼어들어 일을 방해하는 꼴이나 되지 않을까 걱정스러웠다.

일찍 작업장으로 나서기는 했지만 자연히 어정쩡할 수밖에 없었다. 그런 변박을 도목수는 반가운 표정으로 맞았다. 일머리를 몰라 어정거리듯 하는 그를 도목수는 쌓아 놓은 판자 쪽으로 데리고 갔다. 그리고 판자 아래에서 두툼한 종이 한 묶음을 끄집어냈다. 표지에는 세로로 '사행선 도설'이라고 쓴 붓글씨가 눈에 들어왔다. 그 비스듬한 왼쪽 아래에는 좀 작은 글씨로 '도설 감정절목'이라고 쓰인 글씨도 보였다. 사행선의 설계도였다.

"조선통신사의 사행선은 모두 이 도설에 따라 건조되고 있습니다. 절목을 자세히 보면 어느 곳에는 얼마나 두꺼운 나무판자를 얼마나 넓게, 또 두껍게 쓰는지, 어떤 곳에는 무슨 못을 어떻게 쳐야 하는지 아주 자세하게 알 수가 있습니다. 이 도설을 먼저 봐두는 것도 좋을 것 같습니다."

도목수가 보여 주는 도설에는 작업의 단계마다 그림까지 자세하게 그려져 있었다.

"임진란 때 이순신 장군 휘하의 나대용 군관 지시에 따라 거북선도 이런 도설대로 건조됐습니다."

변박은 나대용이 누군지 몰랐다. 그냥 이순신 장군의 지시에 따라 거북선 건조를 지휘한 사람 정도로만 생각하면서 물었다.

"이 도설대로 사행선 한 척을 모으는 데는 얼마나 걸릴까요?"

"하기 나름이지요. 나무가 잘 건조되어 있고, 목수들이 일을 제대로 한다면 목수의 수에 따라 한 서너 달 정도면 몇 척이고 관계 없이 배 모으기는 가능합니다. 나대용 군관의 계획대로 건조한 거북선은 반년쯤 걸렸고요"

"나대용 군관도 도목수였나요?"

변박은 나대용이 도대체 누군지 궁금했다. 도목수는 간단하게 나대용에 대해서 설명해 줬다.

나대용은 임진왜란 때 전라좌수영 군관이었다. 이순신 장군 휘하에서 전함을 담당했고, 거북선을 개발해 옥포해전, 당항포해전, 사천해전, 명량해전 등에 참전했다. 특히 125명의 격군이 타야 했던 판옥선 대신 42명으로도 달릴 수 있으며 창으로 무장한 배를 개발해 혁혁한 전공을 세웠던 사람이다. 거북선 건조의 설계도를 상세히 설명한 도설을 남겨 뒷날 군선을 건조할 때 이 도설이 교과서의 역할을 하도록 했던 장본인이기도 하다.

"임진란에 대비했던 선소는 이곳 외에도 바닷가 여러 곳에 있습니다. 그러나 그런 선소의 대부분은 큰 배를 모으기보다는 대부분 고장나거나 부서진 배를 수리했습니다."

그는 도목수의 말에 따라 그늘로 자리를 옮겨 도설을 폈다. 오전 중에는 도설을 살펴본다고 시간을 거의 다 보냈다.

배의 밑바닥이 무엇에 부딪쳐도 충격에 견디게 하는 용골돌기의 중요성도 도설에서 배웠다. 사람 같으면 척추와도 같은 이 용골돌기는 자연스럽게 휘어진 소나무를 통째로 사용하거나 가지를 이용한 통나무를 그대로 사용해야 견고하다는 것은 그가 지금껏 생각지도 못했던 지식이었다.

배의 바닥을 이루는 저판은 두꺼운 소나무 판자가 좋고, 좌판과 우판은 저판보다는 얇은 판자라도 좋다는 것, 그러나 옹이 박힌 솔꽹이 판자는 절대로 쓰면 안 된다는 것도 확실하게 배워 알게 되었다.

도설을 자세히 살펴본 변박은 목수들이 지금 무슨 일을 하고 있는지 작업하는 것만 보고도 감을 잡을 수 있었다. 사행선의 선재로는 주로 소나무를 썼다. 그것은 다른 나무를 쓰는 것보다 선체가 견고하기 때문이었다. 삼나무로 만드는 왜국의 병선과 맞부딪쳐도 거북선의 손상이 거의 없었던 것은 견고한 우리 소나무 덕이었다.

사행선 한 척을 모으는 데는 쇠로 만든 대못 외에도 단단한 나무로 만든 못 천여 개, 대로 만든 못 천여 개가 들었다. 변박으로서는 상상 밖이었다. 거기에다 생각도 못했던 송진 덩어리도 7천여 개나 필요했다. 그뿐 아니었다. 배 모으는 데는 쓸모없는 편백나무 껍질도 필요했다. 배의 저판이나 측판의 물막이에 없어서는 안 되는 것이었기 때문이다.

변박은 우선 가장 손쉬운 일부터 돕기로 하고 대나무를 결에 따라 쪼개기 시작했다. 볕에 잘 말려진 것으로 대나무 못을 만들기 위해서였다. 그러나 이 간단한 일도 결코 쉬운 게 아니었다. 대나무 껍질을 쪼갤 때 수없이 손에 상처를 입어야 했기 때문이다.

그의 손바닥은 두꺼운 멍석처럼 되어 갔다. 굳은살은 손바닥을 온통 뒤덮었다. 그러나 그는 그런 과정을 통해서 배의 모습이 드러나는 것에 감탄하며 배의 구조를 철저하게 익혔다.

시간이 지나자 사행선의 모습은 점점 뚜렷해졌다. 정사선은 길이가 95.7척(약 30m), 저판의 길이도 71.25척(약 20.5m)이나 되었다. 길이가 113척이나 되는 거북선에 비하면 약간 작았지만, 정사선의 위용이 놀라웠다. 부사선과 종사관선은 겉으로 보기에는 정사선과 크기가 같아 보였지만 실제는 약간 작았다.

사행선이 모양을 갖추어 가는 과정이 변박에게는 자못 흥미로 웠다. 자신이 끌고 다닐 배라는 생각을 하니 더욱 그랬다. 뱃전에다 난간을 붙이고 갑판에는 전망석도 만드는 것이 신기했다. 거기에다 주방까지 만든다는 것은 엉뚱하다는 생각이 들 정도였다.

큰 돛대와 작은 돛대가 배의 갑판 중간과 앞쪽에 세워졌다. 이로써 배를 모으는 일은 거의 매듭이 지어졌다.

"이제 선두와 선미에다 용머리 그림과 용꼬리 그림을 그려 넣으면 됩니다. 그러면 사행선은 위엄을 나타내게 되며 여기서 하는 일은 다 끝나는 겁니다."

도목수는 변박에게 작업이 매듭 단계에 이르렀음을 알려 주었다.

"그동안 익숙하지 않은 일을 하신다고 참으로 고생이 많았습니다."

정중한 인사도 잊지 않았다.

"아닙니다. 많이 배웠습니다. 일머리를 몰라 방해가 되지 않나 늘 걱정했습니다만…."

평소에 과묵하면서도 배려심 깊었던 도목수는 다시 말을 이었다.

"이제부터는 실제로 배를 타고 바다로 나가셔야 합니다. 3척의 기선과 한 척의 복선으로 모두들 주변의 멀고 가까운 바다를 돌면서 항해술을 익혀야 하기 때문입니다. 그러면서 날씨 변화에 적응하는 훈련도 하게 될 것입니다."

사행선은 며칠 뒤 예정대로 항해 연습에 들어갔다. 배가 바람을 잘 타도록 돛을 효과적으로 운용하는 방법을 익히는 것은 쉽지 않았다. 그러나 며칠 지나자 모두들 이 일에 익숙해졌다. 금방이었다. 좌현과 우현에 각각 열 명씩 붙어 노를 젓는 격군들도 이 일에 크게 힘들어하지 않아 다행이었다.

그러나 막상 바다로 나오자 위험은 곳곳에서 도사리고 있었다. 특히 여라고도 부르는 암초를 사전에 발견해 내지 못하면 당장에 배가 좌초된다. 긴장은 잠시도 늦출 수가 없었다. 만약 배가 암초에 얹히거나 암초를 들이받으면 꼼짝을 할 수 없게 된다. 그렇게 되면 바닥에서 물이 새거나 배가 한쪽으로 기울기도 한다.

날물 때 그런 사고를 당하면 그래도 다행이다. 물이 새는 곳을 막고 들물을 기다리면 배가 뜨고 움직일 수라도 있기 때문이다. 그러나 물이 들었을 때 사고를 당하면 속수무책이 아닐 수 없었다.

이런 사고를 당하지 않기 위해서 기선장과 복선장은 섬 주변을 항해할 때는 바짝 긴장하지 않으면 안 되었다. 그러나 물속에 있는 바위를 쉽게 알아낸다는 것은 긴장한다고 되는 일이 아니었다. 수많은 경험을 통해서 감으로 알아내야 한다. 있기는 해도 실체가 없는 것이 '감'이었다.

가령 물 위에 새들이 무리 지어 낮게 날면 신경을 곤두세우고 조심하면서 그 근처를 통과해야 한다. 물 밑에 바위가 있으면 거기 붙은 물고기를 잡기 위해 새들이 낮게 나는 경우가 많기 때문이다. 이상하게도 일정한 바다 표면에서 거품이 허옇게 일면서 파

60

도가 부서지면 그곳을 지날 때도 주의해야 한다. 바로 그 아래 바위가 있기 때문에 물이 바위에 부딪쳐 거품을 일으킬 수 있기 때문이다.

때로는 하늘만 보고 바다의 날씨를 점쳐야 했다. 해를 중심으로 동서남북을 가려내고 들물과 날물의 시간을 알아내야 했다. 바람과 비의 관계, 바람으로 파도의 높이를 짐작해 내는 일 등등은 결코 쉬운 일이 아니었다.

이런 것을 하나씩 익히면서 변박은 바다의 불가사의를 풀어 나갔다. 자신이 기선장으로서 배를 몰고 직접 일본으로 가야 한다니 어느 것 하나 가볍게 넘길 수가 없었다. 때로는 남들이 모두 배에서 내린 뒤에도 혼자 배에 남아 바람을 어떻게 타야 배가 어느 방향으로 잘 가는지를 궁리하기도 했다. 내린 닻을 방향을 잡아 올리는 방법에 골몰했고, 타(舵)를 어떻게 틀어야 이물이 어느 정도 어떻게 돌게 되는지, 바닷가에 접안할 때는 어떻게 해야 가장 안전한지도 생각하고 또 생각했다.

이런 일에 어느 정도 익숙해졌다고 생각될 무렵 사행선 네 척은 모두 우수영 선착장으로 옮겨졌다. 배에만 매달려야 했던 격군들에게는 휴식의 기회도 주어졌다. 그 사이 기선의 선수와 선미에는 용머리와 용꼬리의 그림이 위엄 있게 그려졌다.

변박은 용의 그림을 그리는 것을 보고 싶었다. 그리고 자신도 그 일에 가담하고 싶었다. 뱃일을 하면서도 자신은 화가라는 생각을 잊어 본 일이 없었기 때문이다. 그러나 당장에는 화가의 신분이 아니어서 그런 기회가 그에게 주어지지 않았다. 안타까웠다.

드디어 사행선 네 척이 경상 좌수영을 향하여 떠나는 날이 되었다.

기선장 변박은 우수영의 수군절도사에게 출항을 신고했다. 특히 변박은 그동안 선소에서 정들었고 많은 것을 배운 도목수에게 마음속 깊이 감사했다.

도목수는 배를 모으는 기술에만 뛰어난 것이 아니었다. 항해에 대해서도 탁월한 지식이 있었다. 자신이 아는 것을 하나라도 더 변박에게 전수하려고 그가 선소에 머무르는 동안 성심껏 가르치고 도와준 사람이었다. 자신이 어엿한 선장이 되도록 도와준 그에게 감사한 마음을 영영 잊을 수가 없을 것 같았다.

출발의 아침, 선착장에는 이른 시간인데도 사람들이 몰려들었다. 선단은 그들의 환송을 받으며 선착장을 떠났다. 변박은 비로소 누구의 도움도 받지 않고 독립된 선장으로서 우람한 배를 몰고 항 밖으로 나왔다. 그동안의 기술을 아낌없이 발휘할 기회가 주어진 것이다. 그러나 좌수영까지는 초행에다 먼 곳이어서 잔뜩 긴장되었고 마냥 아득하기만 했다.

통제영을 벗어난 세 척의 기선과 한 척의 복선은 선수를 곧장 왼쪽으로 돌렸다. 만을 벗어나 북쪽으로 선수를 돌리자 선단은 금방 거제도를 오른쪽으로 한 협수로로 접어들었다. 섬들은 많지만 이 항로가 가까운 항로다. 도목수의 의견도 있었지만, 좌수영까지의 항해시간도 단축하고 다닥다닥한 섬 사이를 지나면서 낮 동안에 하나라도 더 항해술을 익히기 위해서였다.

거제섬을 오른쪽으로 보면서 얼마쯤 나아가자 눈앞에 숲이 우거진 지섬이 버티고 서 있었다. 선단은 이 섬을 북쪽으로 비켰다.

크고 작은 섬들이 좌우로 명멸했다. 멀리서 바라보면 거무스름한 점이 가까운 거리에서 보니 모두가 그림이었다. 그러나 변박은 그 아름다운 그림에 심취할 수 없었다. 생애 최초의 긴 항해여서 모든 것에 긴장하지 않으면 안 되었다.

항로에는 섬들이 즐비했지만 부드러운 바람이 뒤에서 적당하게 배를 밀어 주었다. 말 그대로 순풍에 돛단배가 되었다. 노를 젓고 뱃일을 하는 격군들의 표정에서도 힘들다는 것을 읽을 수가 없었다. 사등과 가조도 사이를 조심스럽게 비집고 나오니 멀리 칠천도가 보였다. 칠천도를 뚝 떨어져 밖으로 도는 것으로 항로를 잡았다.

칠천도, 그 앞바다가 칠천량이다. 수군 출신은 아니지만 변박은 칠천량을 지나면서 잠시 정유재란에 대한 생각에 잠겼다.

원균이 지휘하는 수군 이만 명이 병선과 함께 왜군의 공격을 받아 궤멸되다시피 한 곳이 이 칠천량이다. 거북선 세 척이 박살 나고 판옥선 백여 척이 침몰했는가 하면 수사 배설과 이운룡이 병선을 팽개치고 도망친 곳. 이순신 장군이 뒤를 이어 삼도수군통제사가 되지 않았더라면 전쟁은 어떻게 되었을까.

착잡한 생각에 잠겨 또 하나의 바다를 건너자 금방 오른쪽으로 보이는 것이 거제섬의 구영이라고 했다. 전쟁에 지면 군사시설인 진영도 없어져 폐허가 된다. 구영이 그런 곳이다. 패자의 그림자는 달빛마저도 외면하겠지. 변박이 그런 잡념을 털고 보니 해는 이미 한낮을 돌고 있었다. 사행선은 구영 앞에서 동쪽으로 방향을 틀었다.

이번에는 남쪽 멀리 길고도 거무스름한 대마도가 가볍게 흔들리는 것 같았다. 어느덧 사행선은 가덕도 남쪽을 지나 낙동강 하구를 향하고 있었다. 강 안쪽 명지벌을 건너 봉화산 세찬 바람이 덩이를 이루며 강을 훑어 내려오고 있었다. 이런 바람 때문에 이곳은 늘 물결이 높다. 강 하구에 이르자 배가 흔들리고 멀리 대마도도 따라서 부침을 되풀이했다.

몇 시간 동안이나 거울 같았던 바다가 갑자기 이렇게 거칠어지다니, 강물의 흐름이 바다와 섞이는 곳에 이르자 물결은 더욱 높아지고 배는 심하게 흔들렸다. 지금껏 아무렇지도 않았던 격군들의 얼굴이 노랗게 변했다. 변박도 속이 메스꺼웠다. 그러나 체면을 지킨다고 이를 악물고 있었다. 격군들 가운데는 한쪽에서 토하는 이들도 있었다.

배가 계속 흔들리자 마침내 변박도 앉은자리에서 몸을 한쪽으로 기대고 말았다.

"금방 건너갑니다. 여기만 건너면 아무렇지도 않으니 조금만 참으십시오."

낙동강 하구 근처 웅천 출신 격군이 변박을 안심시켰다. 그는 고기잡이배를 타다가 사행선을 타겠다고 찾아온 사람이다. 그렇기 때문에 얼마 전까지 그의 일터는 바로 이 낙동강 하구였다. 강하구의 성질을 훤히 알고 있기 때문에 자신 있게 변박을 위로하며 나섰던 것이다. 그래도 변박은 뒤틀리는 속을 어떻게 할 수가 없었다.

변박은 산양섬을 돌면서 항해연습을 할 때도 이미 여러 번 멀미를 경험했다. 그러다가 배에서만 내리면 거짓말처럼 아무렇지도 않게 된다는 것도 이미 경험했던 일이다. 그런데도 이번만은 좀

심한 것 같았다. 특히 낙동강 하구인 가덕도 근처가 심하다는 말을 듣기는 했지만 이 정도인 줄은 몰랐다.

배가 간신히 강의 절반을 지나자 물의 흐름도 달라지고 높았던 물결도 금방 낮아졌다. 바람도 배의 등 뒤에서 돛폭에 안겨 배를 힘껏 밀었다. 속도를 더해 강을 건너자 바다는 언제 그랬냐는 듯 이내 잠잠해졌다. 멀미에 사색이었던 격군들도 모두 거짓말처럼 생기를 되찾았다. 조금 전까지 바다에 떠 막대기처럼 흔들리던 대마도도 한가롭게 길게 누워 있는 것 같아 보였다.

강을 건넌 뒤 사행선은 다대포 끝을 돌아 선수를 계속 동쪽으로 밀었다. 절영도의 끝에서 신선대를 크게 왼쪽으로 돈 사행선은 목적지가 보이는 수영만으로 항로를 꺾었다. 경상좌수영이 있는 수영만에 기항하기 위해서였다. 변박은 드디어 여섯 달 만에 떠났던 곳으로 되돌아오게 됐다. 배가 수영만으로 들어서자 동래의 부모님과 어린 동생들이 궁금해졌다.

좌수영 선착장에는 있어야 할 복선 두 척이 보이지 않았다. 이곳 선소에서는 아직 건조를 끝내지 못했기 때문이었다. 그러나 이 두 척 역시 이제 곧 선장과 격군들이 훈련을 겸해서 시험 항해에 들어가게 된다고 했다.

지난 몇 달 동안, 변박이 우수영 선소에 머무는 동안 좌수영에서는 사행단이 착실하게 구성되었다. 한양에서 와야 할 높은 분들은 바쁘게 서두를 일이 없었다. 일찍 와서 여기서 해야 할 일들보다는 한양에 머물면서 해야 할 일이 많았기 때문이다. 그러나 격군이나 잡역들은 업무가 모두 현장에서 이루어지는 것이었다. 사행단 하급 조직의 구성이 이미 끝난 것은 그래서였다.

무엇보다 먼저 복선이 서두를 일들이 많았다. 반년이 될지 일년이 될지 모르는 긴 기간 동안 모두가 먹을 수 있는 쌀을 우선해서 실어야 했다. 그 밖에도 사신들이 행렬 때 타게 될 가마를 비롯한 각종 장비, 일본 현지민들에게 선물해야 할 것들과 식수까지 넉넉하게 실어야 했다. 이런 일들을 맡을 사람들은 모두 정해졌고 그들은 바쁜 일정을 보내며 차례대로 출항 준비를 서두르고 있었다.

변박은 사행선이 수영만에 기항한 뒤 동래부터 먼저 갔다 왔다. 그의 어머니는 여전히 건강이 좋지는 않았으나 집안에 다른 탈은 없었다. 그는 대대로 물려받은 전답의 관리에 이상이 없는지도 확인하고, 자신이 집을 비우게 되는 동안은 부모의 생계에도 어려움이 없도록 꼼꼼하게 대책도 세워드렸다.

다시 좌수영으로 되돌아오는 그의 행낭 속에는 옷가지는 물론 그림도 그리고 글도 쓰기 위한 문방사우가 함께 들어 있었다.

영
가
대의

해
신
제

사행단이 왜국으로 떠나는 날이 마침내 정해졌다. 계미년 시월 초엿새 이른 아침이다. 일행이 이국만리 왜국을 오가는 동안 탈이 없기를 비는 해신제의 날은 구월 열여드레 자시를 살짝 넘긴 축시라고 했다.

출항 날짜가 정해지면 사행원들은 모두 수영만 안에서만 머물러야 했다. 정사와 부사, 종사관을 제외한 높은 사람들은 좌수영 안에서 머물러야 하며 장거리 출타는 금지였다. 아랫사람들은 성 밖 민가에서 머물거나 아니면 배에서 머물 수도 있었다.

출항 날짜가 정해지면 허락 없이는 누구라 할 것도 없이 정해진 지역 밖으로 나가는 것은 모두 금지였다. 부모의 상을 당하거나 가족의 혼사와 같이 부득이한 일이 생기면 그런 사람은 사행단에서 아예 제외되었다. 규율은 그렇게 엄했다. 해신제의 날짜가 정해지면 이는 특히 더 엄격해졌고 그날까지는 빠짐없이 모두 근신해야 됐다.

해신제는 나라의 재앙을 막기 위해 산이나 강, 바다에 지내는 제사 가운데 바다를 택해 지내는 엄숙한 제례의식이었다. 그렇기 때문에 먼 바다로 나가는 사행원들에게는 제삿날이 정해지면 이 기간이 신성기간이었다. 신성기간에는 신분의 높고 낮음과 관계없이 누구나 몸을 단정히 하고 근신하지 않으면 안 됐다.

정사를 비롯한 삼사는 해신제의 초헌관과 아헌관, 종헌관이 된다. 이들 세 명이 제사의 가장 중요한 인물이다. 이들은 해신제가 있기 열흘 전부터는 몸을 깨끗이 하기 위하여 매일 목욕재계를 해야 한다. 그것도 찬물이어야 했다.

이해의 해신제는 부산진성 앞 바닷가 영가대에서 치르게 되었다. 해신제 날짜가 정해지자 영가대는 물론 주변에 대한 대대적인 청소가 시작되었다. 영가대 앞마당의 잡풀은 깨끗하게 뽑혀 나갔다. 제단이 설치될 계단 위의 빈자리도 평평하게 고르는 등 손질을 했다.

종헌관인 종사관 김상익은 준비상황을 살펴보기 위하여 몇 번이나 현장을 둘러보았다. 사행단의 각종 행사 책임자가 그였기 때문이다.

드디어 열이렛날 저녁이 되었다. 제사상의 차림과 진행은 궁중의 전통의식 범례인 국조오례의에 따라 진행되었다. 초헌관, 아헌관, 종헌관인 삼사가 중심이 되어 제를 치르기 때문에 상상관이나 상관들은 삼사의 뒤에서 조용히 제사상 앞쪽을 향해 도열을 했다. 일반인과 하급 사행원들에게는 헌주 등 직접 참여의 기회는 주어지지 않고 참관의 기회만 주어졌다.

영가대 앞 3층으로 되어 있는 계단 위에는 높이 두 자 반, 가로 세로 여섯 자 가량의 제사상이 마련되어 있었다. 제사 음식은 여기에 진설된다.

　어둠이 영가대를 감싸고도 한참 지나서야 미리 준비된 음식이 수레에 실려 왔다. 제사 음식이 시간에 맞춰 늦게 도착한 이유는 신선도가 좋아야 하기 때문이었다. 귀한 제수품인 사슴 육포와 같은 것들은 진설 시간에 맞춰서 자시에 도착했다. 현장에서 조리해야 하는 음식을 위해 영가대 뒤쪽 빈터에 걸어 두었던 솥에는 자시도 되기 전에 이미 불이 지펴졌다.

　시간이 가까워지자 제단 앞 한쪽에는 손을 씻을 물이 준비되었다. 술잔을 씻고 음복할 곳도 이 자리임을 제사 진행자인 알자가 진행보조자인 사사에게 알려 주었다. 제사상에 진설되는 음식은 홍동백서의 순서에 따랐다. 제삿밥을 짓기 위해 아궁이에서는 불이 빨갛게 타올랐다.

　자시가 넘어 축시가 되자 정사 조엄, 부사 이인배, 종사관 김상익이 제단에 올라 제사상 앞에 섰다. 그들은 모두 흑단령을 차려입어 한층 품위가 있었다. 검은색 관복에 흰색 문반의 흉장이 불빛에 선연해 이 행사의 엄숙함과 경건함, 그리고 그 격조를 더해 주었다.

　삼사에서 두어 걸음 뒤로 떨어져 제술관, 역관, 서기, 사자관, 군관, 의관, 화원 등도 함께 자리를 잡고 섰다. 그 자리는 물론 단 아래였다. 그 뒤에는 격군을 비롯한 사행원들이 섰고 구경꾼들은 다시 그 뒤에 섰다.

　알자가 모두에게 해신제의 차례를 큰 소리로 알렸다. 알자의 소리가 들리자 뭔가를 소곤거리던 사람들은 일제히 입을 닫았다. 비로소 해신제가 시작된 것이다.

알자는 초헌관인 정사를 안내해서 제사상을 살펴보게 했다. 잘못이 있으면 이때 바로잡을 수 있다. 초헌관인 정사 조엄은 단 위를 휘 둘러본 뒤 가볍게 머리를 끄덕여 아무 이상이 없음을 표했다. 이어서 알자는 제사상 옆 큰 벼루와 붓, 종이가 있는 쪽으로 정사를 안내했다. 현장에서 해신이 내려다보는 가운데 대해신위(大海神位)라고 직접 위패를 쓰게 함으로써 초헌관의 간절함을 보이게 했다.

채 마르지도 않은 글씨는 미리 준비된 위패함에 넣어져 제사상 안쪽에 세워졌다. 불빛에 비치는 조엄 정사의 글씨는 만만찮은 필력을 보여줬다. 해신제의 실제 제주 격인 초헌관 정사에 이어 아헌관인 부사, 종헌관인 종사관이 차례로 잔을 올리고 역시 북향재배도 했다. 알자는 다른 해신제 참가자에게는 헌주의 기회를 주지 않았다.

"축문-"

알자가 긴 소리로 다음 차례가 축문낭독임을 알렸다. 초헌관은 제사상 아래에 미리 준비해 두었던 축문의 두루마리를 끄집어 들었다. 그러나 그 축문은 초헌관이 직접 읽는 것이 아니었다. 초헌관은 그 축문을 읽을 대독에게 넘겼다.

곁에 서서 기다리고 있던 대독은 축문의 두루마리를 풀었다. 길게 풀어 두 손으로 받쳐 잡고 목청을 다듬은 뒤

"유- 세차- 계유년 구월- 열- 여드레-"

긴 소리로 의례적인 날자와 시간을 해신에게 고했다.

"통신정사 조엄과 부사 이상배, 종사관 김상익 등은 삼가 맑은

술과 여러 가지 음식으로 큰 바다를 다스리는 해신에게 공경히 제사를 드리나이다. 왜국의 초빙을 받아 이제 통신 삼사신을 비롯한 사행원 477명은 여섯 척의 배에 나눠 타고 계미년 시월 초엿새 묘시에 임금님의 명을 받들어 험한 바다를 건너 왜국으로 가려고 합니다. 우리는 잔잔한 물결을 염원하옵니다. 성난 물결에는 우리의 목숨이 털끝과도 같습니다. 대해신께서 왜국과의 평화의 시대를 열어가고자 하는 우리의 염원에 감응하셔서 우리의 행로에 바람과 파도를 잠재워 주시기를 간곡하게 빕니다. 우리의 간절한 염원을 모으고 깨끗한 마음으로 정성을 다해 술잔을 올리오니 일행이 바다를 건너 오갈 때, 익살 시살과 같은 궂은일이 없고 바다가 잔잔하도록 우리의 원을 들어주소서. 바다를 건너는 동안 항상 보살펴 주실 것을 이렇게 간곡히 대해신께 비오니 감응하여 주시옵소서. 우리가 바치는 깨끗한 술을 음향하여 주시옵소서."

사행단 최고의 문장가인 제술관이 지은 축문은 이렇게 끝났다.

대축은 축문을 다 읽은 뒤 그 축문을 다시 두루마리로 말았다. 그리고 정사에게 공손히 건넸다. 정사는 그것을 받아 두 손으로 조심스럽게 제사상 앞에 놓았다. 알자는 삼사에게 다시 한 번 헌주를 하도록 안내했다. 그러나 해신제에 참가한 다른 사람들에게는 역시 헌주의 기회는 주어지지 않았다.

삼사의 헌주가 끝나자 알자는 모두에게도 고개 숙여 눈 감고 침묵하도록 했다. 그리고 해신에게 무사항해를 빌도록 했다. 해신제 참가자는 많을수록 좋다. 사람이 많아야 치성의 정도가 높아지고 그래야 해신의 감응이 크다고들 믿었다. 침묵과 치성의 시간이 지나자 알자는 사사에게 제사상을 물리도록 알렸다. 해신제가 끝난 것이다.

해신제가 끝나자 삼사는 제단을 내려섰다. 단 아래서 제사에 참가했던 상관들도 삼사의 뒤를 따랐다. 정사는 퇴장을 하다가 멈칫하며 섰다. 도열했던 변박과 눈이 마주친 것이다. 우수영 선소에 차출돼 갔다가 기선장이 되어 돌아와서도 변박은 정사와 개인적으로 마주할 기회는 없었던 것이다.

변박의 곁에는 동래의 의원인 이수의도 서 있었다. 동래 명의라는 말을 듣던 이수의 역시 정사가 별도로 데리고 가는 인물이다. 사행단의 공식 의원도 화원처럼 한양에서 이미 정해졌기 때문이었다. 이수의는 침술로 동래에 널리 알려진 의원이었다.

"여기들 서 있었구나. 별일 없었느냐?"

정사가 하급직인 이들에게 안부를 묻는 이런 일은 전례가 없었다.

"예, 큰 보살핌으로 아무런 일이 없었사옵니다."

정사가 걸음을 멈추자 뒤따르던 부사, 종사관도 따라서 멈춰 서지 않을 수 없었다.

"하는 일 잘들 하거라. 다른 이야기는 다음에 하기로 하고…."

정사가 걸음을 멈추자 함께 멈춰 설 수밖에 없었던 뒤따르던 사람들을 뒤돌아본 정사는 변박과 이수의에게 일을 잘하라는 말만 남겨 놓고 걸음을 다시 옮겨 퇴장했다.

삼사가 물러나자 제례행사에 매달렸던 사사는 자그마한 상자에 제사음식을 주섬주섬 담기 시작했다. 먼저 제삿밥을 담고 이어 사슴고기, 돼지고기, 떡, 과일, 나물 등을 조금씩 골고루 담았다. 그리고 상자 가운데에는 촛대까지 세웠다. 사사는 그 상자를 들고 영가대 아래 바닷가로 내려갔다.

사사는 촛대에 불을 붙였다. 사람들은 금방 불이 꺼질 줄 알았다. 그러나 바닷가인데도 촛불은 금방 꺼지지 않았다. 상자를 바다에 띄워 밀어냈다. 상자는 물결에 실려 흔들리며 바다 가운데로 나아갔다.

때맞춰 오방색 기에도 누군가가 불을 붙였다. 오방색 기는 만물의 생성과 소멸의 뜻을 담고 있다. 언젠가부터 우리에게 음양사상을 심어 준 색이기에 우리의 생로병사를 이 오방색과 연관시켜 생각해 왔던 것이다.

오방색은 동쪽은 푸른색, 남쪽은 빨간색, 중앙은 노란색, 서쪽은 흰색, 북쪽은 검은색이 지배한다고 믿어 각 방위와 연관시킨 색이다. 바다도 이 다섯 색의 신이 지배한다고 믿었다. 그런 지배의 능력을 갖춘 신에게 음식을 바치며 무사를 기원하는 해신제가 이제 이렇게 끝난 것이다. 오방색 기를 불태우는 것은 해신제가 끝났음을 알리는 의식이다.

오방색 기가 불타오르자 구경꾼들의 얼굴도 불빛에 모두 붉게 물들었다. 얼굴빛은 붉게 물들었지만 경건하면서도 차가운 기원의 마음은 변하지 않았다. 모두들 사행단이 바다를 건너 왜국에 갔다 올 때 해신은 노하지 않고 바다는 잔잔해 주기를 비는 마음은 하나같았다.

해신제가 치러진 구월 열여드레 깊은 밤, 구름 사이로 얼굴을 내민 달은 쌀쌀해진 날씨와 관계없이 이따금씩 밝고 포근하게 집으로 돌아가는 사람들의 길을 밝혀 주었다.

소바위골 사람들과 호랑이골 사람 등 해신제 구경을 왔던 주변 사람들은 해신제가 끝나자 삼삼오오 짝을 이뤄 집으로 돌아갔다. 그 길에 조선통신사 이야기를 주고받았다. 조선통신사 이야기는 이곳 사람들에게는 오래전부터 전해져 내려왔던 이야기라서 그 런지, 옛날의 설화나 전설을 듣는 것처럼 사람을 긴장시켰고 언제 들어도 흥미로운 이야기는 한둘이 아니었다.

멀고도 험한 대마도 바닷길

시월 초엿새 이른 새벽.

조선통신사 사행원 477명이 장도에 오르는 날이다. 하늘은 잔뜩 흐렸다. 날씨 탓인지 선착장은 어둠의 장막을 채 걷어 내지 못하고 있었다. 그런데도 환송객과 구경꾼들이 여기저기서 눈에 띄었다.

사행선 주변에는 언제 몰려왔는지 수십 척의 전마선끼리 날렵하게 움직이는 모습이 눈에 들어왔다. 전마선은 크지 않았다. 선원들은 모두 빡빡 깎은 머리에 수건을 두르고 짧은 바지에 장대 하나씩을 들고 있었다.

전마선과 전마선 사이를 오가며 분주하게 움직이는 그들은 모두 대마도에서 건너온 일본인들이었다. 며칠 전에 이미 왜관에 도착해 머물면서 출항하는 날을 기다리고 있다가 이날 새벽 출항장으로 옮겨 온 것이다. 그들은 사행선이 부산을 떠나서 다시 부산으로 돌아올 때까지 선박 안내를 책임진 선원들이었다.

들고 있던 장대로 전마선끼리 부딪치지 않게 서로 밀고 당기면서 서두르는 모양이 마치 나뭇가지를 날렵하게 건너뛰는 원숭이 같았다. 그들은 대마도의 배꾼들 가운데에서도 기량이 가장 뛰어난 배꾼들이었다.

대마도와 우리나라 남해 사이를 흐르는 대한해협의 바다는 거칠다. 유속의 변화와 방향도 곧잘 바뀌고 바람도 일정하지 않은 곳이 대한해협이다. 대마도 배꾼들은 어릴 때부터 그런 바다에서 뒹굴며 고기잡이로 뼈가 굵은 사람들이다. 더러는 바다를 앞마당보다 편한 놀이터로 자랐고, 또 더러는 왜구의 피가 섞여 뛰어난 민첩성이 몸에 배어 있는지도 몰랐다.

대마번의 번주는 그렇게 바다에 익숙한 배꾼들을 특별히 선발했다. 그리고 그들에게 조선통신사의 안내를 담당하게 했던 것이다.

출항장은 차츰 밝아지기 시작했다. 왜관에서 출항 날짜를 기다리고 있다가 이른 새벽에 달려온 그들은 날이 밝아지자 몸놀림이 더욱 바빠졌다. 출항장에는 모여든 사람들도 차츰 늘었다. 시월이 되어 날이 제법 쌀쌀한데도 뱃머리까지 나온 사람들은 단순한 구경꾼만이 아니었다. 환송을 위한 가족과 연고자가 많았다.

출항 시간이 차츰 가까워 왔다.

세 척의 기선이 앞서 출항하게 되어 있다. 복선 세 척은 그 뒤를 따르도록 출항 순서대로 사행선은 정박되어 있었다.

시간이 되자 뱃전에서 취타대의 취주악이 울려퍼졌다. 노란색 악대복에 역시 노란색 악대모를 쓴 취타대 대원들의 붕붕 내지르는 나각소리에 맞춰 징소리, 꽹과리소리, 피리소리들이 갯가를 요란하게 흔들었다. 연주가 시작되자 이에 맞춰 기수가 든 깃발들이 먼저 배에 올랐다.

길을 깨끗이 해서 행차에 방해가 되지 않게 하라는 청도기, 왕권을 상징하는 형명기, 정사의 명령을 따르라는 영기 등이 뒤를 이어 차례로 배에 올랐다. 기가 올라 깃발이 펄럭이자 분위기는 고조되었다. 이번에는 국서 가마가 조심스럽게 제1기선에 올랐다. 국서는 조선 임금이 일본의 통치자인 막부장군에게 평화를 다짐하며 보내는 외교문서다.

이날 가마를 타고 사행선에 오른 국서는 영조대왕이 일본의 막부 장군 도쿠가와 이에하루에게 보내는 것이었다. 그의 장군 계승을 축하하는 내용, 두 나라의 평화를 다짐하는 내용 등 덕담과 함께 평화유지를 위한 상호노력의 필요성 등이 기록되어 있었다.

국서에 이어 금빛 번쩍이는 관모를 쓰고 홍단령 관복 차림의 삼사가 차례로 사행선에 올랐다. 가죽으로 만든 허리띠에서는 서걱이는 소리가 났다. 문관임을 알리는 홍단령의 흉배에는 짙은 청색 바탕에 하얀색으로 수놓은 소나무가 보였다. 그 소나무 위로 학이 날고 있는 그림이 선명했다. 정사와 부사, 종사관 등 삼사가 사행선에 오른 뒤 역시 관복을 차려 입은 상상관이 뒤따라 올랐고 상관과 군관자제 등 사행원들이 차례를 이었다.

사행원들이 모두 승선하자 날은 훤히 밝았다. 그러나 여전히 시월의 아침 바닷바람은 쌀쌀했다. 구름은 바다 가깝게 내려앉았지만 파도는 보이지 않았다. 사행선이 묶여 있는 계선장은 오목한 만 안이어서 배는 흔들리지 않았다. 오직 대마도 안내선원들만 이따금씩 하늘을 올려다보며 머리를 갸웃하고는 했다.

사행원들의 승선 완료가 전해지자 대마도 안내선원들은 익숙한 솜씨로 빗돌에 묶여 있는 밧줄을 풀었다. 때맞춰 다시 징소리가 징―징― 하고 크게 울렸다. 출항신호다. 취타대의 취주악이 일제히 힘찬 소리를 내며 붕붕거렸다.

사행선은 서서히 부두에서 떨어져 나왔다. 접안지에서 떨어져 나오자 배웅 나온 사람들은 사행선을 따라 같은 방향으로 움직이며 손을 흔들었다. 더러는 애기를 업은 채 눈물을 훔치는 아낙도 있었다.

사행선은 뱃머리를 틀어 오륙도와 아치섬 사이로 방향을 잡았다. 노련한 격군들이 노를 젓고 있었지만 기선장인 변박은 난생 처음의 긴 여행이어서 긴장을 놓을 수 없었다. 그러나 변박과는 달리 대마도 안내선 선원들의 표정은 긴장감 같은 것이 전혀 읽히지 않았다. 그들은 사행선에 가깝게 붙어 오면서 빠른 손짓으로 무엇인가를 서로 연락하고 있었다. 때로는 저들끼리 웃고 떠드는 모습도 보였다.

선단은 절영도의 동쪽 끝에 있는 아치섬을 비켜 남쪽으로 나섰다. 서북쪽에서 불어오다가 섬에 막혔던 편서풍은 섬을 돌며 배에 부딪쳤다. 격군들은 잽싸게 돛을 올렸다. 바람을 타고 바다를 건너겠다는 계산이었다. 다른 사행선들도 약속이나 한 것처럼 일제히 돛을 올렸다. 돛에 바람을 가득 태운 배는 속도를 타는 것 같았다.

사행선들이 섬 그늘을 비켜 난바다 쪽으로 나서자 바람은 좀더 거칠어졌다. 대청마루같이 평평했던 바다에 파도가 일렁거리기 시작했다. 그 파도가 다시 하얗게 부서지며 물보라를 일으켰다. 섬에 막혔던 바람이 터져 나와 바다를 유린하기 때문이었다.

변박은 경상우수영에서 배를 타고 낙동강 하구를 건널 때처럼 이번에도 멀미가 심하지 않을까 걱정이 들었다.

대마도 안내 선원들은 파도를 타면서도 여전히 사행선에 바짝 붙어 오고 있었다. 물결이 제법 높아 예사롭지 않은데 그들의 표정에서는 불안이나 공포 같은 것은 여전히 느껴지지 않았다.

앞서 가고 있는 정사선과 부사선이 수면 아래로 내려갔다가 치솟았다. 그때마다 돛대가 기우뚱거렸다. 그런 장면에 변박의 가슴은 조여들었다. 기항지 대마도까지는 까마득한데 벌써 파도가 허옇게 부서지고 있으니 탈 없이 갈 수 있을까. 걱정이 태산 같아 멀미할 틈이 없었다.

만약 바다를 건너기 어려우면 대마도 안내선의 선원들은 진작 항해를 포기하고 되돌아가자고 했을 것이다. 그러나 그런 기색은 그들의 표정에서는 전혀 읽을 수 없었다. 자신이 있어 그러겠지, 변박은 그들을 믿고 싶었다. 그러면서도 파도에 요동치는 배 안에서 전신이 조여들어 아무 일도 없는 것처럼 앉아 있기는 참으로 힘들었다.

시간이 지나면서 바람은 조금씩 더 거칠어졌다. 바람이 일면 대체로 구름은 바람에 밀려간다. 그러나 밀려가기는커녕 하늘은 더욱 낮아지고 어두워지는 것 같았다. 대낮인데도 컴컴해지면서 파도는 거칠어져 뭔가 탈이 날 것 같은 불안한 예감이 뱃전을 때렸다.

그런데도 배는 뒷바람에 밀려 계속 앞으로 나아갔다. 얼마쯤 나아가자 이번에는 물살이 생각보다 빨라졌다. 뒤에서 앞으로 빨랐으면 좋으련만 오른쪽에서 왼쪽으로 요동치며 빠르게 흐르는 것이었다. 섬과 섬 사이에서는 바닷물이 세차게 흐를 수 있다는 것을 경상우수영에서 항해 연습할 때 배워서 알고는 있었다. 그러나 난바다의 물살이 이렇게까지도 급하게 흐른다는 것은 미처 생각하지 못했다. 그 속도는 마치 장마 때 계곡물 같았다.

문득 정사가 걱정스러웠다. 이렇게 천지가 들썩거리는 가운데서 정사는 어떻게 멀미를 견딜까. 출발할 때 관복차림의 그 단아한 모습은 이미 보이지 않았다. 갑판의 판옥엔들 어찌 비바람이 들이치지 않을 것인가.

대마도는 어느 쪽에 있는지 가늠할 수조차 없다. 맑은 날이면 부산에서도 보이던 대마도. 그렇던 섬이 도대체 어느 쪽에 숨었는지 방향감각으로는 도무지 더듬을 수가 없었다. 파도에 흔들리고 비바람에 뒤뚱거리다 대마도가 행방불명이 되고 만 것이다.

홍수 난 개울물같이 빨리 흐르는 물의 방향은 분명 남쪽에서 북쪽이었다. 배는 급히 흐르는 물에 북쪽으로 떠밀리고 있는 것이 분명했다. 계속해서 얼마나 그렇게 떠밀리고 있었을까. 그러다가 어느 순간엔가 배가 떠밀리지 않고 있다고 느껴졌다. 바람만 적당히 타고 있는 것 같았다. 어찌된 일인가. 총중에도 다행이라는 생각이 들었다. 바람도 그 정도로 불어 준다면 바다를 건너는 일은 한결 쉬울 것 같다는 생각이 들어서였다.

분명히 흐름은 서서히 멈췄다. 그러나 그 멈췄던 흐름도 잠시. 어느 틈엔가 바닷물은 조금 전과는 반대로 남쪽으로 방향을 틀어 흐르기 시작했다. 그 흐름의 속도도 점점 빨라졌다. 변해버린 흐름의 방향에 따라 뱃머리의 방향도 다시 고쳐 잡았다. 선수를 북쪽으로 얼마쯤 틀어 잡아야 물살에 밀리면서도 배는 진행방향을 바르게 고쳐 잡을 수 있기 때문이었다.

바다의 변덕은 참으로 알 수가 없었다. 그러나 그런 변화를 대마도 안내선원들은 화안하게 알고 있었다. 급히 흐르던 물이 얼마쯤 흐름을 멈췄다가 다시 반대편으로 방향을 바꿔 흐른다는 대마 부근 바다의 속성까지도 그들은 꿰뚫고 있었다.

바닷물은 달의 인력에서 벗어나지 못한다. 달의 인력에 끌려 달쪽으로 흐르기 때문이다. 그러다가 달의 위치가 바뀌게 되면 바닷물도 흐름의 방향이 바뀐다. 그런 변화는 하루에 두 번씩 되풀이 된다. 그 변화가 오는 순간에는 바다의 흐름이 일시 정지된다. 그때가 바다가 잔잔해지는 정조시간이다.

대마도 선원들이 그런 사실을 과학적으로 배워서 알게 된 것은 아니었다. 태어나면서부터 바다에서 자랐기 때문에 부지불식간에 되풀이된 경험이 몸에 익어서 정조시간을 알게 된 것이다. 그랬기에 바닷물이 홍수 난 강물처럼 급히 흘러 배가 떠밀려도 그들은 두려워하지 않았다. 방향만 제대로 잡고 있으면 문제가 없었기 때문이다. 그러다가 흐름이 잔잔해지면 배는 바람을 타고 속도를 다시 얻을 수 있기 때문에 그런 정도의 변화에는 걱정을 하지 않았다.

그러나 이날은 달랐다. 해가 하늘에 떠 있으면 동서남북을 알수가 있지만 구름 속에 숨어서 제 모습을 보여 주지 않아 방향을 잡기 힘들었기 때문이다. 흐린 시야에다 비바람까지 겹쳐 배는 수시로 방향을 잃었다. 간신히 방향을 잡고 보면 파도에 의한 부침이 심해 항해는 여간 힘든 것이 아니었다. 격군들의 노젓기도 사투로 변했다.

배가 바다 아래로 곤두박질칠 때는 천 길 물 아래로 내려가 다시는 솟아오르지 못할 것 같았다. 그러다가 어떻게 솟아오른 배는 하늘로 날아오르는 것 같았다. 물밑과 하늘 위를 오가면서 죽음과 삶이 되풀이되는 것만 같았다.

정사 조엄은 이날의 경험을 자신의 일기에다 이렇게 남겼다. 항해가 얼마나 힘들었는지를 알게 해 주는 대목이다.

그러나 배는 헉헉거리면서도 오로지 대마도를 향해 앞으로 나아갈 수밖에 없었다. 부산으로 되돌아가기에는 이미 너무 멀리 나왔다. 거기에다 시간도 많이 흘렀다. 무엇보다도 대마도 안내 선원들이 되돌아갈 생각을 전혀 하지 않고 있었다.

사행원 모두는 계속 파도와 싸웠다. 아마도 한나절 동안은 사투가 잠시도 멎지 않았던 것 같았다. 변박으로서는 얼마 동안이나 이 싸움이 계속되고 있는지 요량조차 할 수가 없었다. 파도를 넘는다고 다른 생각을 할 틈마저도 없었다.

한참을 그렇게 정신없이 파도와 싸우고 있는데 갑자기 날이 훤해졌다. 하늘 한쪽에서 구름이 엷어지고 그 엷어진 구름막 사이로 밝은 빛이 내려오고 있었다. 어두운 하늘 사이가 환해지자 희한하게도 파도마저 낮아졌다. 변박은 이제는 살았다는 기분이 들었다.

앞서가던 사행선들도 자맥질을 덜해 보였다. 믿기 어려울 정도로 바다는 확실히 변했다. 도무지 알 수 없는 변덕이었지만 바람이 잦아들고 파도가 낮아지니 우선은 숨을 쉴 것 같았다. 모두들 어느 정도 긴장을 풀고 안도의 한숨을 쉬었다.

"그러나 바다는 언제 금방 변할지 몰라요."

방정맞은 소리였다. 곁에서 배의 방향을 조종하는 방향타잡이가 낮은 목소리로 중얼거리듯 하는 한마디였다.

"그만하면 됐지. 재수 없는 소리 그만해!"

방향타잡이 곁에서 그를 거들고 있던 격군이 화를 벌컥 냈다. 방향타잡이는 입놀림을 뚝 그쳤다. 그리고 기선장인 변박을 힐끔 봤다. 부질없는 소리를 했다는 생각이 들었던 모양이다.

변박은 앞으로 얼마나 더 가야 대마도에 이를 것인가가 궁금했다. 시야에는 바다뿐 다른 아무것도 아직은 보이지 않았기 때문이다. 격군들은 모두들 조용했다. 배가 바람을 타고 있어 노를 젓지는 않았다. 그래도 모두들 너무 지쳐 있었다.

대마도 안내선원들은 비 맞은 생쥐 같았다. 젖은 몸에 계속 파도를 뒤집어쓰면서 사행선을 안내한다고 전신이 오그라들어 있는 것 같았다. 그러면서도 파도와 맞붙어 배질을 한다고 추울 겨를이 없었는지도 모른다. 뛰어난 체질과 책임감, 그리고 위기를 처리하는 재능이 실로 놀라웠다.

변박은 가슴에서 솟아나는 그들에 대한 감탄과 감격을 누를 수 없었다. 목숨을 걸고 파도와 싸우며 뒹구는 그들의 용감함을 화폭에 담을 수는 없을까 하는 생뚱맞은 생각이 갑자기 그의 머리를 스쳤다. 그는 눈을 꾹 감았다가 떴다.

하늘이 좀 맑아졌다고, 파도가 좀 낮아졌다고 결코 바다가 잔잔해진 것은 아니었다. 다만 바다가 고개를 낮춰 배의 속도가 조금 더 빨라진 것뿐이었다. 날씨가 이 정도만 되고 바다가 계속 이렇게라도 되어 준다면 어둡기 전에는 설마 대마도에 도착할 수는 있지 않겠나 하는 기대감도 생겼다.

변박은 머리를 바깥으로 돌려 대마도가 보이지 않는가를 계속 살폈다. 그러나 하마 나타날 것 같은 대마도는 좀처럼 눈에 잡히지 않았다. 개인 날이면 부산포에서도 보이던 대마도가 지금은 보이지도 않다니, 날씨에 따라 대마도가 요술을 부리는 것만 같았다.

바람이 서서히 새로 일었다. 싸늘함이 살갗을 비볐다. 변박은 일시적인 현상이려니 생각했다. 짧은 경험이었지만 이런 일은 가끔씩 있었기에 별 관심을 두지 않았던 것이다. 어쩌면 젖었던 옷이 마른다고 바람 끝이 그렇게 싸늘한지도 모른다는 생각을 했다. 그러나 바다에 노련한 격군들의 반응은 좀 달랐다.

"바람이 새로 인다."

피부를 스치는 바람에서도 스러지는 바람인지 살아나는 바람인지를 구별해 내는 격군도 있었다. 오랜 경험에 의해서다. 그 경험칙은 놀라운 정확성을 계산해 내기도 했다.

"이 바람이 살아나면 큰 힘으로 모아질지 몰라."

"파도도?"

"그렇지. 바람이 잔잔할 때는 서로 힘을 모은다고 별 기척이 없었고, 힘이 모여 바람으로 불어 재끼면 바다 밑까지 뒤집힐지도 모르지."

그 말도 그럴 것 같았다. 변박은 옷깃을 파고드는 기분 나쁜 바람이 마음에 걸렸다. 어쩐지 예감이 좋지 않았다. 그 예감이 맞다는 듯 바람은 차츰 힘을 얻는 것 같았다. 한순간 개였던 하늘마저 다시 흐려지기 시작했다. 구름까지 두터워져 잠시 보였던 하늘을 가렸다.

그러나 배는 순조롭게 앞으로 나갔다. 앞바람이 아니고 뒷바람 이어서 그랬다. 거기에다 슬슬 높아지는 파도 역시 배의 뒤에서 앞으로 이동하고 있어 배는 껑충거렸지만 속력은 얻는 것 같았 다. 만약 바람이 정면에서 불고, 파도도 정면에서 친다면 돛이 바 람을 받기 힘들어 속력을 제대로 얻을 수 없었을 것이다. 뿐만 아 니라 요동도 더 심했을 것이다.

바람이 강해지면 물결은 반드시 높아진다. 아무리 앞바람이 아 니라도 파도가 높아지면 배의 안정은 깨질 수밖에 없다. 바람이 조금씩 강도를 더하자 변박은 불길한 생각도 조금씩 더해졌다.

시간이 조금 더 지나면 물의 흐름과 바람의 방향은 또 변할 것 이 아닌가. 아직 정조시간이 되지는 않았지만 그 시간이 지나면 물의 흐름은 틀림없이 바뀔 것이다. 그때까지는 흐르는 물이 배 의 진행방향과 다를 경우 배가 물결에 밀리며 제 방향을 잡고 파 도를 이긴다고 힘들어할 수밖에 더 있겠는가.

안개인지 물보라인지에 가려 대마도는 아직도 제 모습을 드러 내려고 하지 않았다. 이런 항해를 얼마나 더 해야 할지 알 수가 없다.

걱정했던 대로 바람은 차츰 강해졌다. 바람이 강해지면서 파도 도 차츰 높아졌다. 바다가 계속 잠잠해지기를 기대했던 것은 헛 꿈이었다. 배는 헉헉거리며 숨차게 파도를 넘고 있었다. 격군들은 다시금 팽팽해진 긴장의 끈을 잡아당겼다.

고물에서 불던 바람은 슬그머니 방향을 바꾸었다. 좌현 이물

쪽에서 사각으로 배를 밀어붙였다. 정면이면 차라리 나으련만, 좌현 앞쪽의 바람은 받아들이기가 참으로 까다로웠다. 배의 방향을 좌현 앞쪽으로 틀고, 돛의 방향은 옆으로 해서 바람을 받아 배가 앞으로 나가게 해야 되기 때문이다. 자연히 배는 오른쪽으로 비스듬히 기울면서 나아갈 수밖에 없게 된다. 선체는 비스듬한데 중심은 잡아야 하고, 배는 앞으로 나아가야 하니 곡마단 줄타기처럼 위험한 항해가 아닐 수 없다.

바람이 강해지면서 파도는 조금 전보다 높아졌다. 물에 젖어 잔뜩 무거워진 돛은 스스로의 무게를 견디기도 힘든데 파도까지 받아 배의 이물은 연신 채질을 되풀이했다. 채질을 하는 돛폭은 바람을 더 강하게 받았다가 뱉어 냈다가를 되풀이했다.

"우지끈!"

갑자기 갑판에서 뭐가 부러지는 소리가 났다. 중간 돛대가 바람에 견디지 못하고 부러져 버린 것이다. 부러진 돛대는 이내 갑판에 내동댕이쳐졌다. 비에 젖었는데도 돛폭은 갑판 위에 널브러져 바람에 들썩거리며 이쪽으로 날려 올 것 같았다.

"기선장님 저걸 한쪽으로 치울까요?"

격군이 급하게 소리를 질렀다.

"그냥 둬!"

비바람에 덮여서 기우뚱거리는 갑판은 물에 젖어 미끄럽고 위험하기 짝이 없다. 그런 곳에서 작업을 하다니, 큰일 날 일이다. 변박은 부러진 돛을 치우지 못하게는 했지만 과연 어떻게 하는 것이 좋은 방법인지는 자신도 알 수가 없었다.

동력을 잃은 배는 속력이 뚝 떨어졌다. 그러나 작은 돛이 받는 바람의 힘으로 앞으로 나아가긴 했다. 뒤에서 따라오고 있던 복선이 변박의 제3기선과 거리를 좁혔다. 가깝게 온 대마도 안내선원이 소리를 지르고 팔을 크게 흔들었다. 그리고 뭐라고 손신호를 보냈다. 그러나 무슨 신호인지 전혀 알 수가 없었다.

물결이 높아 안내선은 제3기선에 더 이상 가깝게 접근하지는 못했다. 표정을 확실히 읽을 수는 없지만 건너다보이는 그들의 움직임은 돛대가 부러진 것을 그렇게 심각하게 생각하지는 않는 것 같았다. 변박은 그들의 표정을 보고서야 얼마만큼 마음을 놓을 수 있었다.

와중에도 바람은 수그러들지 않았다. 이런 상황 속에서 사행선은 계속 절룩거렸고, 갈 길은 얼마나 멀었는지 짐작이 가지 않는데 바람은 쉴 줄을 몰랐다.

변박의 이런 마음을 읽기라도 한 듯, 안내선원이 출렁이는 배 안에서 두 다리로 바닥을 버티고 서서 이쪽을 향해 팔을 흔들었다. 분명 무슨 신호를 보내는 것 같았다. 천천히, 그리고 크게 원을 그리며 손가락으로 앞을 가리켰다. 그러고는 다시 크게, 그리고 천천히 조금 전처럼 원을 그리는 것이었다. 무슨 뜻이 있는 것 같았으나 그 뜻을 알 수가 없었다.

변박은 안내선원이 손가락으로 가리키는 쪽을 바라봤다. 앞쪽에 희미하게 산의 윤곽이 보였다. 드디어 대마도가 가까워진 것이다. 대마도가 가까워졌다고 그런 신호를 보낸 것일까. 변박도 안내선원을 향해 손을 흔들어 줬다. 대마도가 가까워졌음을 알았다는 대답이었다. 파도는 낮아지지 않았지만 대마도가 멀지 않았다는 것은 얼마나 다행스러운 일인가.

그런데 그들이 천천히 원을 그리는 것은 무슨 뜻일까. 천천히 가도 된다는 말일까. 섬이 가까웠으니 천천히 가라는 말일까.

섬은 멀지 않았지만 역시 대한해협은 거칠었다. 대마도에 가까워져도 바다는 빠른 물살에 여전히 파도가 높았다. 섬 가까운 곳까지 다 와서 조선의 역관들이 조난을 당해 몇십 년 전 108명이나 희생됐던 사고도 있었다. 조심해야 된다.

모두들 긴장의 끈은 풀 수가 없었다. 맑은 날 같으면 이 시간이면 사행선의 안내를 위한 봉화가 산 위에서 보였을지 모른다. 봉화는 배의 방향을 바로 잡으라는 신호이기 때문에 항해할 때 얼마나 든든한 길잡이가 되어 주는지 모른다. 그러나 산 위에서 피어오르는 연기는 아예 볼 수도 없었고 불빛도 비치는 곳이 없었다. 비바람 탓인지 몰랐다.

안내선원들이 사행선에 밀착했다. 기항지를 안내하기 위해서다. 물살이 험한 곳이기 때문에 배가 여에 부딪치지 않도록 세심한 주의를 하지 않으면 안 되었다.

드디어 오른쪽에서 산 하나가 짙은 안개를 헤치고 불쑥 나타났다. 센뵤마키라는 산이 동쪽에서 부는 바람을 막아 그 아래로 들어서자 파도는 금방 누그러졌다. 산은 아래로 말발굽같이 생긴 깊숙한 만을 거느리고 있었다. 그 만이 사행선이 기항할 사스나 항의 입구였다. 안내선원들의 안내에 따라 기선은 만 안으로 들어섰다. 복선들도 뒤를 이었다. 비는 슬그머니 멎고 바람마저도 꼬리를 내리는 것 같았다.

만 입구에서 보니 뒤따르던 복선 한 척이 보이지 않았다. 뒤처진 것이다. 밧줄이 풀리고 돛의 방향조정을 놓쳐 항의 입구에서 방향과 추진력을 잃어버린 모양이었다. 복선장 유진복이 이를 보고 자신이 타고 있는 배의 방향을 틀어 위험을 무릅쓰고 구조에 나섰다. 그런 노력으로 사행선 여섯 척 모두가 함께 사스나항에 입항할 수 있었다.

첫기항지
사스나항에서

사스나항은 조용했다. 환영행사도 없었다. 사행선이 도착하는
것을 예상하고 있던 주민들만 저무는 부두에서 배를 기다리고 있
었다. 눈에 뜨인 것은 그뿐이었다. 그들은 반갑다는 듯 배를 향해
손을 흔들기도 하고 무슨 말인지 고함을 지르기도 했다. 애기를
업은 반가운 표정의 여자들이 안내선원의 부인이라는 것은 누구
나 금방 눈치챌 수 있었다.

입항을 앞두고 험한 바다에서 큰 돛대가 부러졌을 때 변박은
다 살았다는 생각이 들었다. 팔뚝 굵고 자신감이 넘치던 격군들
사이에서도 금방 절망감이 번졌다. 모두가 불안에 휩싸이며 안절
부절했다. 만약 안내선원들까지 당황해서 우왕좌왕했다면 격군
들이 자포자기했을지도 모른다.

남은 작은 돛대에 의지하고 격군들이 그 험한 바다를 건넜다는
것은 천우신조였다.

접안이 끝나자 안내선원들이 잽싸게 배에 올라 갑판에 묶여 있
는 줄을 느슨하게 풀었다. 빗돌에다 밧줄을 묶어 배를 고정시키

기 위해서였다. 작업이 끝나자 김상익 종사관이 배에서 내리는 모습이 보였다. 정사와 부사는 이미 자신이 타고 있던 기선에서 내려 숙소로 떠난 뒤였다. 숙소는 마을 복판을 비켜 한쪽에 자리 잡고 있는 절이었다.

사스나는 원래 사행단 일행이 잠시 기착해서 쉬기 위한 곳이었다. 조선통신사를 맞을 곳은 섬의 훨씬 남쪽 후추였다. 이즈하라라고도 부르는 후추는 번주의 성이 있는 섬의 남쪽 행정의 중심지였다.

환영행사도 그곳 후추에서 있을 예정이었다. 그리고 그곳에서 일본 사람들과의 각종 교류 행사도 있을 예정이었다. 잠시 쉬었다 가기로 된 사스나항에서는 그래서 환영행사가 따로 준비되지 않았던 것이다.

조선통신사의 사행원들을 위해 이곳의 절은 미리 비워 놓고 있었다. 삼사를 비롯한 고위직들은 사스나에 기항해 있는 동안 모두 이 절에 머물기로 되어 있었다. 이들이 숙소인 절로 떠난 뒤 하급 선원들은 모두 갑판 위에 모였다. 그들의 숙소는 배였다. 첫날은 피곤하지만 배에 머물며 밤을 새워서라도 고장 난 곳이 있으면 우선해서 그것을 고치고 손질해서 당장 다시 시작될지도 모르는 항해에 철저하게 대비해야 했다.

"기선장과 복선장은 격군들의 복무단속을 잘해 주시오."

도훈도 최천종이 불쑥 배에 올라와서 한마디를 했다. 모두들 지칠 대로 지친 채 피곤을 무릅쓰고 갑판 청소를 하고 있는 와중이었다. 도훈도는 사행원들의 복무를 단속하는 것이 임무였다. 그러나 지치고 피곤한데도 배를 손질해야 하는 격군들에게 이 한

마디는 짜증스럽지 않을 수가 없었다.

"걱정 마시오. 다른 일이나 잘하시오."

변박이 가볍게, 그러면서도 기분 나쁘지 않게 그의 말을 받았다.

최천종은 대구 감영에서 차출된 똑똑한 인물이었다. 굳이 따지자면 그는 변박과 같은 정사의 인맥이었다. 피곤한데도 그가 배를 돌며 격군들의 복무를 챙기는 데는 이유가 있었다. 인삼 밀수꾼들이 함부로 배에 올라와 사행원들과 일으키는 말썽을 차단하기 위해서였다.

당시 일본인들은 대마도는 물론 왜관의 어디에서나 조선 인삼 밀거래로 말썽이 잦았다. 그래서 인삼을 금수품으로 지정하자 그때부터 인삼은 부르는 게 값이 되었다. 그렇게 되면서 큰돈을 쥘 수 있는 것도 인삼이었다.

변박도 그런 사정은 알고 있었다. 당시 초량 왜관의 우두머리인 관수가 그의 일기에서 인삼 한 근이 금으로 쳐서 24냥이나 되었다는 놀라운 사실을 적어 놓았다는 것을 들어서 알고 있던 터다. 인삼이 그렇게 만병통치의 명약에다 보약으로 유명한데 인삼 암거래상이 조선에서 도착한 배를 외면할 턱이 있겠는가. 도훈도가 그런 일을 알면서도 모른 척하고 있을 수는 없었다.

사스나항에는 다른 항구와는 달리 세관의 역할을 하는 '세키소'라는 것이 있었다. 조선에서 일본으로 건너올 때 맨 먼저 입항하기 좋은 곳이 사스나항이었고 조선 배의 입출항이 가장 빈번한 곳도 사스나항이었다. 그래서 이곳에 설치된 '세키소'는 조선을 왕래하는 모든 선박을 단속했다. 세금을 물려 섬의 재정에 크게 기여하고 있어 대마도로서도 사스나항은 관세수입이 짭짤한 중요한 항구가 되고 있었다.

일본에서 많이 나는 은의 경우도 조선으로 밀수출하는 기지는 사스나항이었다. 사적인 거래가 금지된 은 역시 단속에 걸려들면 잡혀 들어가거나 막대한 벌금을 내야 했다.

도훈도 최천종은 인삼과 은을 밀거래하면서 조선인과 일본인 사이에 가끔씩 말썽이 있었던 정보를 이미 좌수영에서 입수하고 있었다. 그런 말썽이 없도록 사행단 출발 전에 종사관으로부터 철저한 단속령도 내려졌던 터였다.

"격군들이 명령을 어기기야 하겠소. 너무 걱정하는 거 아니오?"

변박 스스로도 이 일이 걱정되지 않을 수는 없었다. 그래도 조금 전 통명스럽게 말한 것 같아 부드러운 말로 바꿔 그를 안심시켰다.

"그런데도 인삼을 숨겨 온 놈이 반드시 있을 것이오. 말썽이 나면 큰일이니 아무 일 없도록 잘 부탁하오."

"알았어요. 알았어."

도훈도가 떠나자 피로감이 갑자기 덮쳐 왔다. 새벽부터 잠을 설친 데다 하루 종일 계속된 사투가 끝나자 긴장이 풀리고 피로가 한꺼번에 몰려든 것이다. 취사를 담당하는 격군들은 저녁식사를 준비하고 있었지만 밥보다 우선 잠부터 좀 잤으면 좋을 것 같았다.

"식사시간이 다 돼 가는데요."

취사당번의 말에 저녁은 먹어야겠다는 생각을 하다가 변박은 갑자기 다른 생각이 났다. 애지중지 조심스럽게 싸서 짐 속에 접어 넣어 둔 화선지가 혹시 물에 젖지나 않았나 하는 걱정이었다.

그는 기선장의 자리로 돌아가서 어둠 속에서 자신의 짐꾸러미를 챙겨 보았다. 겉이 축축하기는 했지만 다행이도 내용물까지 물에 젖지는 않았다.

그는 부산을 떠날 때 일본의 산천경계가 아름다우면 그것을 시로 짓고 싶었다. 귀국할 때 멋진 그림 몇 장이라도 들고 귀국한다면 목숨을 걸고 일본까지 온 보람이 있을 것 같았다. 그런 귀한 화지가 물에 젖지 않아 다행이란 생각을 하고 있는데 갑판 쪽에서 누가 그를 급하게 부르는 소리가 들렸다.

"기선장님, 기선장님!"

"무슨 일이냐?"

"제일 복선장께서 크게 다치셨답니다."

"뭐라고?"

제일 복선장이라면 유진복이다. 다른 복선을 이끌고 힘겹게 사스나에 입항한 사람이다. 그 역시 동래에서 자신과 함께 온 사람이다. 자신의 이름과 비슷한 제이 기선장 변탁도 동래 출신이어서 비공식 의원 이수의, 행렬을 바로잡아 주는 별파진 허규 등과 함께 마음속으로 서로 가깝게 느껴 온 사이였다. 그런 유진복이 일본에 첫발을 들여 놓기가 무섭게 다치다니.

"많이 다쳤냐?"

"자세히는 모르겠습니다. 민가로 가서 거기서 응급치료를 하고 있는 중인가 봅니다."

변박은 참으로 난감했다. 당장에 그가 치료를 받고 있다는 민가로 달려가고 싶었다. 그러나 민가가 어디에 있는지 알 수가 없었다.

밤은 이미 내려앉아 동서남북은 어둠의 장막 안에 갇힌 데다 이곳이 생전 처음인 그로서는 방향마저 쉽게 구별할 수가 없었다. 거기에다 일본말도 할 수 없어 혼자서 민가를 찾는 일은 전혀 엄두가 나지 않았다.

"그 민가가 어디에 있는지 한번 알아보거라."

갈 수만 있다면 당장에라도 가 보는 것이 좋을 것 같았다. 얼마나 다쳤는지도 궁금했다.

그때 일본인 안내선원들 몇 명이 또 배로 올라왔다. 술병이 손에 들려 있었고 접시에는 생선회 같은 것이 어둠 속에서도 보였다.

"이게 웬 술이지?"

그러나 누구도 일본말이 되지 않았다. 청소를 하다 말고 엉거주춤 서 있는 격군들에게 그들은 서툴기 짝이 없는 우리말로 뭐라고 하면서 들고 온 술과 안주를 내밀었다.

"술, 일본 술, 맛있어요. 마시세요."

마시는 흉내를 내면서 잔에다 술까지 부었다. 의외의 친절이었다. 짜릿하면서도 고소한 술 냄새가 코끝을 자극했다. 그러나 누구도 덥석 그 술잔을 받지는 못했다. 혹시 그것이 알 수 없는 무슨 미끼라도 되면 어쩌나 하는 경계심이 생겼기 때문이었다.

술을 들고 온 그들은 조선의 사정을 잘 아는 사람들이었다. 왜관에 머물 때 필요한 인삼을 어느 정도 사 뒀다가 몰래 가지고 온 경험이 있는 사람들인지도 모른다. 격군들 가운데 인삼을 숨겨 온 사람들이 있으면 그것을 곧장 사들이기 위해서 술을 들고 왔을 수도 있다.

그래서 아무도 그런 술잔을 덜렁 받지는 못했다. 격군들이 술잔 받기를 망설이자 잔을 들어부어 놓은 술을 그들이 직접 마셨다. 그리고 격군들 앞에다 술잔과 생선회, 젓가락을 들이대었다. 아직 저녁도 먹지 않은 격군들은 배도 고팠고 술맛도 당겨 군침이 돌지 않을 수 없었다.

"가지고 온 술을 매정하게 버릴 수야 있겠나? 마시고 싶은 사람은 한 모금씩만 마셔라."

술과 외박이 금지라는 사실은 다들 잘 안다. 조선을 떠나기 전 이미 그런 금지령은 내려져 있었다. 그러나 변박은 굳이 사양하지는 말고 맛은 보라고 했다. 이 말을 들은 격군들은 그제야 조심스럽게 조금씩 맛보듯 마셨다. 안내선원들은 격군들이 술을 받아 마시자 좋아하며 무슨 뜻인지 알 수 없는 말을 건넸다.

"복선장님이 치료를 받고 있는 민가가 어딘지 알았습니다. 다른 기선장님과 복선장님은 지금 거기로 가실 준비를 하고 계십니다."

격군 한 명이 달려와 민가를 알았다고 전했다.

"나도 같이 가야겠다. 안내를 해라."

변박은 입은 옷 그대로 바쁘게 배에서 내렸다. 길가 나뭇가지에는 이미 등불이 걸려 있기는 했으나 등피가 비에 젖어 불빛은 희미했다. 다른 기선장과 복선장도 병문안을 위해 이쪽으로 오고 있었다.

복선장 유진복이 치료를 받고 있다는 민가는 가까웠다. 배에서 내려 조금 걸어 골목을 돌아들자 불빛이 우중충하게 보이는 집이었다. 일행이 집 안으로 들어서자 방 안에서 사람의 목소리가 들렸다. 이미 병문안을 온 다른 사람 같았다. 아니면 의원들이 치료를 위해 무슨 말인지를 서로 주고받고 있는지 알 수 없었다.

동래에서 같이 온 제일 기선장이 먼저 헛기침을 했다. 사람의 기척이 있자 방 안에서 주고받던 말이 멎었다. 방문이 열렸다.

"드시지요."

공식 의원의 말이다. 일행이 다 들어가기에는 방이 좁아 보였다. 어째야 좋을지 망설이는데, 의원이 다시 안으로 들어오도록 전했다.

"비좁지만 다 앉으실 수는 있으니 들어오세요."

일행은 비좁은 방으로 좁혀 들어갔다.

유진복은 사람이 들어오는 것도 모르고 심하게 앓고만 있었다. 얼굴도 무엇엔가 긁힌 듯한 붉고 굵은 줄이 희미한 불빛에도 선명했다. 광대뼈 쪽에는 역시 붉은 피멍이 어둠 속에서도 분명하게 드러났다.

유진복은 복선이 사스나항에 입항할 때 사고를 당했다. 다른 복선 한 척이 돛과 연결한 밧줄이 끊긴 채 뒤뚱거리는 것을 발견하고 구조하려고 접근했다가 당한 사고였다. 두 배를 접근시키려는 순간 선체가 균형을 잃어 유진복의 복선에 싣고 있던 화물이 중심을 잃고 순식간에 무너진 것이다. 그 위에 서서 구조를 지휘하던 유진복이 화물과 함께 바닥에 거꾸로 곤두박히며 크게 다친 것이다.

화물이 유진복의 전신을 덮쳤다. 그의 얼굴에서는 순간 유혈이 낭자했다. 가슴에 화물이 떨어지며 겨드랑이가 한쪽으로 비틀렸다.

복선이 사스나항으로 예인되자 유진복은 격군에게 엎혀 우선 민가로 옮겨졌다. 한양에서 함께 온 공식 의원에 의해 침을 맞으며 치료를 받았으나 통증은 잡히지 않았다. 유진복은 정신없이 앓느라고 사람이 옆에 있는 것마저 알아차리지 못했다. 방 안에는 오직 신음소리뿐이었다.

선장들은 아무 할 말이 없었다. 무슨 말을 한들 혼수상태의 유진복이 그런 말은 알아듣지도 못할 것이 분명했다.

"상처가 매우 깊습니다. 오늘 밤을 지켜봐야 그 정도를 알 수 있을 것 같습니다."

걱정스럽게 환자를 보고 있는 선장들에게 의원들은 유진복의 상태를 설명했다.

"이런 경우 어혈이 장기에 영향을 미칠 위험도 큽니다. 현재 골절의 정도도 심한 것 같아 큰 걱정입니다. 아무래도 날이 샌 뒤라야 병세를 어느 정도 알 수 있을 것 같습니다."

같은 선장들의 방문이어서 그런지 의원들은 유진복의 상태를 자세히 설명해 줬다.

"본인도 본인이지만 의원님들께서 큰 고생을 하십니다."

"아니올시다. 당장은 통증을 침으로 다스리고 있습니다만 어깨와 허리 골절이 심해 지금은 꼼짝도 할 수가 없습니다. 내상도 상당합니다. 냉찜질을 해 가면서 계속 살펴봐야 할 것 같습니다."

의원들도 현재로서는 유진복의 부상이 매우 우려스럽다는 말밖에 다른 말을 더 할 수는 없었다. 날이 새 봐야 어느 정도 알 것 같다는 말만 되풀이했다. 상처가 너무 깊어 크게 우려하는 표정이 역력했다.

부산을 출발한 첫날, 일본에 도착하기가 무섭게 일어난 사고치고는 너무 큰 사고였다. 예정했던 대로 내일 당장 사스나항을 떠나기는 어려울 것 같았다.

기선장들은 비좁은 방에 오래 머물 수가 없었다. 변박은 일행과 함께 자리에서 일어섰다. 소태라도 씹은 것 같은 기분으로 배로 돌아왔다. 배에 오니 시장기가 비로소 그를 덮쳤다. 그러나 먹고 싶은 생각은 별로 없었다. 물만 한 사발 들이켜고 잠자리에 들었다. 피곤하기만 할 뿐 잠이 쉬 오지 않았다.

유진복을 생각하다가 그는 갑자기 엉뚱한 다른 생각에 사로잡혔다. 기선장으로 일본에 오기는 했지만 자신이 화가라는 사실을 잊어서는 안 되겠다는 생각이 그것이었다. 잡념은 꼬리를 이었다. 유진복은 승선 경험이 있는 사람이지만 자신은 화가였을 뿐이다. 공식 화가는 아니라도 기회가 주어지면 자신의 능력을 발휘해 보고 싶은 생각이 그의 잠을 쫓았다. 뒤엉기는 잡념에 잠은 멀어지고 머리는 혼란스러웠다.

그러나 그의 당장의 직분은 기선장. 파도와 싸우고 격군과 부딪치며 과연 그림 그리는 일을 할 수 있을지, 밤은 깊어 가는데 정신은 점점 말똥말똥해졌다.

낮 동안 그렇게 출렁거리던 배가 밤에는 전혀 흔들리지 않았다. 거짓말 같았다. 모두들 잠에 곯아떨어졌는지 배는 고요 속에 갇혀 있는 것 같았다. 갈피 없는 생각은 계속 변박의 머리를 집적거렸다. 유진복의 사고, 격군들의 복무단속, 자신이 앞으로 해야 할 일, 눅눅한 잠자리처럼 가닥 없는 생각까지도 자신을 눅눅하게 했다.

비몽사몽간을 헤매다 보니 밖이 훤해 오는 것 같았다. 잠을 좀 자야겠다는 생각이 들어 그는 새삼스럽게 잠을 청해 보았다. 그러나 역시 생각대로 잠이 오지는 않았다. 몇 번 더 뒤척이다 마침내 그는 잠을 포기하고 말았다.

자리에서 일어나 밖을 내다봤다. 바깥은 맑았다. 그렇게 야단스러웠던 날씨가 밤 사이에 어떻게 이렇게도 맑아질 수 있을까. 비는 물론 바람도 언제 불었냐는 듯 나뭇잎 하나 까딱하지 않았다.

변박은 자리를 박차고 일어나 상갑판으로 나왔다. 건너다보이는 앞쪽 사행선 돛대 끝에 앉은 까마귀 두 마리가 꼬리를 까닥이며 아래를 살피고 있다. 그러나 갑판에는 아직 사람의 그림자는 얼씬도 하지 않았다. 모두들 피곤에 곯아떨어진 게 분명했다.

날씨가 이렇게 좋으면 후추로 가는 데에는 아무 문제가 없을 것 같았다. 유진복의 부상만 없다면 당장에라도 돛을 올릴 수 있을 것 같은 날씨다.

사스나항을 떠나기 위해서는 유진복의 부상과는 별도로 변박에게는 급한 일이 따로 있었다. 파도와 바람에 동강 난 돛대를 수리하지 않으면 안 되었다. 그렇지만 이런 곳에서 돛대로 쓸 수 있는 통나무를 구하기란 쉽지 않을 것 같았다.

아침식사가 끝나자 변박은 우선 한쪽으로 치워 두었던 부러진 돛대를 갑판 가운데로 끌어냈다. 돛폭을 돛대에서 풀어 내기 위해서였다. 우수영 선소의 경험이 있었기 때문에 그런 작업은 전혀 어렵지 않았다. 격군들도 모두 열심히 변박을 도왔다.

막상 일을 시작하고 보니 생각보다 난관이 많았다. 물에 젖은 돛폭을 넓이대로 펴서 갑판에 말리는 간단한 일마저도 쉽지 않았다. 볕이 좋을 때 바짝 말려야 하는데 돛폭과 갑판의 폭이 서로 맞지 않았다.

거기에다 무엇보다도 당장에 해결되지 않는 일이 돛대를 구하는 것이었다. 길이와 굵기가 제대로 맞는 소나무가 사스나 근처에는 없었기 때문이다. 뿐만 아니라 당장에 쓸 수 있게 잘 마른 것을 구하기란 더욱 어려웠다. 일본에서 흔한 편백나무는 사스나에도 지천으로 있었다. 그렇지만 스기나 히노키라고도 부르는 이런 종류의 나무들은 너무 무르거나 굽어서 돛대의 재질로는 맞지 않았다.

파도에 흔들린 배의 밑창 어딘가에서 혹시 물이 샐지도 모른다. 그것도 단단히 점검해야 된다. 그런 계산을 하니 며칠 안에 사행선이 후추로 떠난다는 것은 어림없는 일 같았다. 후추에서 번주가 사행단을 맞기 위해 기다리고 있다는 것은 일행이 사스나에 도착하자 즉시 전해진 소식이었다. 그렇기 때문에 정사의 마음인들 좀 바쁘랴. 그러나 안전이 담보되지 않는 출항은 가당찮은 일이었다.

아침을 먹고 있는데 정사의 소동 김한중이 왔다. 소동이란 정사나 부사, 종사관의 잔심부름도 하고 여러 가지 일을 돕기도 하는 젊은이들이다.

"기선장님과 복선장님은 아침 식사가 끝나는 대로 모두 정사 대감님의 거소로 오시랍니다."

"다른 선장님들께도 전했는가?"

"지금 전하고 있습니다."

소동 김한중이 아침에 사행선까지 찾아오다니, 변박은 무슨 일일까 궁금했다.

"간밤에 무슨 일이라도?"

"저는 잘 모르겠습니다."

조금 뒤 기선장과 복선장 다섯 명은 함께 정사가 머무르는 절을 찾았다. 정사는 방문을 열어 놓고 아침부터 한지로 된 책같이 두툼한 것을 펴 거기에다 붓으로 무엇인가를 한참 쓰고 있었다. 선장들이 도착하자 들고 있던 붓을 놓으며 정사는 물었다.

"모두들 복선장 유진복을 병문했는가?"

"엊저녁에 다녀왔습니다."

"음, 생각보다 병이 깊은 모양일세. 나는 지금 한번 더 가 볼까 생각하는데, 바쁘지 않은 사람은 나와 같이 가 봐도 좋으련만."

정사는 같이 가자고 하지는 않고 '같이 갔으면 좋겠다'고 말끝을 흐렸다. 그러나 엊저녁에 가 봤다고 다시 가 보지 않을 사람은 없었다. 거기에다 그의 부상이 심하지 않아야 출발이 가능하지 않겠는가. 궁금해서라도 가 보지 않을 수가 없었다.

정사는 무엇인가를 쓰고 있던 책장을 덮었다. 표지에는 '해사일기'라고 적혀 있었다. 사행길의 크고 작은 일들을 기록하고 있는 일기장임이 분명했다.

유진복이 가료 중인 민가는 조용했다. 방문 앞으로 가도 안에서는 인기척이 없었다. 정사가 몇 번 헛기침을 하자 비로소 유진복이 들어 있는 방의 문이 탁 소리를 내며 열렸다. 정사가 부사, 종사관, 그리고 기선장들과 함께 온 것을 알아차린 의원 한 명이 급하게 일어나 방 밖으로 나와서 고개를 숙였다.

"병세가 어떤가?"

"별 차도가 없는 것 같사옵니다."

의원의 목소리에는 힘이 없었다. 간밤에 잠을 못 자 몹시 지쳐 있었다.

"불편하시겠지만 안으로 드시지요."

방 안이 좁았다. 정사를 비롯한 삼사만 방 안으로 들어갔다. 의원은 유진복에게 정사가 왔음을 알릴 생각도 하지 않았다. 혼수상태 그대로인 유진복은 이따금씩 앓는 소리만 내뱉았다. 간밤에 볼 때와는 달리 유진복의 얼굴은 상당히 부어 있었다.

"늑골이 골절되었습니다. 탈골된 견골은 우리가 맞췄습니다만 지금은 장기손상으로 물 한 모금도 마시지 못하고 있습니다. 목뼈도 어긋났고 화물고에서 바닥으로 떨어지면서 허리도 함께 다쳤습니다. 허리는 지금으로서는 손을 쓰기가 매우 어려운 사정입니다."

의원은 난감한 표정을 굳이 감추려고 하지도 않았다.

"간밤에 혼자 있었나?"

정사가 걱정스런 표정으로 물었다.

"아닙니다. 둘이서 계속 병을 돌봤습니다. 그러나 이제는 한꺼번에 둘이서 계속 환자에게 붙어서 치료를 할 수는 없을 것 같습니다. 다른 의원은 식사도 하고 좀 쉬었다가 저와 교대하기로 했습니다. 병세로 보아 금방 호전될 가능성이 없을 것 같아 교대를 하면서 장기적으로 대처해야 할 것 같습니다."

"음, 그러면 동래에서 온 이수의도 치료를 돕도록 하지. 침에는 상당한 고수로 알려진 사람이니까."

심각성을 느낀 정사의 마음은 매우 무거웠다. 이 말을 들은 다른 선장들도 일의 심각성이 피부에 와닿았다. 모두들 표정이 굳어졌다.

"힘들지만 환자를 성심껏 잘 돌봐 주게."

정사는 의원에게 치료를 잘해 주도록 몇 번이고 간곡히 부탁했다. 그는 숙소로 돌아오다가도 걸음을 멈춘 채 유진복이 앓고 있는 민가를 돌아보곤 했다. 그러나 별 말은 없었다. 숙소 앞에 다다라서야 사행선 쪽으로 돌아가려는 선장들에게 굳은 표정으로 한마디했다.

"유진복의 병이 우심하니 모두들 자중하고 출발할 준비는 착실히 해 두거라. 복선장이 저런 상태여서 출발을 서두를 수는 없지만 준비만은 허술함이 없도록. 알겠는가?"

날씨는 개였고 바다도 잔잔했다. 그러나 출항은 무기한 연기되고 말았다. 배를 수리할 수 있는 시간은 벌게 되었지만 언제쯤 유진복의 건강이 회복될 것인지, 예측할 수 있는 사람은 아무도 없었다. 모두들 걱정이었고 뭔가 불안했다.

대마도 안내선원들은 낮 동안에는 몇 명만 보였다. 출항이 중지되자 다들 어디론가 사라졌거나 아니면 작취미성이어서 그런지도 몰랐다. 주변을 맴도는 일본 안내선원들은 대부분 사행선을 경비하는 당번으로 보였다. 더러는 격군들로부터 무엇인가를 사고 싶어 하는 사람들 같기도 했다.

변박은 격군들에게 상륙을 금지시켰다. 그들과 불필요한 접촉을 막기 위해서였다. 그러나 답답한 것은 이쪽이 되고 말았다. 돛 대용으로 쓸 둥글고 긴 통나무를 구하기 위해서는 일본인의 신세를 지지 않을 수가 없었기 때문이다. 그렇다고 말도 제대로 통하지 않는 그들에게 직접 부탁을 할 수 있는 형편도 아니었다.

변박은 통사에게 자초지종을 설명했다. 그리고 공식적으로 돛대가 될 수 있는 나무를 구해 주도록 부탁했다. 그림을 그려서 돛대의 길이를 적고 돛대의 모양까지 그렸다. 어차피 당장에 떠날 수 없는 상황이라면 일을 천천히, 그리고 꼼꼼하게 해야겠다고 생각했다.

돛대감은 힘들게 구했다. 그러나 유진복은 좀처럼 회복의 기미를 보이지 않았다. 회복은커녕 오히려 악화되고 있다는 소리만 들렸다. 얼굴을 비롯한 전신이 퉁퉁 붓기 시작했고, 식욕도 전혀 없어 아무것도 먹지 못한다는 소식만 계속 전해졌다. 그런 가운데 돛대의 수리가 끝난다 해도 과연 그와 함께 일행이 후추로 떠날 수 있을까 걱정스러웠다.

변박은 틈이 나는 대로 유진복을 병문했다. 그 이튿날도 그랬고 또 그다음 날도 그랬다. 그러나 유진복은 여전히 변박을 알아보지도 못했다. 기진해서 신음소리마저도 제대로 내지 못하고 호흡마저 자지러들고 있는 것 같았다. 안타깝기도 했고 답답하기도 했지만 사고무친의 남의 나라에서 겪어야 하는 그의 투병은 그야말로 속수무책이었다.

고
코
이
모

조엄 정사도 틈을 내서 한 번씩 유진복을 들여다봤다. 차도가 없는 그의 병세가 정사에게는 얼마나 답답했으랴. 그러나 그는 안타까움이나 초조함을 좀처럼 밖으로 드러내지는 않았다. 그가 혼자서 바닷가를 거닐거나 역관을 대동하고 마을을 돌 때면 짐짓 대마도의 풍정을 살폈다. 그러면서 마을에 용하다는 의원은 없는지 수소문하기도 했다.

그러던 어느 날 정사가 변박을 불렀다.

"이곳 사람들이 고코이모라고 부르는 이것을 본 적이 있는가?"

정사가 변박 앞에 내민 것은 뜻밖에도 약간 길고 둥근 뿌리 같이 생긴 것이었다. 크기는 채 한 뼘 정도밖에 되지 않을 것 같았다. 몇 개를 보여 준 정사는 손수 그 가운데 하나를 칼로 깎아서 변박에게 내밀었다. 껍질을 깎으니 하얀 속살이 나왔다.

"먹어 보거라, 이곳 사람들이 즐겨 먹는 것이다."

변박이 먹기를 멈칫거리자 정사는 이것의 한쪽을 칼로 뚝 잘라 입에 넣으며 말했다.

"맛이 괜찮아. 밤맛 같기도 하고 약간 달큰하면서 딱딱하지도 않아. 이곳에는 들판이 거의 없어 산비탈에서 이것을 재배를 하는데, 심기만 하면 거름을 주지 않아도 뿌리에서 이런 것들이 주렁주렁 달린다고 하니 참 신기한 작물이 아닌가."

변박이 이것을 자세히 들여다보았다.

"신기해. 흉년이 들어도 재배에 큰 어려움이 없어 이걸로 흉년에 부모를 공양했다는군. 그래서 효도감자라는 뜻의 일본 말인 고코이모라고 부르고 있다는 거야. 구흉작물로 우리나라에서도 이것을 재배할 수 있으면 얼마나 좋겠나."

"그러하옵니다. 돌아가는 길에 제가 그 뿌리를 구해서 가져가 동래의 산에다 한번 심어 보겠습니다."

"그래, 그래 좋아. 그런데 돌아갈 때까지 기다릴 게 있나? 여기 있을 때 당장 그 뿌리를 좀 구해서 부산으로 보내 재배를 해 보라면 되지 않겠나?"

"그러면 더욱 좋을 것 같습니다."

"그렇다면 당장에 마을을 돌면서 이것을 구해 봐. 그래서 왜관으로 나가는 배편으로 보내. 재배하는 방법을 자세히 적어서 함께 보내면 더 좋을 것이야."

변박은 당장에 격군 몇 명과 함께 동네를 돌면서 이 뿌리를 구했다. 고코이모라는 이 뿌리가 뒷날 조선에서 고구마라고 불릴 것이라고는 정사도, 다른 누구도 짐작하지 못했다. 정사의 지시로 간신히 고코이모 몇 부대를 구한 변박은 사스나에서 왜관으로 나가는 배편으로 이것을 부쳤다.

처음에는 동래의 산속 어디 적당한 곳에다 재배할 생각이었다.

그러나 동래는 고코이모 재배의 적지가 아니었다. 해풍을 쐬면서 자라는 작물이기 때문에 동래보다는 대마도와 환경이 비슷한 영도가 더 좋을 것 같았다. 고구마의 첫 재배지가 거리상으로 대마도와 가까운 영도 동삼동으로 바뀌게 된 것은 그런 까닭에서였다.

정사의 지시대로 고구마를 부산까지 보내는 데는 며칠이 걸렸다. 당장에 동네를 돌며 고구마를 구했지만 양이 많지 않아 시간이 걸렸고 그것을 짐으로 꾸려 부산으로 나가는 배를 기다리는 데 또 며칠이 훌쩍 가 버린 것이다.

유진복의 병세가 호전된다는 소식은 그래도 들리지 않았다. 돛대 수리도 끝나고, 다른 사행선들의 선체 점검까지도 모두 끝나자 선장들은 틈나는 대로 유진복을 찾았다. 그러나 그는 날이면 날마다 보기가 측은할 정도로 형색이 나빠져 갔다.

그런 어수선한 분위기 속에서 고구마를 보낸 뒤 변박은 며칠을 배에서 쉬게 되었다. 무료한 시간도 죽일 겸해서 오랜만에 잊고 있었던 그림을 그려 봐야겠다는 생각이 들었다. 무엇을 그릴까. 오랜 생각을 하지는 않았다. 간단하게 그릴 수 있고, 인상에도 깊이 각인된 이상한 뿌리작물, 앞으로도 기억해 두어야 할 고구마부터 한번 그려 보기로 했다.

종이와 붓을 준비한 뒤 벼루에 물을 부었다. 먹을 갈고 있는데 소동이 왔다. 유진복에게서 무슨 좋지 않은 일이라도 생겼는가, 변박은 어쩐지 가슴이 철렁했다.

"정사 대감께서 찾고 계십니다. 김유성 화원님과 함께 들르시라는 분부이십니다."

"김유성 화원과 함께? 화원께도 이 말씀을 전했는가?"

"네, 오면서 먼저 전했습니다."

정사가 김유성 화원과 함께 자신을 찾는 일은 처음이다. 무슨 일이라도 있는 것일까. 어떻든 화원과 함께 부른다면 유진복의 일보다 그림과 관계 있는 일임에 분명하다. 그는 벼루에 부어 놓은 물도 버리지 않은 채 배에서 내려 정사가 있는 절로 향했다.

정사는 준비해 두었던 두루마리 종이 뭉치 두 개를 책상으로 쓰고 있는 큼지막한 상 밑에서 끄집어냈다. 그것을 두 사람에게 내밀었다. 하나는 김유성 화원에게 건네 주고, 다른 하나는 변박에게 건넸다.

"펴 봐. 하나는 대마도 지도이고 다른 하나는 일본 지도인데 제법 오래된 것들이야. 동네 노인이 보관하고 있는 것을 빌렸어. 그 지도를 두 사람이 각각 그려서 내게 줘."

"잘 알겠습니다."

지도를 받아 펴 보니 대마도 것은 손으로 그린 것이고, 일본 전도는 인쇄된 것이었다. 손으로 그린 대마도 지도를 변박이 먼저 그린 뒤 김유성 화원에게 넘겨주고 뒤이어 일본지도를 변박이 넘겨받아 서로 바꿔 가면서 한 사람이 두 장씩을 다 그리기로 했다.

"되도록이면 빨리 그렸으면 좋겠어. 무작정 여기서 머물고 있을 수는 없을 것 같으니…."

정사는 말끝을 흐렸다. 그러나 그 말을 듣자니 사스나에 오래 있을 것 같지 않다는 느낌이 들었다. 그렇다면 유진복을 어떻게 하고 이곳을 떠날 생각을 하는 것일까.

정사 앞을 물러난 변박은 그날부터 당장 지도를 그리기 시작했다. 공식 화원인 김유성과 함께 그림을 그리게 되었으니 자신이 원하든 원하지 않든 둘은 비교가 되지 않을 수 없게 되었다. 그렇기 때문에 그는 한갓된 지도 한 장이라고 생각하지 않기로 했다.

대마도 지도를 다 그린 뒤 그는 지도 원본을 들고 공식 화원인 김유성을 찾았다. 그러나 김유성은 아직 그림을 완성하지 못하고 한창 그리고 있는 중이었다. 얼핏 봐도 일본 지도가 대마도 지도보다 훨씬 복잡해 보이긴 했다. 그렇다고 하더라도 김유성이 그리는 지도가 월등하게 낫다는 생각은 들지 않았다.

"오늘 중으로 완성될 것이니, 가지고 온 대마도 지도는 내게 두고 가시오. 곧 연락을 하겠소."

변박은 사행선으로 돌아왔다. 김유성이 일본 지도를 다 그린 뒤 원본을 줄 때까지의 틈을 이용해서 사스나의 풍경을 한 장 그리기로 했다. 사스나항 입구의 오른쪽 산 모양도 그림 소재로 좋을 것 같았고 봉수대가 있는 마을 뒷산도 좋을 것 같았다. 그러나 그림을 그리기 전에 그 두 곳에 직접 가서 현장을 다시 한 번 확인하기로 했다. 가다 보면 더 좋은 곳이 있을지 모른다는 생각을 하면서.

봉수대에 오르기 전 기왕에 붓을 들었으니 고구마 그림도 간단히 몇 장 그려 두는 것이 좋겠다는 생각이 또 들었다. 낯선 뿌리인 고구마가 대마도에서 흉년을 구하고 부모에게 효도를 하는 작물이라는 것이 신기하고 재미있었기 때문이다.

배에서 내려선 그는 격군 한 명을 데리고 사스나항 입구 쪽을 향해 발걸음을 서서히 옮겼다. 산 아래 옹기종기 붙어 다정하게 마을을 이루고 있는 집들도 그림의 소재로는 좋았다. 판자로 만든 작은 배가 사스나의 항 안에서 한가롭게 해초를 뜯어내고 있다. 흥미로운 광경은 그림 소재로도 제격일 것 같았다.

변박은 오랜만에 느긋하게 걸음을 옮기며 여기저기를 기웃거렸다. 그를 따라나선 격군도 나무판자 배 위에 앉아서 동네 사람들이 갈쿠리 같은 것으로 해초를 뜯어내는 모습이 흥미로운지 계속 변박에게 말을 걸었다.

"기선장님 우리도 저것을 좀 캐서 저녁 반찬이라도 하면 안 될까요?"

"맛있는 반찬이 되겠지. 나중에 저 배를 빌려서 우리도 물 밑에 있는 것들을 좀 캐 보면 좋을 것 같아."

사스나 사람들은 그 나무판자 배를 '모가리부네'라고 불렀다. 해초를 따는 배라는 뜻이다. 그러나 그 배가 일본 고유의 배가 아니라는 것을 이미 알고 있는 기선장도 있었다. 제주도에서는 그런 배를 진작부터 사용하고 있었기 때문이다.

한라산에서 베어 온 나무로 판자를 만들어서, 아니면 통나무째 배를 엮어 제주도 사람들은 진작부터 그것을 타고 바다에서 해초를 뜯으며 생활하고 있었다. 그뿐 아니었다. 얕은 바다에서는 그 배에서 물로 뛰어내려 전복도 잡고 소라도 따며 생활해 오고 있었다. 제주도에서는 떼배, 혹은 판자배가 생활의 일부가 되고 있었는데도 바다생활이 짧은 변박은 여기서 처음 보게 된 것이다.

사행선으로 돌아온 변박은 고구마를 그리기 시작했다. 몇 개의 고구마를 한 장의 종이에 그린다는 것은 그에게 있어서는 그다지 어려운 작업은 아니었다. 음영만 확실히 살려 낸다면 아무리 낯선 작물이라도 그것을 알아보기란 어렵지 않을 것 같았다.

고구마 그리기는 재미있었다. 오랜만에 붓을 들어서 그랬고, 조선에서는 본 일이 없는 것을 그리기 때문에 더욱 그랬다. 정신없이 몇 장을 그리는데 이미 밖이 어두워졌다. 시월 중순께의 저녁은 일찍 어둠이 깔려 왔기 때문이다. 날씨도 쌀쌀해서 그림 그리기를 멈춘 그는 벼루를 한쪽으로 조심스럽게 밀쳐 놓았다.

벼루에서 먹물을 비워 버리지 않은 것은 그의 그림 그리기 욕심이 아직 머리 가운데에 그득히 남아 있기 때문이었다. 내일이라도 다시 마을 풍경도 그리고 고기잡이하는 바다풍경도 그려야겠다는 생각을 하니 먹물을 후딱 버리기에는 뭔가 아쉬웠다.

이튿날 아침, 벌써 며칠째 그랬던 것처럼 변박은 사행선들이 묶여 있는 뱃머리에서 산책을 하고 있었다. 마침 그때 건너편에서 이수의의 모습이 보였다. 그도 변박을 봤다.

"어쩐 일이야, 새벽부터."

"간밤에 복선장님을 돌보고, 의원들과 교대해 지금 눈 좀 붙이러 가는 길이지요."

그의 얼굴에는 피곤함이 덕지덕지 붙어 있었다.

"도대체 차도는 있나?"

"차도는 무슨 차도요. 없어요. 여기서는 안 되겠고, 정사대감께서도 후추로 가서 치료를 해 볼 생각을 하고 계신 것 같아요."

"후추로 갈 기력이라도 있어야 할 텐데…"

"의원들도 그걸 걱정하고 있어요. 여기서는 도무지 차도가 없고 후추에는 침을 잘 놓는 명의가 있다는 소문은 있어요. 병은 깊을 대로 깊었는데 무작정 여기서 낫기만을 기다리고 이러고 있을 수는 없으니 걱정이지요."

쇠잔해서 후추로 갈 기력마저 없다니 정말 예사로운 일이 아니다. 가을은 자꾸 깊어 가고 있는데 그렇다고 여기서 마냥 이러고 있을 수도 없으니 정사인들 오죽 답답하랴.

변박은 시원한 공기를 마시면서 걸어야겠다고 생각했는데 그 생각이 싹 없어져 버렸다. 배로 되돌아왔지만 붓을 들고 싶은 생각도 들지 않았다. 해초로 끓인 시원한 국이 밥상에 올랐지만 역시 입맛이 돌지 않았다. 앞으로 어떻게 하나, 대책 없이 무작정 시간만 보내고 있으려니 갑갑하기만 더했다.

멍하게 앉아 있는데 정사로부터 선장들의 소집통보가 왔다.

"후추로 제일 빨리 안전하게 갈 수 있는 방법을 찾아봐라. 대마도 안내선원들은 잘 알 것이다."

정사의 표정도 다른 때보다는 굳어 있었다. 사스나항을 떠나기로 결심은 했지만 유진복의 문제가 결정적으로 마음에 걸리는 모양이었다.

"후추에서는 대마도 번주가 우리를 환영할 준비를 끝내고 오랫동안 기다리고 있다. 복선장의 병세가 호전되기를 기다리면서 차일피일하고 있었던 것이 너무 길었다. 이곳에서는 더 어떻게 치료할 방법도 없으니 후추로 가서 그곳 의원들의 도움을 받으며 치료할 수밖에 다른 방법이 없을 것 같다. 출발 준비가 끝나는 대로 떠나자."

일행이 사스나항을 떠나는 날을 스무사흘로 잡았다. 이날은 바다도 잔잔할 것이라고 했다. 일행은 사스나에서 열엿새나 머무른 것이다. 스무이튿날 오후에는 종사관이 동네를 돌면서 삼사가 머물렀던 절의 주지와 동네 주민들에게 감사의 인사를 했다. 그리고 조선에서 가지고 온 선물들도 나눠 줬다.

스무사흘날은 쾌청했다. 부산을 떠날 때의 날씨와는 너무 달랐다. 복선장 유진복이 하던 선장 일은 변박이 맡기로 했다. 제삼 기선장은 우수한 사공 가운데서 맡아 우선 후추까지 가기로 했다.

사스나항을 빠져나온 여섯 척의 사행선은 만에서 나오자 선수를 곧바로 오른쪽으로 틀었다. 중환자 유진복이 있기 때문에 파도가 일면 어디서나 제일 가까운 곳으로 피항하기로 했다. 변박은 자신의 손으로 직접 그린 지도를 보면서 대마도 안내선원과 배의 나아갈 방향에 대해서 서로 손으로 연락하면서 항해를 했다.

동쪽으로 향했던 뱃머리를 큰 원을 그리면서 남쪽을 돌려 다시 서쪽으로 향하자 토마리라는 곳이 나왔다. 옛날에는 왜구가 들끓던 곳이다. 그러나 조선통신사가 오가면서 이곳에서 왜구는 사라졌다. 대신 사스나항이나 토마리와 붙어 있는 히타카츠항을 통해서 조선 쌀의 수입이 늘어나면서 왜구가 그렇게 날뛸 필요가 없어진 것이다.

정사는 환자가 있으니 무리한 항해는 하지 않도록 명했다. 기선장과 복선장들도 속력보다는 파도를 피하는 항해에 신경을 썼다. 천천히 가면 유진복의 진통이 길어질 것 같고, 빨리 가면 파도를 가로질러야 하기 때문에 통증을 자극할 것 같아 참으로 힘든 항해였다. 하루 만에도 갈 것 같은 후추지만 파도가 조금만 일면 중간 어디서나 피항부터 하기로 했다.

섬을 서쪽으로 돌아가면 후추는 더 가깝다. 그런데도 동쪽으로 돈 것은 유진복 때문이었다. 서쪽으로 돌 경우 중간에서 배가 육지를 가로질러 넘어야 한다. 육지를 가로질러 언덕을 넘을 때 환자가 견디기 어려울 것을 고려해 거리가 좀 더 멀더라도 섬의 동쪽 해안선을 따라 후추로 가기로 한 것이다.

첫날은 항해의 중간쯤인 사가우라에서 일박했다. 삼사는 근처 절에서 자고 다른 사람들은 배에서 머물렀다. 항해를 하면서도 계속 의원들은 유진복의 치료에 매달렸으나 그의 병세는 더하지도 덜하지도 않은 혼수상태 그대로였다.

중간 기항지에서 머물 때도 대마도 안내선원들은 상륙했다. 상륙 때 주변에 유명한 의원이 있는지 알아보도록 했으나 한적한 곳이어서 모두들 허탕이었다. 사행원들은 모두 배에서 머물렀다. 날이 새면 서둘러 떠나기 위해서였다.

가을 햇볕은 잠깐이었다. 이튿날 아침에 일행은 사가우라를 떠났지만 사행단이 후추의 입구인 네오반도를 돌았을 때는 이미 산그림자가 길어지고 있었다. 이즈하라항의 오른쪽 가미사카 산에는 봉화가 올라 불빛에 반사된 연기가 황금기둥을 세워 둔 것처럼 아름다웠다.

사행선이 후추항의 입구 방파제 쪽에 가까워지자 기다리고 있던 수많은 소형선들이 깃발을 펄럭이며 환영하러 나왔다. 대마도 어선은 다 나온 것 같았다. 그 가운데서도 특히 저녁노을에 금빛을 번쩍이는 배 한 척이 정사선 앞으로 다가왔다. 대마도 번주가 타는 배였다.

길이는 사행선과 비슷했지만 낮고 날렵해 보이는 데다 치장이 예사가 아니었다. 오동나무 잎 모양의 문양이 새겨진 기가 뱃전에서 펄럭이고 어둑한 속에서도 깃발의 채색이 휘황했다. 배 값이

115

일만 냥은 될 것이라는 말도 있었으니 그 화려함은 짐작할 만했다. 깃발을 단 몇 척의 소형선은 번주의 배를 둘러싸고 함께 움직이고 있었다.

번주의 배가 사행선 앞으로 나오자 둘러싸고 있던 소형선들은 한쪽으로 비켰다. 민첩함이 문자 그대로 일사불란이었다. 방파제를 지나 내항으로 들어서니 산기슭에 불을 환하게 밝힌 번주의 성이 보였다. 불빛에 반사돼서 그런지 생각보다 크고 화려했다.

번주의 성에서 왼쪽으로 얼마 떨어지지 않은 곳에는 역시 여러 개의 등불을 달아 놓은 큰 절도 보였다. 앞서 대마도를 찾았던 사행단이 묵었다는 세이잔지라는 절이었다. 일행이 도착하기 173년 전에는 임진왜란의 원흉 도요토미 히데요시의 의중을 살피기 위해 일본을 방문했던 정사 황윤길과 부사 김성일이 머물렀던 절이다.

사행선이 부두에 접안했다. 깃발에 뒤이어 국서함이 사행선에서 차례로 내렸다. 예복 차림의 삼사가 뒤를 이었고 상관들이 그 뒤를 따랐다. 사행선보다 먼저 도착한 번주와 스님, 게로라고 부르는 대마번의 최고위직들이 부두에 도열하고 있다가 일행을 반갑게 맞았다.

"번주 소 요시나가입니다. 먼 길에 어렵게 도착하신 여러분을 진심으로 환영합니다. 제가 숙소인 세이잔지까지 귀한 분들을 안내하겠습니다. 마음에 드실지 모르겠습니다만, 여기 머무르시는 동안의 숙소입니다."

만남의 인사는 극히 간단했다. 세이잔지에서 별도의 환영행사가 있어서였다. 목소리에 힘이 실린 번주의 나이는 스물세 살, 그

풍채도 늠름했다. 그는 조선통신사가 대마도 북단에 도착한 이후 지금까지 후추에 어서 오기를 고대하고 있었다고 했다.

부두에서 간단한 인사가 끝나자 일행은 숙소인 세이잔지로 향했다. 길가는 말할 것도 없고 골목집 담 안에서도 얼굴을 밖으로 내민 구경꾼들의 눈길이 담을 넘고 있었다. 조엄 정사는 그의 「해사일기」에서 구경꾼이 만 명은 될 것 같다고 적어 놓았을 정도로 구경꾼이 많았다.

번주와 스님, 게로들이 절에 도착하자 환영행사는 바로 시작되었다. 스님은 특별히 막부에서 보낸 학식 높은 분이었다. 나이도 상당해 보였고, 복장도 단정했다. 그는 한문에 능통해서 조선통신사 사신들과 한자로 얼마든지 소통이 가능했다. 대마도에서 에도까지 사신단 일행에 대한 응대와 안내를 책임지고 있는 스님이었다.

번주의 환영행사는 간단했다.

"먼 길에 피로하셨을 줄 압니다. 오늘은 일찍 편히 쉬시고 내일부터 우리들과 여러 가지 의미 있는 교류행사를 갖도록 합시다. 조선과 일본이 화기롭게 지낼 수 있도록 저희들은 최선을 다하겠습니다."

조엄 정사는 시종 담담한 태도를 보였다. 대마도의 환영행사는 그야말로 환영 이상의 의미가 없다고 생각했기 때문이다. 거기에다 혼수상태가 계속되고 있는 중환자도 있고 모두들 오랜 항해에 지쳐 있기 때문이기도 했다. 환영사와 답사는 간단하게 주고받았다.

환영행사가 끝나자 번주는 스님과 함께 삼사에게 다시금 정중하게 인사를 했다. 그리고 내일을 약속하고 일찍 자리를 떴다. 번주와 그 수행원들의 등에서도 번주 가문의 문양인 오동나무 잎 모양의 그림이 선명했다.

사행원들이 머무르게 될 세이잔지는 밖에서 보는 것보다 훨씬 크고 넓었다. 백 년도 훨씬 넘은 절이라는데 새로 지은 절처럼 넓고 깨끗했다. 부처를 모신 불당을 제외하고도 일백 간은 넉넉히 되고 남을 것 같았다. 칸막이로 나눠진 방들을 정리하니 격군과 잡역부들을 제외한 전원이 자고도 남을 성싶었다.

기선장과 복선장은 모두 이날 환영행사 때는 사행선에서 머무르지는 않았다. 원칙은 배에 머물며 격군을 지휘해야 되었다. 그렇지만 이날 저녁은 상호 환영행사 참가, 인사교환의 소개 대상자였기 때문에 행사에 참석했다가 그대로 절에 머무르기로 계획되어 있었기 때문이다.

행사가 끝나자 변박은 뜰로 나왔다. 담 너머 펼쳐진 검은 바다에서 환한 불빛이 건너와 눈을 부시게 했다. 오징어떼 등 갖가지 고기떼가 몰려든 모양이다. 조선통신사를 환영하기 위해 나왔던 어선들이 다 모여 불야성이 되었거나 아니면 그믐에 가까운 시월 스무이레 밤이어서 바다는 더욱 휘황했는지도 몰랐다.

저런 장관은 동래에서는 볼 수가 없다. 변박은 어떻게 하면 저 대단한 장면을 더 좋은 자신의 그림으로 바꿔 놓을 수 있을까를 생각했다. 그러면서 몇 걸음 자리를 이리저리 옮기며 그림의 구도를 요리조리 맞춰 보기도 했다.

그때 절 앞 계단을 누군가가 오르고 있었다. 동래 의원 이수의였다.

"여기 계셨군요."

그가 변박을 먼저 보고 반갑게 인사를 했다.

"어디 갔다 와요?"

"복선장님이 머물며 치료를 받을 민가부터 가 봤어요. 의원 두 명은 지금 거기서 복선장님을 돌보고 저는 대감께 복선장님이 계신 곳을 말씀드리려 들렀어요."

"차도가 좀 있어요? 이곳에는 명의도 있을 것이라고 했는데…."

"차도요? 우리도 후추에는 명의가 있다고 들었는데, 그런 것 같지도 않아요. 거기에다 복선장의 상태가 조금도 좋아지지 않고 있어요. 손을 쓸 아무런 묘책이 없으니 정말 죽을 지경이지요."

그는 어려움을 하소한 뒤 정사의 숙소를 향해 자리를 떴다. 그림의 화면을 구상하던 변박은 머리가 갑자기 산란해졌다. 아무래도 유진복은 소생의 가능성이 없을 것 같다는 예감이 그의 머리를 스쳤다.

그날 밤, 변박은 다다미방에서 잤다. 그런데도 방바닥이 배처럼 울렁거리는 것 같았다. 배에서만 생활하다가 울렁거리지 않는 곳에서 자려니 거짓말처럼 방바닥이 일렁거리는 것 같은 착각현상이 일었다. 그런데도 잠은 쉬 쏟아졌다.

사스나에서와 마찬가지로 세이잔지의 새벽도 까마귀 소리가 열었다. 방문을 밀고 나와 바다부터 먼저 바라봤다. 그토록 가득했던 밤바다의 불빛은 어디론가 사라지고 보이지 않았다. 어선들마저 행방을 감춘 바다는 안개가 푸른빛을 덮어 뿌옇기만 했다.

대마도
환영행사

후추의 새날은 분주하게 시작됐다. 사행선은 평소 번주선이 머무르는 항구 왼쪽의 오후나에라는 곳으로 옮겨졌다. 조선으로 치자면 선소 같은 곳이다. 태풍이 몰아쳐도 끄떡없는 이런 곳에서 번주는 자신의 배를 빼내면서 후추를 떠날 때까지 사행선은 모두 여기서 관리하도록 특별히 배려해 준 곳이다.

사신들이 세이잔지에 머무르게 된 것은 이 절이 섬 안에서 가장 넓고 좋은 곳이기 때문이었다. 거기에다 문화교류를 하기에도 섬 안에서 이만한 장소는 없었다. 사신들이 하룻밤을 쉬고 난 뒤인 시월 스무여드레 아침이 밝자 대마번에서는 문화교류행사 준비를 시작했다. 참가 희망자 가운데는 놀랍게도 멀리 일본 본토에서 온 사람까지 있었다. 통역은 물론이거니와, 한자로도 소통할 수 있어 의사소통에는 문제가 없었다.

날이 저물기 시작했다. 이른 저녁식사가 끝나자 환하게 밝힌 등불 아래 여기저기 칸을 친 방마다 두 나라 사람들이 여러 명씩 둘러앉았다. 교류의 시작을 위한 복잡한 의례는 따로 없었다. 부드러운 분위기 속에서 자기소개가 끝나자 일본 측에서 한 사람이 일어서더니 먼저 입을 열었다.

"조선에서 깊이 관심을 가지고 논의되고 있는 것이 음양오행설이라고 들었습니다. 우리들은 평소에 그 근거에 대해서 참 궁금하게 생각하고 있었습니다."

질문은 간단했다. 그러나 세상의 모든 것을 음과 양으로 구분해서 생각한다든지, 물은 불을 이기고 불은 쇠를 이긴다는 등의 이론 같은 것은 믿기 어렵다는 단도직입적 질문이었다. 겉으로는 그럴듯해 보이지만 공소한 이론이라고 생각하는 것 같았다. 이야기가 이렇게 진전되면 실용성만 믿으려는 일본 사람들과는 하룻밤이 아니라 며칠을 두고 토론해도 결론이 날 것 같지 않았다.

주자학을 둘러싸고 공리공론이다, 아니다라는 논쟁이 벌어지는가 하면 다른 자리에서는 한시 대회라도 벌어진 것 같은 광경이 펼쳐지고 있었다. 시 한 수를 써 놓고 설명을 하고 고개를 끄덕이는 모습이 달리 보면 조선의 서당에서 강학을 하는 장면을 떠올리게도 했다. 물론 조선의 산수화나 일본의 인물화를 그리며 서로 이야기를 주고받는 화기애애한 분위기가 깊어 가는 가을밤을 운치 있는 한 폭의 그림처럼 만들기도 했다.

변박도 이 자리에 함께하고 싶었다. 공식 화원 김유성과 함께 일본 사람들과 어울려 그림 솜씨를 보이고 싶어서였다. 그러나 신분이 배를 타는 기선장이기에 처음부터 문화교류행사에는 자신의 이름은 오르지도 않았다.

그뿐 아니었다.

"기선장은 계속해서 유진복의 병세를 좀 더 자세하게 관찰하거

라. 의원들의 치료를 거들며 도와줄 일이 있으면 도와주고."

조엄 정사는 변박의 속마음을 헤아려 주지 않는 것 같았다. 그러나 그를 전적으로 신뢰하고 있는 변박으로서는 그의 말을 따를 수밖에 없었다.

"예, 분부대로 하겠습니다."

변박은 일본에서 있게 된 첫 번째 교류행사에는 끝내 명함도 내지 못했다. 오직 기선장으로서 사행선을 보살피는 일을 하거나 중태로 사경을 헤매는 유진복의 병세를 살피는 일에 신경을 집중해야 했다.

일본에 와서 대마도에서 첫 번째로 열린 문화교류행사는 시월 스무여드레에서 스무아흐레로 이어졌다. 사행원들은 피곤했다. 그러나 피곤한 기색을 드러내기도 어려웠다.

당시의 일본, 특히 대마도는 일반적인 학문이나 문화의 수준이 조선보다는 낮았다. 일본에서도 육지와 떨어진 낙도였기 때문이다. 그런 곳의 문사들에게는 조선 선비들과 마주 앉아 토론을 한다는 것 자체가 대단히 흥미로운 일이 아닐 수 없었다.

당시 일본의 사회적 풍조는 학문숭상이 아니었다. 문약한 선비보다 사무라이로 출세하는 것이 선망의 대상이었다. 그렇기 때문에 사찰의 스님이나 몇몇 학자를 제외하고는 대륙의 앞선 학문에 대해서는 관심이 낮을 수밖에 없었다. 그런 풍조를 비집고 들어온 조선의 문화는 의외였고 신선한 충격이었다.

특히 대마도에서 시선을 끈 것은 조선의 궁중악 연주였다. 스무아흐렛날 하오 세이잔지 뜰에서 열린 궁중악 연주에는 홍주의를 차려입은 악사들이 가설무대로 들어와 앉는 것부터가 예상 밖의 화려함이었다. 향피리, 대금, 해금, 장구, 좌고 등의 악기를 들고 나온 악사들이 정좌하자 술렁거리던 장내가 순간 조용해졌다.

"쩌르륵!"

여섯 개의 박달나무 조각으로 만든 박이 연주의 시작을 알리는 소리로 공간을 톱질했다. 좌중이 일순 숨을 죽이자 영롱한 피리 소리가 관을 굴러 나와 고요를 압도했다. 순간 덩더쿵, 장구 치는 소리가 들렸다. 합장단이 아니라 외장구 소리가 공간을 가른다. 그 사이를 대금이 소금을 이끌며 끼어들고, 피리가 대금소리의 꼬리를 잡는다. 갖가지 악기가 저마다의 소리를 가볍고 무겁게, 그리고 의식에 치중한 연주답게 스스로의 무게를 얹었다.

우리 고유의 궁중악인 수제천이 장려한 아름다움을 들려준다. 뿐만 아니다. 유장미와 순응미가 자연과 합일하는 조선 사람들의 심성까지 보여 주었다. 어찌 이런 연주에 숨죽이지 않을 수 있으랴.

임진왜란이 지난 뒤 조선통신사는 2백 년 동안 겨우 열두 번 일본을 오갔다.

계산해 보면 대마도를 거친 것은 겨우 20년에 한 번 꼴이었다. 오직 산, 오직 바다만 상대하는 대마도의 보통 사람들에게는 생전에 한두 번밖에 볼 수 없는 일대 장관이 눈앞에서 전개되고 있으니 감탄을 금할 수 없었다.

조선의 학문이 어느 정도인지, 조선의 문화가 어떤 것인지 구체적으로 몰라도 좋았다. 그 수준과 깊이, 의미와 같은 것을 굳이 다 이해하지 못해도 좋았다. 교류의 과정을 통해서 대마도 사람들은 조선과 이렇게 가깝게 서로 만나는 것만으로도 흡족했다.

예의를 잃지 말아라, 함부로 떠들지 말아라, 사신들에게 접근해서 뭘 사려고 하지 말아라, 행렬이 지날 때 길을 가로질러 건너지 말아라, 사신들을 향해 손가락질 하지 말아라 등등 주의사항은 듣고 또 들었기에 그런 행동준칙은 어느덧 대마도 사람들의 몸에 배어 있었다.

수제천은 끝났다. 그래도 사람들은 일어설 줄을 몰랐다.

이번에는 수제천과 함께 공연되기도 하는 정읍사가 사람들의 목소리에 실려 노래로 흘러나왔다. 높고 낮은 소리에 실려 무대 가운데서는 춤사위가 펼쳐진다. 빨갛고 파랗고 노란 의상이 원무를 그린다. 빛의 춤이 어두운 공간을 가른다. 사람들은 숨을 죽인다.

변박은 자신도 앞으로 계속 이런 공연의 관객이 되고 싶었다. 대마도 사람뿐 아니라 자신에게도 놓쳐서는 안 될 기회가 아닌가. 이 공연에 이어 전날처럼 또 있게 될 현지 문사들과의 시문교류에도 참석하고 싶었다. 그러나 그에게는 이번에도 그런 기회가 제대로 주어지지 않았다.

유진복의 상태에 온통 정신을 쏟고 있는 정사는 이튿날 변박을 또 불렀다.

"아무래도 부산 사정을 기선장이 잘 아니까 의원들의 처방을 받아 빨리 부산에다 약제를 주문해 보면 어떻겠느냐?"

후추에서도 유진복의 병세를 돌리기가 쉽지 않자 조엄 정사는 방법을 부산에서 찾기로 한 것이다. 그래서 변박을 불러 새로운 과제를 주었다.

"이수의에게는 다른 의관들과 논의해서 어떤 약제를 쓸 것인가

처방도 내도록 하고."

"분부대로 하겠습니다."

"한시가 바쁘다는 것을 잊지 말거라."

정사가 유진복을 구하기 위해 내리는 간절한 지시에 어찌 토를 달 수 있겠는가. 변박은 이수의와 함께 의관들을 만났다. 의관들은 탕제의 효과에 대해서는 고개를 갸웃했다. 그러나 할 수 있는 데까지는 다 해봐야 한다는 생각은 모두가 일치했다.

의원들과는 달리 변박은 부산으로 가는 배까지 수배하지 않으면 안 되었다. 낮에는 대부분의 대마도 배들이 바다에 나가고 없었다. 부산으로 가는 배를 수소문하기 위해서 날이 저물 때까지 변박은 갯가에서 서성거리지 않으면 안 되었다.

마음은 굴떡 같았지만 종일 후추를 헤집고 다닌다고 그는 사행단 행사에는 얼굴을 내밀 틈이 없었다. 그토록 펼쳐 보이고 싶었던 글솜씨, 그림솜씨는 접고 사람 목숨 구하는 일에 자신을 묶어야 하는 하루였다.

다음 날 아침, 변박은 간밤의 문화교류 이야기를 여기저기서 얻어들었다. 넘치는 탄성은 전날이나 다름이 없었다. 행사가 거둔 성과는 자신이 이리 뛰고 저리 뛰어도 거두지 못한 성과와는 천양지판이었다.

대마도는 사무라이뿐 아니라 명문장가도 있었다. 드물기는 했지만 유학에 깊이 있는 아메노모리 호슈와 같이 명성 있는 유학자도 한때 이곳에서 살고 있었다. 그는 조선의 문화, 심지어 조선말에 대해서까지도 정통했다. 후추는 한때 그런 사람과 그런 전통이 있었던 곳이다. 종가문서라는 어마어마한 기록문화를 만들어 낸 곳도 대마도였다.

그러나 대마도 사람들은 되도록 그런저런 티를 내려고 하지 않았다. 정치색 없이 무색무취해야 편했기 때문이다. 기왕에 조선통신사들이 왔으니 더 좋은 문화를 받아들이자는 생각이 부지불식간에 번져 모든 행사에 적극성을 보였을 뿐이다.

유진복을 찾아 본 날이면 정사는 언제나 표정이 어두웠다.

"벌써 사흘이 지났는데도 부산으로 간 배는 아직 아무 소식이 없느냐?"

약제를 구해 오면 유진복의 병이 금방 낫기라도 할 것처럼 한시가 바쁘게 정사의 마음은 초조했다. 그러나 정작 의원들은 유진복의 빠른 회복을 크게 기대하지 않는 것 같았다.

시월 마지막 날이 되어도 부산에 약제를 구하러 간 배는 감감무소식이었다. 그렇게 금방 약제를 구해 올 수야 있으랴만 초조한 정사의 마음은 하루가 여삼추였다.

"사행선은 떠날 준비가 다 되었느냐?"

정사는 이도 저도 뜻대로 되지 않자 후추를 떠나는 것을 생각한 것 같았다. 뾰족한 방법도 없는데다 시간이 자꾸 흘러 초조해진 결과였겠지만, 출항 준비가 다 되었다 할지라도 당장에 떠나기란 그 또한 손쉬운 일은 아니었다.

"준비는 다 되었습니다. 먹을 것은 물론, 마실 물까지 부족하지 않도록 해 뒀습니다. 출항명령만 내리시면 당장에라도 떠날 수는 있을 것 같습니다."

그러나 역시 선장들에게는 환자의 처리가 큰 문제였다.

"음…."

어금니를 지그시 깨물며 정사는 무엇인가를 깊이 생각하더니 말했다.

"부산에서 소식이 오는 대로 가부간 우리는 여기서 떠나도록 하자."

이 소리를 듣자 모두는 의아한 표정을 했다. 가부간이라니, 유진복을 어떻게 하자는 것인지 알 수가 없기 때문이었다.

마침 그 자리에 있던 변박이 정사에게 물었다.

"복선장은 어떻게 하시려 하옵니까?"

"이렇게 차도가 없으니 동래로 보내야지. 거기서 치료를 해 봐야지 여기서는 속수무책이 아닌가. 부산에서 오는 소식을 보고 안 되겠다 싶으면 사람을 붙여 유진복을 부산으로 보내는 방법밖에 없지 않겠느냐?"

사행원들 가운데에는 유진복 외에도 대마도에 와서 병을 얻은 사람들이 있었다. 그들의 병세는 유진복처럼 심각한 것은 아니었다. 항해에 시달리고 갑작스런 환경변화에 몸살이나 소화불량, 불면증 등으로 시달리다가 식욕을 잃고 있는 사람들이 그런 사람들이었다. 그 가운데는 오랜 여행이 어려워 보이는 사람도 있었다.

"오늘내일 사이에는 부산에서 연락이 있을 것 같사옵니다. 의원들께서도 환자에 대한 소견을 적어 부산으로 보냈으니 약을 구해 오면 그 약을 써 보고 결정해도 좋을 것 같습니다."

다른 사행원들 같으면 정사의 말을 듣고만 있었을 것이다. 그러나 변박은 자신의 생각을 말한 뒤 무엄하다 싶을 정도로 다른 환자에 대한 소견까지 말했다.

127

"다른 환자들도 의원들의 진단을 새로 받아 본 뒤 꼭 돌려보내야 할 환자가 있으면 같은 배로 함께 되돌려 보내도록 하면 어떨까 생각되옵니다."

사실, 의원들은 유진복에게 매달리느라고 지쳐서 병세가 가벼운 다른 환자들은 제대로 챙겨 보지도 못했던 터다.

정사는 변박의 말을 듣고 보니 그도 그럴 것 같았다. 그가 사리를 따져 하는 말을 듣자니 장기간의 여행에 앞서 결단을 내릴 일은 결단을 내려야 할 것 같았다.

부산으로부터는 사흘째 소식이 감감했다. 그날 저녁에는 변박은 늦게까지 뱃전을 서성거렸다. 혹시 밤중에라도 부산에서 들어올 배가 있는지 수소문하기 위해서였다.

나흘째부터는 공식적인 문화교류행사는 쉬기로 했다. 대신 틈나는 사람들은 짬짬이 일본사람들에게 조선춤을 가르치고 일본사람들도 요사코이라는 일본춤을 사행단원들에게 가르치기도 했다. 그러나 가라앉은 분위기로 신명은 여려지고 있었다.

활기가 가라앉은 채 날이 저물자 정사는 자리에 들었다. 그날에 일어났던 일들을 일기로 쓰기 시작했다. 그때 밖에서 인기척이 있었다.

"밖에 누구냐?"

"의원이올시다."

정사는 귀가 번쩍 뜨였다.

"부산으로부터 무슨 연락이라도 있었느냐?"

"황송하옵니다. 그게 아니라…."

"그게 아니라, 그러면 뭐란 말이냐? 바람이 차니 들어와서 자세히 말해 보거라."

의원의 말은 뜻밖이었다. 뜻밖이라기보다 예상했던 대로였다. 유진복이 아무래도 밤을 넘기기가 어려울 것 같다는 이야기였다. 눈동자가 풀리고, 숨을 몰아쉬기 시작했다는 것이다. 가능성이 없기 때문에 지금이라도 사후 대책을 세우는 것이 좋을 것 같다는 것이었다.

"부사와 종사관을 불러라. 그리고 제술관 남옥, 서기 성대중은 물론 원중거, 김인겸과 기선장과 복선장들도 모두 불러라."

밤중에 소집된 사행단의 중요인사 회의는 간단히 끝났다. 만약 유진복이 숨을 거두면 현지 장례의식대로 화장을 할 것인가, 시신을 그대로 부산으로 보낼 것인가. 장기간 여행이 어렵다고 판단되는 사행원들의 신병은 어떻게 처리할 것인가. 그것을 묻기 위한 회의였다.

결론은 유진복이 사망할 경우 왜식으로 화장할 것이 아니라, 시신을 부산으로 운구해서 가족에게 보내자는 것이었다. 다른 환자들 가운데 예측이 어렵고 치료에 긴 시간이 필요한 사람은 병세가 더 나빠지기 전 모두 부산으로 돌려보내기로 했다. 대마도에서 부산은 가깝기 때문에 사행단이 대마도를 떠나기 전에 보내는 것이 좋겠다는 의견이었다.

이 의견에 대해서는 의원들도 같은 생각이었다. 정사는 연고지가 부산이 아닌 환자에 대해서는 어디라 할 것 없이 모두 연고지까지 어려움 없이 갈 수 있도록 모든 편의를 봐 주는 것이 좋겠다고 했다.

정사는 의원들에게 유진복의 마지막을 잘 보살피도록 간곡하게 일렀다. 어수선함 속에서도 착 가라앉은 회의는 이내 끝났다.
회의가 끝나자 정사는 침통한 표정으로 자리에서 일어섰다. 이제
모두들 돌아가서 할 일을 하라는 뜻이었다. 그러나 참석자들은
자리에서 금방 일어서지를 못했다.

유진복은 예상대로 그날 밤을 넘기지 못했다. 불행하게도 모두
의 염원과는 아랑곳없이 사행단 가운데에서 사망자가 생기고 만
것이다.

정사 조엄은 유진복이 숨을 거두자 이튿날인 동짓달 초하루 아
침 동래부사 정만순에게 문서를 보냈다. 유진복의 운구가 도착하
면 장례를 잘 치른 뒤 가족에게 심심하게 위로해 주기를 바란다
는 내용이었다. 또 환자로서 중도에 귀국하게 된 악사 장복심은
고향인 강원도 정선까지, 동래 거주 유원봉, 격군인 손귀태, 영덕
의 유돌암도 병으로 함께 갈 수 없어 돌려보내니 무사히 집으로
돌아가서 치료를 받을 수 있도록 협조를 당부했다.

기록을 담당한 제술관 남옥은 그의 일기 「해사록」에서 운구를
담당한 배가 환자 네 명까지 싣고 후추를 떠날 때의 분위기를 다
음과 같이 기록으로 남겼다.

사행원 모두는 부두에서 조촐한 과일과 정갈한 밥으로 망자
와의 이별을 고하고 부디 고향으로 편히 돌아가라면서 그의
죽음을 애도했다.

남옥은 뒤이어 귀국하는 환자의 빠른 쾌차를 빌었다는 내용도
빠뜨리지 않았다.

유진복에 대한 후추에서의 장례는 그렇게 끝났다. 그러나 실의에 빠진 일행은 크게 동력이 떨어졌다. 거기에다 때 아닌 바람까지 불어 사행선은 당장에 높은 파도를 뚫고 출항하기가 어렵게 됐다.

정사 조엄은 사행단의 사기를 높이기 위한 며칠간의 휴식이 필요하다고 생각했다. 바람도 잠잠해지기를 기다리면서 일행은 어쩔 수 없이 후추에서 다시 며칠을 머물게 됐다. 대마도 안내선원들도 출항준비를 끝내고 날씨가 좋아져 정사의 출항명령이 내려지기를 기다리면서 대기상태에 들어갔다.

며칠 뒤 바람이 잠들자 정사는 번주 소 요시나가의 배웅을 받으며 후추를 떠났다. 시월 초엿새에 일본 땅 사스나항에 도착했으니 대마도를 떠나는 날까지 사행단은 한 달 엿새를 이 섬에서 머물러야 했다. 전례에서 보기 드문 인력 손실에다 선박파손 등 조엄 정사에게는 힘겨운 대마도 상륙이었고 심란한 대마도 출발이었다.

정사는 하루라도 빨리 에도에 도착하고 싶었다. 악몽 같았던 대마도 장기 체재로 길어진 사행기간을 단축하기 위해 다음 기항지인 이키섬을 건너뛰고 시모노세키로 바로 가고 싶었다.

"그것은 어렵습니다. 이미 이키에서 안내선원들이 건너와 우리를 이키로 안내하기 위해 사행선단에 앞서서 이키섬으로 가고 있는 중입니다."

종사관은 물론 서기와 역관까지 이키섬을 건너뛰기는 어렵다고 난색을 드러냈다.

맑은 날이면, 부산에서 대마도가 보이는 것처럼 대마도에서 이키섬도 가깝게 보인다. 사행단이 대마도에 도착했을 때 이미 이키에서는 나름대로 사행단을 맞을 준비를 하고 있었다. 교류를 위한 섬 나름의 대책도 끝내고 도착을 기다리고 있던 터라 이키섬을 건너뛰기는 어려울 것 같아 정사도 생각을 바꾸지 않을 수 없었다.

이키섬의 면적은 대마도보다 훨씬 좁았다. 그러나 평지가 넓어 산뿐인 대마도보다는 작물재배지가 넉넉했다. 사람들도 비교적 온순했고 후덕했다. 일본 본토와도 가깝기 때문에 문화적으로도 폐쇄성이 없는 편이었다.

사행단 일행은 대마도를 떠난 하루 만인 11월 열사흘에 이키섬에 도착했다. 첫날은 환영행사만 있었을 뿐 모두 휴식을 취했다. 이튿날부터는 예정대로 이키섬의 대표적인 문사들과 교류를 시작했다. 그러나 섬사람들은 뜻밖에도 조선의 전통문화보다 동의보감, 불경 등에 높은 관심을 보였다.

현지 의원들은 또 명나라 시대의 치료서인 본초강목에 대해서 알고자 했고 동의보감에 따른 구체적인 병의 치료법, 침의 경락을 배우고자 했다. 여기서도 이키섬의 의원뿐 아니라 규슈에서 건너온 의원까지도 의료문답에 나서고 있었다.

사행단은 도착에서 출발까지 나흘을 이키섬에 머물 계획을 했다. 도착하는 날과 떠나는 날을 빼도 아쉬운 대로 이렇게 작은 섬에서 이틀은 머물 수 있다고 생각했다.

"웬 날씨가 가을인데도 계속 이렇게 좋지 않지?"

서둘러 나흘 만에 이키섬을 떠나려 했던 정사는 출발을 연기시켰다. 바닷바람이 예상 밖으로 거칠어서 서둘러 떠나려던 생각을 접은 것이다. 떠나려다가 멈추고, 멈췄다가 떠나려고 하기를 되풀이하다가 일행은 이 섬에서 열흘을 넘기고서야 겨우 떠날 수 있게 되었다.

역시 대한해협을 건너기는 쉽지 않았다. 가다가 중간의 작은 섬에서 피항을 몇 번이고 했다. 때로는 섬을 떠나 얼마쯤 가다가 무리한 항해를 접고 떠났던 섬으로 되돌아와 피항을 하기도 했다. 시모노세키의 눈앞인 아이노시마에 도착한 것이 섣달 초사흘. 일본 본토에 발을 들여놓지도 못하고 중간에서 보낸 것이 거의 두 달이었다.

시모노세키와 가까운 아이노시마는 아주 작은 섬이었다. 한 시간쯤 걸으면 섬을 한 바퀴 돌 수 있을 정도다. 뛰어난 경치에다 사신들이 안전하게 머물 수 있는 곳이어서 가까운 육지를 곁에 두고 번주가 이곳에다 숙소를 정한 것 같았다.

뿐만 아니라 사신들을 위한 배려는 곳곳에서 드러나고 있었다. 사행선의 안전한 접안을 위해 섬 앞 두 곳에다 방파제까지 새로 만들었다. 사신들이 머물 수 있도록 집도 여러 채를 새로 짓고 숙소 근처 곳곳에다 우물까지 파는 정성을 보였다.

그러나 여기서도 빤히 건너다보이는 본토를 향하여 금방 떠날 수는 없었다. 사신들이 섬에 머무는 동안에 주민들이 파도에 휩쓸려 익사하는 사고도 있었다. 험한 날씨를 피해 섬의 한쪽 자갈밭 위에 올려놓은 어선들이 여러 척 파도에 휩쓸려 대파되기도 했다. 그런 날씨를 무릅쓰고 사행선이 항해를 강행할 수는 없었다.

날씨가 완전히 좋아지기를 기다린다고 이 작은 섬에서 또 열사흘 동안이나 머물 수밖에 없었다. 한겨울인 섣달 스무엿새에야 겨우 아이노시마를 떠나 시모노세키로 향할 수 있었다.

시모노세키까지 가는 데는 한나절밖에 걸리지 않았다. 바람이 거들어 줬기 때문이다. 거기에다 물의 흐름을 꿰뚫고 있는 안내선원들이 배가 가는 방향과 물이 흐르는 방향이 일치할 때로 출항 시간을 잘 맞췄기 때문이기도 했다.

시모노세키와 규슈 사이에는 간몬해협이 있다. 이 해협은 물이 들 때와 날 때의 흐름의 속도가 일본 안에서도 가장 빠른 곳이었다. 그렇기 때문에 물의 흐름과 마주하면 배가 오히려 뒷걸음을 칠 수밖에 없다. 안내선원들이 이런 물의 흐름을 제대로 맞췄기 때문에 모두들 편하고 빠르게 한나절 만에 시모노세키에 도착할 수 있었다.

이곳에서도 1천 척이 넘는 많은 소형선들이 깃발을 펄럭이며 사행선의 도착을 환영했다. 사행원들이 머물 곳은 아카마징구(赤間神宮). 배가 접안하는 곳 바닷가 언덕에 있는 빨간색 징구(神宮)는 크고 화려하면서도 위엄이 넘쳤다.

이곳에서는 주변의 세 곳 번주가 사행단의 도착을 함께 기다리고 있었다. 그들은 조선통신사가 자기네 영지를 차례로 지나가기 때문에 함께 정성을 모아 사신들을 접대하기 위해 숙소가 있는 이곳에 모여 도착을 기다리고 있었던 것이다.

시모노세키에 도착한 정사는 번주들이 사행단을 융숭하게 맞아 주는 것은 고마운 일이지만 더 춥기 전에 하루라도 빨리 에도를 향해 떠나고 싶었다. 그러나 아카마징구에서 대기하고 있던 문사들은 사행원들이 하루라도 더 이곳에 머물기를 원했다. 사전에 징구까지 비워 놓고 접대와 교류의 준비를 하고 있었던 터였다.

아카마징구에서 기다리고 있던 문사는 여러 명이었다. 주변 지역이 넓어 여러 곳에서 문사들이 모여들었기 때문이다. 항해에 지친 사행원들은 도착하는 날과 떠나는 날을 제외하면 겨우 이틀 정도는 현지 문사들과 필담을 통하여 교류하고, 궁중음악, 서화 교류, 의류문답 등을 할 수 있었다.

유진복의 사망, 환자의 귀환, 황천항해 때문에 지쳐 모두들 의욕이 크게 떨어진 데다 일정에 쫓겨 시모노세키 교류는 양쪽 다 아쉬운 점이 많았다. 변박은 이번에도 교류에 합석할 수 없었다. 장거리 항해를 앞둔 선박점검 때문이었다. 그는 배에서 남는 시간에는 겨우 아이노시마에서 그려 온 밑그림 풍경을 정리하는 것으로 만족해야 했다.

일행은 시모노세키에서 닷새 만에 출항했다. 그날이 섣달 그믐이었다. 좁은 해협을 비집고 물이 동쪽을 향하여 급하게 흐르기 시작한 때에 맞춰 사행선은 모두 머리를 그쪽으로 틀었다. 이내 세토나이해에 들었다. 산이 양쪽 바다를 병풍처럼 감싸고 있어 바다는 호수처럼 느껴졌다.

섣달 그믐의 어두운 밤이었지만 잔잔한 밤바다에는 하늘이 비쳤다. 구름 한 점 끼지 않았고 별빛이 주변 산의 음영을 뚜렷하게 했다. 변박은 이곳의 밤경치가 동양화 같다는 생각을 했다. 지금의 이 바다는 질풍노도의 대마해협과는 전혀 다른 세상의 바다였다.

세토나이해로 들어와서 첫 번째 기항지는 가미노세키였다. 날이 바뀌어 정월 초하루가 되었다. 배 안 여기저기서 세배를 하는 사람들이 눈에 띄였다. 얼마 전 무신년 사행 때의 화원 이성린이 그린 바다 풍경이 아름다웠다고 느꼈던 곳이 바로 이 섬이었다. 이곳에서도 사전에 절을 비워 사행원들이 머물 수 있도록 해 놓고 도착을 기다리고 있었다.

같은 곳에서는 현지를 찾아온 문사들과 공자, 맹자를 논하기도 하고 바둑을 두기도 했다. 특히 날씨가 포근했던 세토나이해의 끝자락 우시마도에서는 오랜만에 동네사람들과 함께 조선춤을 함께 추면서 밤을 지새우기도 했다. 그때 함께 췄던 춤은 현지 주민들에게 전수돼 명절이면 언제나 동네 사람들이 모여 조선춤을 함께 추면서 노는 것이 동네의 중요한 놀이 행사가 되었다.

그러나 장기간의 바다여행이란 사행원들에게는 힘에 부치는 일이었다. 해상생활의 경험이 거의 없는 한양 선비들의 경우는 더욱 그랬다.

사행단이 무로쓰에 도착했을 때의 일이다.

"김한중의 감기는 좀 어떻느냐?"

조엄 정사가 의원에게 자신을 시중드는 소동의 감기에 대해서 물었다.

"쉽게 낫지를 않습니다."

"소화가 잘 안 되고 도무지 머리가 어지러워서 일하기 힘든 사람들도 더러 있다는데, 잘 돌봐야 할 것 같다. 이제 육지도 그다지 멀지 않았으니. 다들 건강관리를 잘해야지."

사행원 개개인에 대해서는 좀처럼 묻지 않던 정사가 감기, 소화불량, 정신적 권태 환자가 늘어나고 있다는 말을 듣자 걱정이 돼 의원을 불러 개개인에 대해서도 이렇게 물었던 것이다.

항해를 하는 동안 기항지에 따라서는 현지의 별미가 계속 나왔다. 조선통신사를 위해 빚어 두었던 토산주가 금주령을 무색하게 했고, 입맛을 돋워 주기도 했다. 그러나 모두들 바닷길에 지쳐 어서 항해를 끝내고 싶어만 했다. 오사카까지만 가면 육로가 시작된다니까 어서 오사카에 도착했으면 좋겠다는 생각들뿐이었다.

바닷길은 끝나고

배질은 밤낮없이 계속되었다.

일행이 오사카에 도착한 것은 정월 스무하루. 부산을 떠나서 석 달 열닷새, 시모노세키를 떠나서는 불과 스무이틀 만에 모든 항해가 끝난 것이다. 계미년에 부산을 떠난 사행단은 해가 바뀐 갑신년이 되어서야 긴 항해를 끝냈으니 모두들 지칠 대로 지쳐 있었다.

그러나 오사카에 도착한 사신들은 눈이 휘둥그레졌다. 도시 풍경이 세토나이해 바닷가 마을 풍경과는 전혀 달랐던 때문이다. 헌 옷 짧은 바지에 조리라고 부르는 짚신같이 생긴 신발이나 신고 다닐 것으로 짐작했던 오사카 사람들이 생각 밖으로 넉넉하게 보인 것이다.

그 무렵의 오사카는 해상운송으로 상업이 크게 발달했었다. 바다를 통한 운송업자라면 누구나 큰돈을 만질 수 있어 좋은 집에서 잘 먹고 잘살았다. 넓은 길에는 생각지도 못했던 인력거가 달렸고 밤이 늦도록 유곽은 빨간 등불을 달고 영업을 하고 있었다.

사행단의 누군가는 자신의 일기를 통해서 '남의 나라를 침략했던 야만스러운 왜인들이 벌을 받을 줄 알았는데 이렇게 잘사는 것을 보니 배가 아플 지경'이라고 적어 놓기까지 했다.

오사카에서도 사행원들의 숙소는 니시혼간지라는 큰 절이었다. 그러나 여기서도 격군들은 육지에서 머무르지 않고 일본 안내선원들과 함께 배에 남아서 선박경비를 맡았다.

삼사와 고관들이 머무르게 된 절은 지금까지 일본에서 본 어느 절보다 컸다. 사행원 모두와 안내원, 심지어 일본인 짐꾼과 가마를 짊어질 가마꾼, 마부까지도 머무르기에 좁지 않을 정도였다. 그러나 삼사가 절에 든 뒤에는 불교신자는 물론 일반인의 출입도 금지되었다. 휴식이나 문화행사에 방해가 될 것을 우려해서였다.

저녁이 되자 정사는 의원들을 불렀다.

"환자들이 더러 생겼다고 했는데 감기 몸살이라는 소동 김한중이랑 다들 지금 상태가 어떠느냐?"

"가벼운 사람도 있지만 소동은 여기서 며칠 동안 쉬면서 약을 쓰면 많이 회복될 것으로 보입니다."

"걱정하지 않아도 되겠느냐?"

"예, 그러하옵니다."

정사는 속으로 안도의 숨을 내쉬었다. 대마도에서 복선장 유진복을 병으로 잃었기 때문에 환자 말만 들어도 뭔가 불안했다. 오사카에 도착하자마자 김한중을 챙긴 것도 그래서였다. 만약 그들의 건강이 아주 좋지 않으면 진작 부산으로 되돌려 보내는 것이 좋지만, 오사카에서는 온 길이 너무 멀어 되돌려 보내기도 난감한 일이었다.

"보양식이라도 먹으면서 잘 쉬게 하고, 필요하면 약제도 아끼지 말고 충분히 쓰도록 하거라."

정사의 배려로 환자들은 여유 있게 며칠을 휴식할 수 있었고, 소동 김한중은 니시혼간지에서 독방을 쓸 수도 있었다. 김한중은 충분히 휴식을 취하고 있는데도 열이 쉽게 내리지 않았다. 잔기침 소리가 옆방까지 들려 듣는 사람은 그의 병이 쉽게 낫지 않을 것 같다는 불안한 생각이 들게 했다.

절에서는 사행원들의 식사에 크게 신경을 썼다. 원래 돼지고기나 쇠고기 같은 것은 절에서는 금기음식이었다. 그러나 사행원들에게는 예외적으로 육고기를 대접했다. 반입이 금지된 육고기를 들여오기 위해서 절의 정문을 사용하지 않고 뒤쪽에 별도의 문을 임시로 만들어 그 문으로 반입하는 변통을 부리기까지 했다. 물론 사신들을 위해 술까지 반입하는 편법을 쓰는 것도 잊지 않았다.

조선통신사를 위한 파격적인 대접으로 김한중도 매일 맛있는 음식을 먹을 수 있었다. 그러나 그의 입맛을 받쳐 주지는 못했고 병은 쉽게 낫지 않았다.

"아무래도 무리해서 김한중을 데리고 에도로 갈 수는 없겠구나. 이곳의 어디 편한 장소를 구해서 당분간 휴식을 취하면서 건강을 회복하도록 도와주거라."

그런 가운데에서도 오사카의 민간교류는 상당한 심도가 있었다. 여기서도 사람들은 조선의 의술에 관심이 많았다. 글과 글씨를 주고받는 일, 그림을 서로 그려 보이는 일, 우아한 예능 공연 등에도 높은 관심을 보였지만 역시 의술에 관심이 가장 많았다.

변박도 이곳 행사에는 참가하고 싶었다. 그러나 사행선이 정박해 있는 곳이 니시혼간지와 너무 떨어진 곳이어서 행사에 참석할 수가 없었다. 글씨가 뛰어난 스물두 살의 김한중도 서도교류에 참가하고 싶었다. 그러나 그도 여전히 건강이 허락하지 않아 안타깝지만 교류행사에는 나설 수가 없었다.

정사는 오사카에서도 출발을 재촉했다. 가는 곳마다 바쁜 마음을 숨기지 않고 어서 출발하자고 재촉했다.

사행원들의 복무를 담당하는 종사관은 결국 김한중과의 동행을 포기해야 할 것 같다는 의원들의 의견을 정사에게 전했다. 혼자 남아서 건강을 회복하고 돌아올 때 함께 귀국하면 될 것 같다는 보고에 정사도 그렇게 하자고 쉽게 승낙했다.

종사관 김상익은 도훈도 최천종, 변박과 함께 김한중이 요양할 곳을 찾았다. 오사카의 남쪽 조용한 곳에 위치한 치쿠린지라는 절을 찾은 그들은 주지를 만났다. 주지는 인정스럽고 차분한 사람으로 보였다.

"아직 젊으니까 곧 회복될 것입니다. 우리 일행이 에도에서 되돌아올 때까지만 잘 부탁드리겠습니다."

"걱정 마세요. 젊은 나이에 외국에서 병이 나면 아픈 것도 고통스럽지만 얼마나 외롭겠습니까. 잘 돌봐서 어서 건강을 회복하도록 애써 보겠습니다."

주지는 즉석에서 김한중을 돌봐 주겠다고 약속했다. 그리고 김한중이 외롭지 않도록 고향에 있는 그의 아이들 또래 동네 아이들까지 불러 함께 놀도록 하겠다는 말도 했다. 주지의 세심한 배려가 있었다는 보고를 받자 정사는 불안을 덜며 크게 안심했다.

사행단이 오사카를 떠나기 전 정사는 변박을 불렀다.

"지금부터는 육로가 시작된다. 이제 모두들 외부와의 접촉도 자유로워지니 도훈도 최천종 혼자만으로는 해야 할 일이 너무 많을 것 같다. 장관청에서 일한 경험도 있으니 에도에 갔다가 다시 돌아올 때까지 도훈도로서 같이 가도록 준비를 하라."

정사는 이번에도 변박을 곁에 두려고 했다. 당황스러웠지만 역시 명을 따르지 않을 수가 없었다. 모두들 에도를 떠난 뒤 자신은 배에 남아서 여유롭게 그림이나 그리려고 계획했었다. 그러나 그 계획이 이번에도 무산되고 만 것이다.

일행은 정월 스무엿새에 오사카를 떠나 교토로 향했다. 배에 머무를 격군 등 사행원들을 제외하면 부산에서 출발한 사람들은 삼백예순 명이었다. 이들은 일본 측에서 마련해 주는 납작한 배에 짐을 싣고 얕은 강을 거슬러 중간에 위치한 요도라는 곳으로 향했다.

요도로 이어지는 강의 이름도 요도강이었다. 이 강을 거슬러오를 때는 일본 인부들이 강 양쪽에서 밧줄로 배를 끌었다. 높은 사람들은 가마에서 내려 배로 옮겨 탔다. 배에는 무거운 짐도 함께 실었다. 동원된 일본 사람들이 모두 이천 명 정도였으니 그 이동하는 모습은 일대 장관이었다.

배에 앉아 좌우 경관을 살피던 정사는 갑자기 변박을 찾았다.

"저것이 보이느냐? 저것이 어디에 쓰이는 것인지 자세히 알아보거라."

정사가 가리키는 곳에서는 큰 소달구지 바퀴 같은 것이 바가지를 달고 강가에서 빙빙 돌고 있었다. 그 바가지가 높은 곳으로 올라가서는 뒤집혀지면서 물을 쏟아 논으로 흘려보내고 있었다. 변박도 생전 처음 보는 것이었다.

"저도 처음 보는 것이옵니다. 자세히 알아보겠사옵니다."

일본 사람들은 그것이 무엇인지 다 알고 있었다. 그들은 그것을 수차라고 불렀다. 가뭄 때 강에서 물을 퍼 올려 논에 대는 일종의 농기구였다. 그런 수차를 겨울 가뭄의 해갈을 위해서 열심히 돌리고 있었던 것이다.

"우리 조선에는 저런 것이 없지 않느냐? 저것을 그대로 그려 보아라. 그림만 보고도 그대로 만들 수 있도록."

"예, 잘 알겠습니다. 분부대로 하겠습니다."

"크기라든지 길이는 별파진 허규가 자세히 재서 적어 두도록 해라. 조선에서도 가뭄 때 농사를 지으려면 꼭 필요할 것 같다. 그런 일을 할 동안 모두들 여기서 잠시 쉬도록 하라. 쉬는 동안 그릴 것은 그리고 잴 것은 빨리 재도록 하라."

변박은 여기서도 예리한 정사의 눈에 또 한 번 놀랐다. 대마도에서도 보통 사람은 예사로 스쳐 지나갈 고구마를 보고 우리의 구황작물로 쓰도록 즉시 그것을 조선으로 보내지 않았던가. 그때의 감탄이 되살아났던 것이다.

변박은 조선에는 없는 수차를 실측하고 그리기 위해 배에서 내렸다. 허규가 바쁘게 돌았다. 그 사이 잠시 휴식을 취한 일행은 다시 요도를 향해 출발했다. 이곳에서부터는 깃발을 든 기수가 선도하는 긴 행렬이 취타대를 따라 이동을 시작했다. 어디서 소식을 들었는지 남녀노소 수천 명이 이 행렬을 구경하기 위해 몰려들었다.

정사는 중간 어디서나 되도록이면 오래 머무르지 않으려고 했다. 행렬도 한적한 곳에서는 격식을 생략하고 빨리 움직이게 했다. 이동시간을 줄이기 위해서였다. 교토에 도착해서는 숙소인 쇼코쿠지에서 조용히 학문적 교류에 치중했다. 그래서 이 절에는 글씨를 남겼을 뿐 다른 행사는 귀로에 열기로 미뤘다.

사신들은 교토에서부터는 더욱 잰걸음으로 에도로 이동했다. 조선통신사의 바쁜 에도행을 돕기 위해 일본 측에서도 여러 가지로 신경을 썼다. 가령 막부장군만 지나갈 수 있는 길을 '조선인 가도'라고 고쳐 부르면서 조선통신사가 지나갈 수 있도록 모든 편의를 제공했다.

이 특수한 길은 원래 막부장군이 교토를 방문하거나 지방시찰을 하고 난 뒤 에도로 돌아갈 때 그만 통과할 수 있는 길이었다. 바다와도 같이 큰 호수 비와코를 돌아 히코네라는 곳에 이르는 나카센도 대로를 따라 북상하는 이 아름다운 길은 네덜란드 통상관들이나 유구사절단에게도 통과가 허용되지 않았다. 심지어 번주들의 통행마저 금지되었던 길이다.

그런 길을 오로지 조선통신사만 통과할 수 있게 해 모두들 특수한 길이라고 생각했던 것이다.

사신들은 이 길을 거쳐 히코네에 도착해서는 조용한 절 소안지에서 묵었다. 이때에도 정사의 뜻에 따라 번잡한 행사는 줄였다. 히코네 번주는 그들의 자랑인 우람한 히코네성을 구경해 주기를 원했지만 일정을 이유로 정중하게 사양하기도 했다.

소안지에서도 하루나 이틀밖에 묵지 않을 사행원들의 입맛을 위해 절의 한쪽 담을 헐었다. 이곳에서도 오사카에서처럼 육고기를 한시적으로 반입하기 위해서 부린 변통이었다. 그러나 사행원들은 교류는 하되 밤을 지새우지는 않았고 안주는 좋았지만 최대한 절주했다. 검은 문이라고 불리던 소안지의 이 임시 문은 사행원들이 떠나자 원상태대로 복원되었다.

　정사의 마음을 알고 있는 사행원들은 뜀박질이라도 하듯 모두 바쁘게 이동했다. 에도와 가까워진 시즈오카에서는 세이켄지라는 유서 깊은 절에서 쉬게 되었다. 이곳에까지 이르게 되자 일행은 오랜만에 명시명문들을 사이에 놓고 일본의 문사들과 의견을 주고받기도 했다.

　이런 기회가 있었기 때문에 시즈오카는 일본 최초의 인삼 재배지가 되었다. 인삼 재배법은 당시로서는 마치 군사정보와도 같이 까다롭고 비밀스러웠다. 그런데도 개성 출신 사행원을 붙들고 인삼 재배법을 애원하는 바람에 고향 자랑을 겸해서 가르쳐 준 것이 계기가 되어 시즈오카가 일본 최초의 인삼 재배지가 되었던 것이다.

　에도로 향하는 길은 비록 육로이긴 해도 산을 넘고 바닷가를 굽돌아야 하는 어려움이 많았다. 그런 어려움을 덜어 주기 위해 일본인들도 많은 신경을 썼다. 험한 산의 모롱이를 아예 깎아 버리는 난공사를 통해 사신들이 빠르고 편하게 에도에 도착할 수 있도록 도와주기도 했다.

　마침내 조선통신사는 갑신년(1764년) 이월 열엿새에 목적지 에도에 도착했다. 도착 인원은 오사카에서 머무르고 있는 격군들을 뺀 삼백예순 명이었다. 계미년 시월 엿새 부산의 영가대 앞을 떠나서 넉 달 열흘 만의 일이다. 쇼코쿠지의 문을 나선 뒤 불과 열이레 만이었으니까 육지에서는 바다보다 이동이 훨씬 빨랐다.

일행은 에도성에서 멀지 않은 히가시혼간지라는 크고 조용한 절에서 여장을 풀었다. 조엄 정사는 도착 즉시 조선통신사 일행이 무사히 에도에 도착했음을 막부에 알렸다. 그리고 사행원 모두에게는 도착 이튿날은 충분히 휴식을 취하도록 했다.

도착 사흘째인 이월 열여드레 낮, 조엄 정사를 비롯한 대표단은 에도성에 입성했다. 늦었지만 도쿠가와 이에하루의 막부장군 계승을 축하하고 두 나라의 관계를 돈독히 하자는 내용이 적힌 영조대왕의 국서를 전달했다.

국서를 전달하는 의식인 전명식에서는 조선의 궁중에서 연주되는 정악이 조선 악사들에 의해서 울려 퍼졌다. 그 가락의 심오함과 우아함에 참가자들은 경건함을 잃지 않았다. 막부장군의 답서가 우리 측 정사에게 전달될 때는 일본의 궁중음악이 연주되었고 장내의 분위기는 시종 엄숙함을 잃지 않았다.

그러나 국서를 교환하는 전명식 때는 두 나라의 대표 사이에 눈에 보이지 않는 어색한 분위기가 잠시 감돌았다. 일본에는 천황이 있기 때문이었다. 천황은 국민들이 숭배하는 일본 최고위의 신적 존재였다. 그런 역사를 무시하고 막부장군을 최고위자로 상대하는 것이 옳은가. 모순일 수도 있다는 생각이 들었기 때문이었다.

그러나 군사적 외교적으로 일본을 대표하는 현실적 실력자는 막부장군이었다. 막부장군은 칼을 쥐고 있었기 때문이다. 일본을 손아귀에 거머쥐고 있는 그런 힘을 오직 상징적인 힘뿐인 천황과 비교한다는 것은 현실성이 없었다.

평화와 문화를 교류하기 위해 목숨을 걸고 먼 길을 찾아온 조선통신사들이 이 문제로 멈칫거릴 수는 없다는 것이 조엄 정사의 판단이었다. 기미를 눈치챈 일본 측에서도 이 일이 빌미가 되어 교류가 지칫거리게 된다면 누구에게도 득이 되지 않는다는 것을 모를 리 없었다.

결국 전명식은 조용하고 엄숙하게 끝났다. 전명식이 끝나자 에도성의 뒤뜰에서는 갖가지 축하교류행사가 열렸다.

이 행사에서 단연코 주목을 받은 것은 마상재였다. 마상재는 조선의 말 위에서 갖가지 재주를 부리는 일종의 승마 무예였다. 달리는 말 위에 서서 활을 쏘면 화살은 백발백중 과녁에 꽂혔다. 달리는 말 등에서 물구나무 서기, 달리는 말의 겨드랑이에 몸을 숨겨 상대방의 공격을 피하는 재주를 보면 누구든 절로 터져 나오는 탄성을 어쩔 수 없었다.

매를 풀어 주면 날아가서 꿩을 잡아 오는 것은 일본에서는 흔히 볼 수 없는 장면이었다. 무장도 하지 않은 두 사나이가 맨몸으로 부딪치며 싸워서 상대를 완벽하게 제압하는 택견은 칼뿐 아니라 사람의 몸도 곧 무기임을 일깨워 주는 것 같았다.

감탄은 숙소인 히가시혼간지로 옮겨졌다. 저녁은 진수성찬으로 이어졌고, 찾아온 에도 제일의 문사들과 시를 짓고 노래도 부르면서 교류하는 수창은 늦은 밤으로 이어졌다. 그러는 사이에 일본과 조선의 이른바 저명인사들은 마음을 열었다.

일본 측에서는 성의를 다해 사신들이 에도를 유람할 수 있도록 도와주었다. 그러면서 교류를 계속하기를 바랐다. 조선의 선진적

유교문화에서 배울 점이 많았고, 의술을 비롯한 각종 예기는 교류할 충분한 가치가 있다고 판단했기 때문이다.

그러나 에도에서 하루를 더 보내면 귀국도 하루가 더 늦어진다. 역시 여기서도 돌아갈 길이 너무 멀다는 생각이 조엄 정사의 마음을 바장이게 했다. 오사카에다 혼자 남겨 두고 온 수족 같은 소동 김한중까지도 걱정이 되었다.

그러는 사이에 어느덧 에도에 입성한 지 스무나흘이 지나갔다. 내로라하는 재사들이 여러 분야에서 교류를 희망해 오는 바람에 시간이 그렇게 흘러간 것이다.

소나무 아래 호랑이

혹한도 한풀 꺾인 삼월 열하루, 일행은 에도를 떠났다. 드디어 귀국길에 오른 것이다. 그동안의 후한 대접에 감사하는 뜻으로 사행단은 조선에서 준비해 온 여러 가지 선물을 신세 진 사람들에게 골고루 나눠 줬다. 특히 막부장군에게는 그가 좋아하는 호랑이 가죽을 전하는 것도 잊지 않았다.

일본 측에서도 떠나는 사행원들의 노고에 감사를 표하면서 은화를 주었다. 당시 일본에서는 은광이 발견되어 막부는 은을 넉넉히 보유하고 있었다. 고위직과 하위직의 차이는 있었지만 교류 준비와 추위를 무릅쓴 방문에 감사를 표한 은화는 그 액수가 결코 만만하지 않았다.

그러나 사행원들은 그것을 가지고 올 수는 없었다. 일본에서 주는 어떤 것도 조선으로 가지고 올 수 없었다. 물건을 탐하는 구차스러운 모습을 보여서는 안 된다는 조선의 자존심 때문이었다.

그런 분위기 때문인지 누구도 은화를 가지고 돌아올 생각은 하지 않았다. 내심 아깝게들 생각했지만 오사카로 오는 도중 받았던 은화를 강물에 던져버리기도 했다. 차마 버리지 못해서 숨겨 오던 사행원들까지도 다음에 강물을 건널 때는 옷춤에 숨겨 뒀던 은화를 끄집어내 물에다 던져 버리지 않을 수 없었다. 이를 본 일본인 하급 짐꾼들과 동네 아이들은 차가운 물에 뛰어들어 은화를 찾는 진풍경을 빚기도 했다.

사행원들은 에도로 갈 때 들렀던 시즈오카의 절 세이켄지에 다시 들렀다. 풍광이 아름다운 곳에 자리 잡은 절은 역시 크고 조용했다. 동남향인 데다 앞서 일본을 찾았던 사행원들의 흔적이 일본의 어느 절보다 많이 남아 있는 절이었다.

바닷가 낮은 언덕 위의 일주문에 이르자 눈여겨봤던 현판이 다시 변박의 눈길을 끌었다. 해동명구(海東名區)라는 이 일주문의 글씨는 왜학상통사 현덕윤이 53년 전 신묘년에 여기 들렀을 때 썼던 글씨다. 그는 일본어뿐 아니라 글씨도 매우 뛰어난 밀양출신 부산사람이었다. 변박은 다시금 글자 한 자 한 자씩을 꼼꼼히 뜯어보았다. 다시 봐도 역시 명필이었다.

일주문을 지나 절의 안마당에 들어섰다. 오른쪽 종루에는 갈 때 봤던 그대로 경요세계(瓊搖世界)라는 현판이 그를 다시 반갑게 맞았다. 이 역시 계미년 독촉관 박안기가 아름다운 절의 경치를 감탄하면서 아름다운 세상이란 뜻으로 쓴 글이었다.

군데군데 앞서 지나간 사행원들의 글씨가 발목을 잡고 눈길을 끌었다. 그 가운데에서도 절의 본당 한가운데 지붕 아래 크게 붙어 있는 현판의 흥국(興國)이라는 글씨는 을미년인 백십구 년 전 정사 조형이 쓴 것이었다. 흘려 쓰지 않은 정자체가 지체 높았던 정사의 단아했던 인품을 그대로 드러내고 있었다.

여기저기 천천히 발걸음을 옮겨 가며 변박은 뛰어난 글씨에 감탄을 누르지 못하고 있었다. 그런 변박을 정사가 뒤에서 발견하고 말을 건넸다.

"사행선도 없으니 도훈도는 여기서 찾아온 문사들과 마음 놓고 시서화를 한번 겨뤄 보면 어떠냐?"

"아직은 부족한 점이 많사옵니다."

그러면서도 그는 기뻤다. 그것이 정사의 본뜻임을 알기 때문에 기쁨이 더했다.

"아니야. 도훈도 정도라면."

길을 비켜 옆으로 서 있는 변박을 보며 정사는 그를 다시 도훈도라고 불렀다. 일본인과 어우러져 서로 시 쓰고 그림 그리며 토론까지도 하는 자리, 필담창화의 격조 높은 자리에 기선장의 신분으로 끼어드는 것보다는 도훈도가 낫다는 생각을 했는지 모른다.

"어떻든 나중에 그 자리에 나가 봐."

정사는 그 말을 남기고 안으로 들어갔다.

해동명구나 경요세계라는 말에 걸맞게 세이켄지에서 보는 해거름의 바다 풍경은 황홀했다. 잠자리를 배정받은 변박은 다시 절의 문 앞으로 나왔다. 더 저물기 전 왼쪽 바다 건너 솔밭 위로 보인다는 후지산의 일몰 풍경을 감상하기 위해서였다.

그러나 일본의 명산이라고 자랑하는 후지산은 그 이마를 드러내지 않았다. 봄이 오기 때문인지 연무가 원경을 가려 그쪽은 흐릿하기만 했다.

저녁 식사가 끝나자 오랜만에 여유로운 시간이 찾아왔다. 법당으로 연결된 복도 여기저기에 먼저 지나간 사행원들의 글씨가 편액으로 붙어 있다. 동백기름 등잔불에 맑고 밝게 비치는 글씨들은 절로 감탄을 자아냈다.

아직 완전한 봄은 멀었다. 저녁 공기는 쌀쌀했다. 그러나 긴장감으로 해서 문사들이 마주 앉은 다다미방은 오히려 훈훈한 느낌이 들었다.

에도로 갈 때와 마찬가지로 이날 저녁도 처음 시작된 것은 의료문답이었다. 그 곁 한쪽에는 산수화의 대가 김유성이 여러 사람 속에 앉아 있었다. 그러나 아직 붓은 들지 않아 분위기가 무르익지는 않은 것 같았다. 음주나 가무 같은 것은 절의 경내에서는 모두들 삼가는 분위기, 벼루에 먹을 가는 모습은 여기저기서 눈에 띄었다.

변박은 일본 사람들이 좋아하는 호랑이 그림을 한 장쯤 그려 보면 좋을 것 같다는 생각이 들었다. 머릿속에다 조선에서 자주 그려 봤던 호랑이의 그림들을 떠올렸다. 일본 사람은 대나무를 좋아하니까 자신이 늘 그리던 소나무 대신 대나무를 배경으로 해도 좋겠다는 생각도 들었다. 그런 생각을 하던 그는 짐꾸러미를 펼쳐 그 속에 들어 있는 붓과 비단, 그리고 종이를 끄집어냈다.

방바닥에 종이를 폈다. 그리고 그것을 손바닥으로 눌러 그림 그리기 좋게 펴고 다듬었다. 그러고 보니까 제법 오랫동안 글씨를 쓰거나 그림을 그린 일이 없었다. 손이 굴껍질처럼 거칠고 손마디며 팔목이 뻣뻣했다.

"그림을 먼저 그릴 것이 아니라, 글씨부터 써 보자. 그러면 뻣뻣해진 손목부터 좀 풀릴 것이 아닌가."

그는 속으로 중얼거리며 그림 그리기를 뒤로 미루고 글부터 먼저 써 보기로 했다. 자작시를 쓰기에는 마음이 좀 걸리고 누구의 시를 옮겨 써 볼까 잠시 생각했다. 그리고 붓에다 먹물을 먹였다. 결국 먼저 간 사행원이 남긴 시의 운을 받아 한 편의 자작시를 써 보기로 했다.

題淸見寺用前韻(제청견사용전운)

地接三山界(지접삼산계)-땅은 삼신산의 경계에 접하였고
天低萬里波(천저만리파)-하늘이 만리 파도에 낮은데
禪家元勝絶(선가원승절)-선가는 원래 경치 빼어나
槎客暫經過(사객잠경과)-사자로 나그네 잠시 거쳐 지나니
詩意春花在(시의춘화재)-시상으로 봄꽃이 있고
羈愁夕照多(기수석조다)-나그네 시름 석양이 좋구나
徘徊還惜別(배회환석별)-배회하다 도리어 작별이 아쉬워
惆悵更如何(추창경여하)-서글픔을 다시 어찌하리(*정경주 역)

歲甲申暮春東華述齋卜璞琢之走稿
(세갑신모춘 동화 술재 변박 탁지 주고)
-갑신년 봄 조선 술재 변박이 급하게 쓴 글

세이켄지를 제목으로 했다. 먼저 지나간 분들의 시의 운(韻)을 따서 쓰니 어쩐지 마음이 흡족해졌다. 앞서 이 절을 거쳐 간 시인들과 대화라도 하는 것 같았다. 운을 따와서 쓴 시이긴 했지만 세

이켄지의 아름다움을 떠나면 아쉬울 것 같은 과객의 심정을 노래하며 지은 시였다. 모두들 눈이 휘둥그레졌다.

그는 이 시를 챙겨 갈 생각은 하지 않았다. 갖고자 하는 누구에게 주거나 주지에게 주고 가면 어떨까 생각했다. 제목에서부터 세이켄지라는 절을 등장시킨 것은 이 절과 관계가 있는 시라는 것을 밝히고 싶어서였다.

시의 왼쪽 아래에는 갑신년 봄에 이 시를 썼음을 밝혔다. 또 여행 중 쓴 것이기에 변박이 급히 썼다는 것까지 밝혔다. 뿐만 아니었다. 이 시 속에는 조선의 위상까지 밝혀 놓고 있었다. 자신의 호인 술재 앞에 동화라고 써 놓은 것이 그것이다. 동화는 동쪽의 중화, 중국의 문화에 버금하고 있는 동쪽의 문화의 나라 조선이라는 뜻을 강조한 것이었다.

변박은 이 글을 주지에게 주면서 절에서 보관하든지 알아서 처리하라고 했다.

방 안 여기저기서는 두 나라 사람들이 글을 쓰거나 통역을 통해 뭔가 서로 대화를 하고 있었다. 붓으로 글을 쓰면서 대화를 하기도 하고 아니면 혼자서 뭔가를 열심히 쓰는 사람도 있었다. 혼자서 뭔가를 열심히 쓰고 있는 사람이 누군가 봤다. 그는 어디서나 틈만 나면 뭔가를 혼자서 열심히 쓰는 종사관 김상익의 서기 김인겸이었다.

그는 좀 특이한 성격이었다. 부산을 출발할 때부터 계속 한글로 시를 짓고 있었다. 한글을 모르는 사람들은 봐도 무슨 내용인지도 알 수 없는 것을 틈만 나면 어디서나 열심히 쓰고 있었다. 때로는 그 시 속에서 그는 일본을 비판했고, 일본 풍속의 그릇

됨을 사정없이 흉보기도 했다. 변박은 그 긴 일기체 형식의 시가 「일동장유가」라는 것으로 봐서 일본 기행시임은 이미 눈치채고 있었다.

파루(波樓)에 올라앉자 사면을 바라보니
풍청낭정(風淸浪靜)하고 수천(水天)이 일색(一色)일다
이윽하야 달이 뜨니 장함도 장하시고
홍운이 집 떠난 듯 바다에 놉나는 듯
크고 둥근 백옥 바퀴 그 사이로 솟아난다
찬란한 금(金)기둥이 만리(萬里)에 뻐처있다

아름다운 경치를 이렇게 칭찬했지만 한글을 모르는 일본인들은 역시 한자 몇 자만 알 수 있을 뿐이었다. 그들은 그냥 글 쓰는 모습을 구경하면서 일본글과는 너무 다른 한글의 모양이 신기하다는 듯 구경을 하고 있을 뿐이었다.

김인겸이 가는 곳마다 계속 적고 있는 그곳의 풍정에 대한 묘사는 여기서도 늦도록 이어지고 있었다. 이미 쓴 여정의 기록은 모아둔 것만 해도 책 몇 권 분량은 넉넉히 될 것 같은 꾸러미였다.

변박은 오랜만에 그림도 한 장 그려 보고 싶었다. 머릿속에 가득한 일본의 풍경을 그려 볼까, 아니면 늘 그리던 매화나 난초, 아니면 대나무나 국화를 그려 볼까 잠시 생각했다. 붓을 드는 손도 어느덧 뻣뻣함에서 조금 풀리는 듯했다. 야반에 이르기에는 아직 시간도 이르고, 이런 기회가 언제 어디에서 또 있을지 알 수가 없었다.

그는 공식 화원인 김유성도 틀림없이 여기서 그림을 그리고 있을 것 같아 주위를 휘둘러보았다. 역시 사람들이 둘러앉고 서서 구경을 하는 속에 김유성의 모습이 보였다. 길이가 넉 자는 넘고 폭이 두 자는 될락말락한 한지에다 그는 병풍용 산수화를 그리고 있었다.

밤새 몇 폭 병풍을 그릴지 알 수 없지만 간단한 매화도는 이미 완성했고, 변박이 힐끔 봤을 때는 금강산도를 열심히 그리고 있었다. 아마도 여덟 폭 병풍 정도는 그리겠지. 시간이 없으면 네 폭 병풍이라도 그리려니 생각하며 자신도 끄집어내 놓았던 화선지를 손바닥으로 눌러 폈다.

변박은 벼루에다 먼저 먹물을 연하게 풀었다. 그랬다가 그것을 다시 진하게 했다. 뭔가 연한 색의 그림을 먼저 그려 필요할 때 진한 색을 쓰려고 생각했다가 진한 색을 먼저 쓰기로 한 것이다. 궁금한 일본인들이 변박의 하는 행동과 붓끝을 주의 깊게 바라보고 있었다.

변박은 붓을 쥐었다. 그리고 순식간에 아래에서 위로 검고 뭉툭한 선을 그었다. 그리던 검은 선 사이사이에는 틈이 좁고 흰 공간도 두었다. 검고 뭉툭한 선은 다시 연한 색으로 덧칠되며 둥글게 입체감을 드러냈다. 대나무가 나타났다. 마디마디에는 가지가 붙었다. 가지 끝에는 짙고 연한 대나무 잎이 매달렸다.

익숙한 손놀림으로 그림을 완성하는 데에는 별로 긴 시간이 걸리지 않았다. 완성된 그림의 왼쪽 빈 공간에다 그는 갑신년 봄 조선사람 술재가 그렸다는 것을 밝히고 붉은색 낙관을 먹였다. 그리고 주위를 둘러보며 사람들의 반응을 살폈다. 일본에서 오랜만에 마음먹고 그려 본 그림이기 때문이었다.

변박은 신기함을 감추지 못한 채 자신의 묵죽도를 초롱초롱한 눈으로 바라보고 있던 일본인 가운데 가장 눈이 반짝거리는 사람에게 그 그림을 조건 없이 건넸다. 느닷없는 횡재에 그 일본인은 눈앞에 벌어진 일이 사실인지, 그냥 한번 보라는 것인지 몰라서 엉거주춤했다. 그러나 이내 뜻밖의 횡재가 사실임을 알자 마냥 머리를 조아리며 좋아 어쩔 줄 몰라 했다.

그동안 기회만 보아 왔던 변박은 오랜만에 시도 짓고 그림도 그릴 수 있어 기분이 매우 흡족했다. 밤새도록 그림을 더 그리고 싶었으나 날이 새면 계속될 이동이 그의 마음을 붙잡았다. 드디어 펴 놨던 종이를 거두고 말았다. 김유성 화원은 아직 붓을 들고 있는 것이 보였다.

일행은 이튿날 일찍 세이켄지를 떠났다. 떠나면서 들으니 김유성 화원도 밤새 낙산사도 등 여섯 장의 병풍을 그렸다고 했다. 그 그림은 완성하자 모두 잘 보관하라면서 주지에게 주었다고 했다.

세이켄지를 나서자 바닷가 길인데도 에도로 갈 때보다는 날씨가 한결 포근했다. 이튿날 가케가와라는 강을 건너 얼마쯤 가자 경치가 빼어난 하마마츠라는 곳에 이르렀다. 강 하구인지 호수인지 알 수 없을 만큼 넓고 잔잔한 물이 하오의 봄볕을 받아 따뜻하고 아름답게 반짝거렸다. 일행은 연도에서 여장을 풀었다.

일행을 영접하기 위해 먼저 와서 기다리고 있던 이 지역 번주가 모두를 반갑게 맞았다.

"이곳이 일본에서 장어요리가 제일 유명한 곳입니다. 맛있는 토속주까지 준비해 두었으니 즐기시며 하루를 푹 쉬시기 바랍니다."

그러나 조엄 정사는 도훈도 최천종과 변박을 불렀다.

"여기는 배 안도 아니고 절도 아니다. 사방이 트인 곳이어서 사
행원들이 술을 많이 마시면 아무 곳에나 갈 수 있다. 왜인들과 섞
여서 놀아나거나 분외의 짓이 없도록 잘 단속하라."

인삼을 구하기 위해 무리하게 덤비는 사람을 조심하고 취해서
놀아나는 일이 없도록 하라는 엄명이었다. 사행원 가운데서 술김
에 일본 여인과 놀아나는 바람에 말썽이 되었던 일을 생각해 냈
던 것이다.

하마마츠를 떠나 오사카로 가는 길은 에도로 갈 때의 그 길 그
대로였다. 낯설지 않은 길이었기에 되돌아오기는 쉬웠다. 그리고
발걸음도 빨랐다. 그러나 봄이라고는 해도 역시 짐을 가지고 강
을 건너는 일은 힘들었다.

교토에 도착한 날은 사월 초사흘이었다. 에도를 떠난 지 스무
사흘 만의 일이었다. 파도가 발목을 잡지 않는 육지에서는 모두
들 놀랄 만큼 이동 속도가 빨랐다.

교토에서는 갈 때처럼 올 때의 숙소도 쇼코쿠지였다. 특별한 불
교행사가 없을 때는 일반인들이 절에서 머무는 경우가 거의 없었
다. 그러나 조선통신사가 쇼코쿠지에서 머무는 동안만은 사행원
들과의 교류를 위한 일반인의 체재가 제한적이지만 허락되었다.

쇼코쿠지는 다른 곳과는 다르게 학자들이 많았다. 일본 최고의
학승들을 비롯해서 주자학을 공부하기 위해 중국에 유학하고자
하는 스님까지도 머무르는 절이었다. 주변에는 중국이나 조선과
같은 대륙문화에 관심이 많은 청년들이 머무르는 것도 이상할 것

이 없었다.

사행원들과 마주 앉은 어떤 일본인 문사는 수준 높은 한시를 외면서 교류를 원했고, 부채를 내밀면서 거기에다 시 한 수를 적어 달라고 부탁하는 사람도 있었다. 심지어는 준비했던 종이까지 변박에게 내밀면서 대나무나 소나무 그림을 한 장 그려 달라고 부탁하는 사람도 있었다.

이것도 그림을 그릴 수 있는 기회라는 생각에서 변박은 기분 좋게 붓을 들었다. 앞으로 그림 그릴 기회가 많지 않을 것 같아서 이기도 했다. 내일 모레면 오사카에 도착할 것이고, 곧이어 바닷길이 시작된다. 그렇다면 여기서 그리는 그림은 정성을 들여 잘 그려야 할 것 같았다.

일본인이 건네주는 종이 역시 세로가 가로보다 길고 그림 그리기에 좋은 폭이었다. 종이를 앞에 놓고 변박은 잠시 생각했다. 넉넉히 넉 자가 넘을 것 같은 여유 있는 길이에 어떤 그림을 그려도 넉넉한 폭이다. 여기에다 낙락장송을 그릴까, 키 큰 대나무를 그릴까. 그 어느 것이나 그리기는 어렵지 않고 시간도 오래 걸리지 않을 것 같았다.

변박은 잠시 생각했다. 피곤하기는 했지만 시간이 좀 걸리더라도 일본 사람들이 갖기를 원하는 그림을 그려 보자는 생각이 들었다. 그는 짐 속에 남겨 두었던 붓을 모두 끄집어냈다. 그리고 끝이 상하지 않았는지 세필을 하나하나 자세히 살펴보았다. 세선으로 그림을 그리는 데에는 전혀 어려움이 없을 것 같았다.

그는 그림을 그리기 전에 늘 하던 버릇대로 손바닥으로 종이를 한번 쓰다듬어 보았다. 세이켄지에서처럼 손바닥이 거칠다는 느낌이 또 들었다. 손가락을 차례대로 폈다 오므려 보고 손목도 가볍게 돌리며 손바닥도 비벼 보았다.

붓을 든 그는 종이의 절반 아래에다 먼저 선을 그었다. 달필의 세선으로 계속해서 종이 윗부분에다 그린 선은 차츰 어떤 형상을 드러내기 시작했다. 먼저 드러나는 것은 짐승의 머리 윤곽이었다. 이어 몸통이 서서히 드러나고 다리가 드러났다. 머리에 눈을 그리자 호랑이 그림이 분명해졌다. 옆에서 보고 있던 일본인들은 놀라운 표정을 감추지 않았다. 꼬리를 그리자 호랑이 윤곽이 마침내 완벽하게 드러났다.

여러 번의 붓질을 잇대어 호랑이 털의 방향을 한 곳으로 향하게 했다. 보기만 해도 억센 맹수 호랑이가 윤필에 따라서 부드러운 털을 뒤집어쓰고 앉아 이쪽을 보고 있다. 미간과 몸통의 줄무늬는 담묵과 농묵에 의해서 입체감이 생생했다.

호랑이가 없는 나라에 나타난 호랑이 그림에 모두들 얼굴에 긴장감마저 돌았다. 호랑이의 눈빛은 날카로웠다. 본능이 드러나고 있는 것 같았다. 꼬리를 내려 앞으로 돌린 채 형형한 눈빛으로 이쪽을 노려보고 있다. 무슨 이상한 소리라도 탐색하려는 것인가. 귀가 쫑긋했다.

변박은 호랑이의 등 뒤쪽에다 조금 두꺼운 붓을 들어 선을 그었다. 풀잎이라고 느껴지는 연한 색은 가는 붓에 물을 먹여 선과는 다르게 그려졌다. 껍질이 두꺼운 휘어진 소나무는 그림 밖에서 그림 안으로 굽어 들어왔다가 다시 그림 밖으로 휘어져 나갔다. 절반 이상이나 차지한 호랑이 머리 위의 빈 공간에는 소나무 둥치는 보이지 않고 잔가지만 뻗어 들어와 아래로 내렸다. 가지

마다 솔잎이 붙었다.

호랑이 그림을 가지면 행운이 온다고 믿는 일본 사람들의 눈앞에 상당한 시간이 지나자 마침내 호랑이 그림 한 장이 완성되었다. 호랑이가 앉은 자리, 그 배경을 이루는 소나무의 생김새, 호랑이 머리 위로 적당히 여유를 부리면서 뻗은 소나무 가지. 송하호도라고 이름 지어 부족할 것 하나 없는 그림이었다.

오랜만의 그림이다. 그러나 너무 오랜만이어서 속이 뒤틀리게 하는 그림은 아니었다. 마음에 차지 않으면 남의 나라에다 미완의 그림을 남겨 놓지 않겠다던 본래의 생각은 하지 않아도 좋을 성싶었다. 머리를 들어 거리를 유지하면서 그는 다시 그림을 내려다보았다. 주욱 훑어 봐도 역시 못마땅한 구석은 없었다.

그는 놨던 붓을 다시 들었다. 그림의 왼쪽 중간 아래 빈 공간에다 술재라고 호를 쓰고 호 아래에다 사각형 붉은색의 낙관을 먹였다. 그림이 완성된 것이다.

그림이 완성되고 보니 밤이 꽤나 깊었다. 변박은 주위에 둘러앉아 눈빛이 초롱초롱하게 그림을 보고 있는 사람들을 한번 휘둘러봤다.

"이 그림이 다 마를 때까지 여기다 그대로 두겠소. 마른 뒤에는 모든 것을 화지의 주인이 주지스님과 의논해서 개인이 갖든지 절에서 보관하든지 하시오."

그의 말이 떨어지자 통역이 둘러앉아 있는 여러 사람들에게 뭔가를 바쁘게 설명해 주었다. 변박은 마음에 드는 그림을 그렸다는 홀가분한 기분으로 짐을 챙겨 자리에서 일어섰다. 그러면서도 약간은 뭔가 부족한 듯, 아쉬운 듯한 묘한 기분이 들었다.

최
천
종
의   죽
음

이틀 뒤인 사월 초닷새에 일행은 육로의 끝이자 다시 바닷길이 시작되는 오사카에 이르렀다. 에도로 갈 때 보았던 물레방아는 올 때도 중간지점 요도 강변에서 여전히 돌고 있었다. 허규는 물레방아가 돌고 있는 곳으로 뛰어가 무엇인가를 보고 또 보고는 했다.

행렬이 오사카에 이르자 격군들은 축제나 맞는 것 같은 분위기에 휩싸였다. 낯선 곳에 남아 사행단의 귀환만 기다리며 지루한 나날을 보내야 했던 그들에게 사행단의 귀환은 환호의 순간이었다.

그러나 정사는 오사카의 땅을 밟자 이내 소동 김한중의 건강이 궁금했다. 일행을 맞는 환영의 무리 속에서 김한중의 모습이 보이지 않았기 때문이다.

"소동 김한중이 왜 보이지 않느냐?"

이 말을 들은 의원들은 가슴이 철렁했다. 오사카에 도착하기 전 이미 그들은 김한중의 사망 소식을 알고 있었기 때문이었다.

"황공하옵니다. 소동은 이미 숨을 거둔 줄 알고 있습니다."

"뭐라고?"

오사카가 가까워지면서 정사에게도 불길한 예감이 들지 않았던 것은 아니다.

"그렇다면 왜 진작 알리지 않았느냐?"

"황공하옵니다."

정사는 즉시 소동의 요양을 맡고 있었던 치쿠린지에 사람을 보냈다. 결과야 어떻게 되었든 주지에게 감사의 뜻을 전하는 것이 도리라고 생각했던 것이다. 그리고 그간의 사정을 알고 싶기 때문이기도 했다.

소동 김한중은 일행이 떠난 뒤 치쿠린지에서 쓸쓸한 나날을 보냈다. 주지는 처음 생각했던 대로 김한중이 고국에 두고 온 자신의 아이와 나이가 비슷한 동네 아이들과 함께 어울려 놀도록 했다. 그러나 그는 아이들과 어울려 노는 동안에도 외로움을 잊기는커녕 고향에 대한 향수는 더했다. 그러면서 자꾸 말라가더라는 것이다.

추위가 덜한 어느 날 볕바른 양지에 앉아 하염없이 먼 곳에 눈길을 주고 있던 그는 따뜻한 방 안으로 자리를 옮겼다. 그리고 머리맡에 두고 있던 붓과 벼루를 끄집어내 힘없는 손으로 한 편의 한시를 지었다.

금춘왜국객(今春倭國客)-이 봄에는 일본의 길손이지만
거년한인중(去年韓人中)-지난해에는 조선인임에 틀림없었네
부세하정처(浮世何定處)-뜬구름 같은 세상 정처 없으니

가귀고지춘(可歸古地春)-봄이 오면 고향 땅에 돌아갈 수 있겠지

　요양을 시작한 지 얼마 되지도 않은 이월 열흘, 그는 스물두 살의 나이에 왜국에서 위의 시 한 편을 남기고 영원히 불귀의 객이 되고 말았다.

　소동은 보통 스무 살 전의 청소년들이었다. 그러나 김한중은 스물두 살이었으니까 소동으로서는 나이가 많은 편이었다. 그런데도 그가 소동으로 정사를 모신 것은 조엄 정사가 그의 정직성과 성실성을 높이 사서 오래전부터 곁에서 일하게 했던 것이다. 한번 믿었던 사람은 여간해서는 내치지 않는 성격 때문이기도 했다.

　소동 김한중이 숨을 거뒀다는 소식을 들은 정사는 착잡한 심정을 이루 헤아릴 수가 없었다. 유진복의 죽음에 이어 사행길에서 맞은 두 번째의 죽음이었기 때문이다.

　"그래, 장례는 어떻게 치렀다고 하더냐?"

　"여기서 하는 식에 따라 화장을 했다고 합니다. 유골은 별도로 보관하고 있기 때문에 언제 가져가도 좋다고 합니다."

　"고마운 일이로구나. 내가 가서 고마운 마음을 전하고 싶다."

　주지는 김한중의 장례를 치른 뒤 절의 뒷마당에다 '김한중의 묘'라고 새긴 그의 비석까지 세웠다. 그리고 그의 유품은 모두 보퉁이에 싸 잘 보관하고 있었다.

　정사는 인사차 사람을 보냈는데도 결국 몸소 치쿠린지를 찾았다. 주지를 만나 정중하게 인사하고 감사의 뜻을 표하고 싶어서였다. 숙소인 니시혼간지로 되돌아오는 정사는 쓸쓸한 심정을 가

눌 길이 없었다. 그날의 니시혼간지는 조용했다. 사행원 일부는 절의 부속건물인 별원에서도 머물기로 했기 때문에 니시혼간지는 더욱 그랬다.

저녁 무렵이 되었다. 정사는 절의 본원은 물론 별원과 선박에 머무는 사행원들을 모두 본원으로 불렀다.

"다들 듣거라. 오늘 교류행사는 모두 중지한다. 지난번 일본 땅에서 운명을 달리한 복선장 유진복과 얼마 전 여기서 숨진 김한중에 대한 애도를 표하기 위해서다. 내일은 특별히 하루 동안 애도하는 마음을 잊지 않았으면 한다. 그리고 출항 준비도 모두 완벽하게 끝내거라. 모레, 사월 초 이렛날이 밝으면 우리는 모두 귀로에 오를 것이다."

정사의 표정은 엄숙했다. 표정뿐 아니라 목소리도 비장했다. 그날 밤의 니시혼간지 주변은 적막할 정도였다. 사신들의 도착을 기다리고 있던 오사카의 인사들도 분위기를 알아차리고 스스로 교류를 청하며 나서는 것을 삼갔다.

이튿날도 오사카항은 조용했다. 오사카에 도착하자 도훈도의 자리에서 복선장의 자리로 되돌아온 변박은 두 달이나 비워 두었던 사행선의 구석구석을 종일 말없이 점검했다. 내일 아침이면 다시 바닷길이 시작된다. 부산을 향해 떠난다는 것이 내심 얼마나 기다려졌던 일이던가. 아무 탈 없이 돌아가야겠다는 간절한 염원을 담아 변박은 선체 구석구석을 꼼꼼히 두드려 보고 쓰다듬어 보며 철저한 점검을 했다.

초이레 새벽이 되었다. 모두들 일찍 일어나 출항 준비에 나섰다. 가마와 같이 큰 물건들은 전날 모두 선적을 끝냈지만 자질구

레한 것들은 아침에 서둘러 배에 실었다. 이른 식사를 끝내고 점심용으로 주먹밥까지 챙겼다. 사행원들이 먼저 배에 오르고 이제 삼사만 승선하면 출항할 수 있어 모두들 삼사의 승선을 기다리고 있었다.

그런데 그 시간까지 도훈도 최천종이 보이지 않았다. 사행원들은 그가 으레 다른 사행원들보다 먼저 부두로 나와 하급 사행원들을 챙기며 출항을 독려하고 있는 줄만 알았다. 그것이 그의 직분이었기 때문이다. 그러나 출항시간이 되도록 그의 모습이 보이지 않았다. 끝내 그가 제시간에 나타나지 않으면 자칫하면 물때를 놓칠 수도 있다.

"도훈도는 니시혼간지 별원에서 잤잖아? 혹시 거기서 잔 사람 가운데 아직 배에 오르지 않은 다른 사람은 더 없는가?"

엊그제까지 도훈도 일을 함께했던 변박은 삼사도 승선을 끝내고 출항시간이 되도록 최천종이 나타나지 않자 안달이 났다. 별원에서 잔 사람 가운데 아직 오지 않은 다른 사람이 있는지는 아무도 챙겨 보지 않았다. 그 일은 최천종의 몫이기 때문이기도 했다.

"어제 별원에서 잤던 사람, 누구 당장 도훈도가 잤던 '종려나무 방'에 가서 아직 자고 있는지 확인해 봐!"

변박의 이 말에도 앞으로 나서는 사람은 아무도 없었다. 별원에서 잔 사람 가운데는 일본말에 자신 있는 사람이 없었다. 변박은 일본어가 가능한 통사와 그동안 오사카에 남아 있었던 격군 한 명을 뽑아 빨리 별원에 가서 확인을 하도록 했다.

별원으로 달려간 두 사람은 도훈도 최천중의 방을 찾았다.

"도훈도님 안에 계세요?"

반응이 없었다.

다시 한 번 방 안의 기척을 살핀 뒤 통사가 마루 위로 올랐다. 방문 앞에는 종이가 어지럽게 흩어져 있었다. 방문을 두드려 보았다. 아무 기척이 없었다. 방문을 옆으로 밀어 안을 살피던 그는 소스라치게 놀라며 한 발 뒤로 물러섰다. 도훈도 최천종이 피투성이가 돼 방바닥에 쓰러진 채 죽어 있었기 때문이다.

방바닥을 흥건하게 적시고 있는 피는 아직 응고도 다 되지 않은 것 같았다. 방 안은 피냄새가 가득했다. 숨이 멎기 전 최천종이 몸부림친 흔적이 여기저기 역력했다. 사건이 발생한 것도, 최천종이 숨을 거둔 것도 얼마 전의 일 같았다.

아직도 몸이 식지 않은 것 같은 주검을 보면서 그들은 어떻게 하는 것이 좋을지 생각의 갈피가 잡히지 않았다. 현장을 보기가 그냥 무섭고 두렵기만 했다.

"어쩔 수 없소. 당신은 여기 좀 있어야 할 것 같소. 내가 한달음에 달려가 이 사실을 알리고 오리다."

통사는 격군에게 현장을 지키라고 한 뒤 쏜살같이 부두 쪽으로 달려갔다. 별원에서 부두까지는 가까운 거리가 아니었다. 그렇지만 놀랍고 겁에 질린 통사는 숨을 몰아쉬면서 한걸음에 달려가 최천종의 죽음을 알렸다.

출항은 중지되었다. 뜻밖의 끔찍한 사고소식에 사행원 모두는 경악을 금할 수 없었다. 그 가운데서도 특히 기선에 올라 출항을 기다리던 정사는 놀라움과 실망, 그리고 분노로 얼굴이 일그러졌다. 사행단 전체의 책임자 때문이기도 했지만 계속된 죽음이 그를 견딜 수 없게 했던 것이다.

최천종의 죽음을 보고받은 정사는 잠깐 동안 아무 말도 못했다. 그냥 하늘만 바라보고 있었다. 너무나 기막힌 이 사고를 어떻게 처리해야 할지 엄두가 나지 않았던 것이다.

"범인을 잡을 때까지 출항을 중지한다."

출항중지 명령을 내린 정사는 먼저 종사관을 불렀다.

"현장에 가서 사건이 어떻게 일어났는지, 누가 범인인지부터 알아보시오. 나는 나대로 여기서 알아볼 일이 있으면 알아볼 테니까."

정사는 이어서 부사와 상상관 그리고 일본어에 능통한 상통사 등을 제1기선으로 불렀다. 사건 처리에 대한 의견을 들은 뒤 이어서 중관과 하관들도 불렀다. 역시 그들의 의견까지도 광범위하게 들어 본 뒤 명했다.

"이 사건을 에도 막부에 알리고, 대마도와 오사카에도 사실대로 통보하거라. 조금 전 말한 대로 범인을 잡을 때까지 출항은 중지한다. 모두들 언행을 조심하고 냉정을 유지하는 것도 잊지 말라. 감정만으로는 일이 해결되지 않는다는 것을 잊지 말고 은인자중하길 바란다. 알겠느냐?"

정사는 감정을 누르려고 애썼다. 그러나 화가 치밀어 눈언저리가 씰룩거렸다. 뒷날 밝혀진 그의 일기에서도 이 사건을 처리하기 위한 그의 고심은 드러나고 있었다.

변괴를 당했다. 혹 분한 생각에만 개입하게 되면 일처리에 오류가 생길 수도 있다. 감정을 억제하고 냉정한 태도를 취하는 것이 이런 시점에서는 가장 중요한 취할 바다.

정사는 대마도 측에 범인 검거에 최선을 다하도록 강력하게 요구했다. 대마도가 해야 할 일은 에도까지의 왕복에 대한 단순한 길 안내뿐만은 아니었다. 중간에 생길지 모르는 각종 사고에 대한 경호의 책임도 대마도의 몫이었기 때문이었다. 일본 국내에서 일어난 일을 언어와 풍속, 관습이 다른 조선 측에서 해결하기는 실상 어렵기도 했다.

그렇다고 도훈도의 피살이 대마도 측의 경비소홀에 전적인 이유가 있다고 주장할 근거도 없었다. 분통한 마음을 못 이겨 대마도 측이 사건의 방관자인 것처럼 취급한다거나 공연한 화풀이를 하려고 든다면 그것은 범인을 잡는 데 도움이 되는 일이 아니었다.

정사는 대마도 측에 범인 검거를 강력하게 요구하는 한편 사행단에서도 자체로 범인 검거를 위한 조사단을 구성하도록 했다. 조사단은 먼저 사건이 일어난 장소, 정확한 시간, 도훈도가 피살됐다고 추정되는 별원의 출입자들부터 조사하기로 했다.

막부에는 동행 스님을 통해서 사건을 알리도록 했고, 오사카는 문서로 사실을 알리도록 했다. 오사카는 처음 이 사건에 관여하지 않으려고 했다. 대마번이 사행단의 이동에 대한 안내와 경호를 맡고 있기 때문이라는 것이 이유였다.

조엄 정사는 사건의 현장이 오사카이기 때문에 오사카의 협조가 중요하다는 사실을 강조했다. 오사카가 계속 협조를 거부한다면 막부에 사실을 알리고 항의하겠다고 밝혔다. 칼바람 같은 정사의 이런 태도에 오사카는 결국 대마번과 함께 범인 검거에 나섰다.

사행단에서는 김상익 종사관이 전체 조사책임자가 되었다. 상상관인 최학윤과 이명윤은 그 아래서 범인 검거를 직접 지휘했다. 변박 역시 이번에도 빠지지 않았다. 도훈도로 에도까지 갔다 왔고 하급 사행원들의 인적 파악과 통솔력이 뛰어났다는 그에 대한 평가 때문이었다.

이들은 오사카에 도착한 뒤 사행단 가운데서 거동이 수상했거나 제자리를 지키지 않아 행동이 의심스러웠던 자를 먼저 가려내기 시작했다. 이렇게 해서 조선통신사 사행원 470여 명의 동태를 금방 파악해 냈다. 그러나 조선통신사 측에서는 계속 사행원들과 함께 움직였던 대마도 안내원들에 대해 구체적인 파악이 쉽지 않았다.

대마도 측에서는 경호를 담당하고 있는 사쿠라이라는 사람을 검거책임자로 임명했다. 그러나 범인 검거는 쉽게 풀리지 않았다. 양측 모두 발빠르게 움직였지만 아무런 단서도 찾지 못한 채 한나절이 후딱 지나갔다.

"우선 현장을 다시 확인합시다."

사행단의 제의에 대해서 대마도 검거반에서는 이의가 있을 수 없었다. 조사가 시작되자 사행단 3명과 대마도 측 3명이 사고 현장인 니시혼간지 별원에 곧바로 도착했다. 늦은 오후였다. 별원의 '종려나무 방'은 현장을 지키고 있는 사람뿐, 주위는 고요했다.

"누구 왔다 간 사람은 없었소?"

"아무도 없었습니다."

"시신은 방 안에 그대로 있죠?"

"별도의 지시가 없으면 옮기지 말라는 명령에 시신은 아직 그대로 있습니다."

범인은 아마도 현장이 궁금했을 것이다. 그러나 경비가 엄할 것 같아 살인현장 주변의 기미를 살펴보려고 오지는 못했을 것이다. 아니면 이미 범인은 현장과 뚝 떨어진 다른 곳으로 도망쳐버렸는 지도 알 수 없다.

"우선 방 안으로 들어가 봅시다."

두 사람만 방 안으로 들어서고 나머지 네 사람은 방 밖 마루에서 안을 살폈다. 방 안은 사고 당시 그대로였다. 문을 열자 비릿한 피 냄새가 났고 시신은 안쪽 모서리에 쓰러진 채 그대로였다. 섬뜩한 생각이 들어 모두들 가슴을 조였다.

방 안으로 들어서던 오오이시라는 조사원은 피투성이가 된 현장을 보는 순간 이 사건을 자살로 몰고 가는 것이 좋겠다고 생각했다. 그래야 범인을 잡는 고생을 하지 않아도 될 것 같다는 생각이 들었던 것이다. 자살이라야 사건종결도 쉽고 오사카를 빨리 떠날 수 있기 때문이기도 했다.

"이 사건은 아무리 봐도 자살사건인 것 같습니다."

오오이시의 말이다.

"그런 근거가 있습니까?"

"새벽에 일어난 사건이고, 그 시간에는 외부사람의 출입이 금지된 데다 밖에서 사람이 안으로 들어온 흔적도 찾을 수 없지 않습니까?"

이 말을 들은 사행원은 혹시 외부에서 들어온 사람의 피 묻은 발자국이라도 남아 있는지 방 안을 살펴봤다.

"아, 여기 종이 아래서 칼끝이 보이네요."

발자국을 발견하려고 방 안을 살피던 사행원이 피 묻은 종이 아래서 밖으로 삐죽이 삐져나와 있는 칼끝을 발견한 것이다. 칼자루는 종이에 덮였고 피로 얼룩진 칼끝만 보였다. 오오이시는 그 칼을 맨손으로 끄집어내 들었다.

"사람이 들어온 흔적도 없는데 칼이 발견된 것은 자살을 의미하는 것이 아니겠습니까?"

그는 도훈도의 죽음이 자살에 의한 것이라고 단정이라도 하듯 말했다. 사람이 들락거리지도 않았는데 칼이 발견됐다면 그런 추측도 가능했다.

"그 칼은 어느 나라에서 만든 칼이죠?"

사행단 측에서 그 칼이 일본에서 만든 것인지 조선에서 만든 것인지를 물었다.

"그것은 별 의미 없는 질문이 아닌가요?"

"아닙니다. 간밤에 사람이 들락거리지 않았다는 것은 아직 확인되지 않았습니다. 그리고 만약 그 칼이 조선에서 만든 것이라면 조선 사람이 사용했을 가능성이 크고, 일본에서 만든 것이라면 일본 사람이 사용했을 가능성이 큽니다. 어느 나라에서 만든 칼이냐는 문제해결에 중요한 단서를 제공할 수 있다고 봐야 할 것입니다."

먼저 그 칼을 이리저리 살펴보았다. 그러나 어느 나라에서 만든 것인지를 밝혀내지 못했다. 조선 측에서 그 칼을 받았다. 역시 칼끝, 칼날을 살펴보았지만 어느 나라에서 만든 칼인지는 쉽게 알 수가 없었다.

"아니, 여기 무슨 글자가 새겨져 있는데요."

손잡이의 아래쪽으로 모두들 눈을 돌렸다. 거기에 뚜렷하게 어영(魚泳)이라는 글자가 한자로 새겨져 있었다. 어영이라는 단어는 조선에서는 쓰지 않는 단어다. 그러나 일본에서는 워낙 사람의 성이 여럿이어서 사람의 성일 수도 있고, 이름일 수도 있을지 모른다. 또 한자의 뜻대로 해석한다면 고기가 물에서 헤엄친다는 뜻이어서 대마도 사람이 즐겨 쓸 수 있는 말일 가능성도 있다. 그러나 이 역시 어느 것이라고 단정할 근거는 없었다.

"우선 어느 나라 칼인지 먼저 조사해 봅시다. 그리고 시신을 어떻게 처리해야 할 것인지도 빨리 결정해야 할 것 같습니다."

사행단 측은 '어영'이라고 새겨진 칼을 보고 난 뒤 범인이 누구인지 어슴푸레 감이 잡혔다. 사행원은 이어서 고개를 숙여 칼을 덮고 있던 종이를 자세히 살펴봤다. 종이에는 무슨 글자인지 쉽게 알 수 없는 글자가 휘갈겨 쓰여 있었다. 휘갈겨 쓴 글자를 하나씩 자세히 살펴봤다.

늦게 잠자리에 들었다. 자다가 가슴이 막히는 듯 누르는 것 같아 눈을 떴다. 왜놈이 올라앉아 단도로 목을 찔렀다. 놀라 고함을 지르며 저항하자 그놈은 도망쳐 버렸다.

원래 대구 감영 장교 출신인 최천종은 기골이 장대했다. 병서도 자유롭게 읽을 줄 알아 문자에도 능했다. 강건하고 정신도 초롱한 그는 칼에 찔리고도 가해자와 격투를 벌일 때까지 멀쩡했다.

새벽에 당한 사건을 기록으로 남길 수도 있었던 그가 방 밖으로 나오려다 쓰러져 죽은 것은 출혈이 심해서였던 것 같았다.

그가 남기고 죽은 이 기록은 가해자가 일본인임을 명백히 밝히고 있다. 이름만 밝혀지지 않았을 뿐 일본인들은 더 이상 범인의 국적에 대해서는 다른 말을 할 수 없었다.

일본은 즉시 사신단 안내자와 삽역들 가운데 세자리에 없는 일본인들을 대대적으로 조사했다. 가마꾼, 심지어 말을 모는 사람, 짐 나르는 사람들까지 합치면 2천 명이 넘는 일본인들을 한 사람씩 전수조사를 한 것이다. 그래도 자리를 지키지 않고 행방불명이 된 사람은 찾을 수가 없었다.

가마를 지는 사람이라면 8명이 함께 움직인다. 한 마리의 말에는 보통 두 명이 붙는다. 이렇게 함께 움직이는 사람들 가운데 한명이 없으면 금방 빈자리가 드러난다. 그런데도 한 사람씩 계속해 조사를 해 나갔지만 행방불명자는 쉽게 가려낼 수가 없었다.

다음에는 최천종이 살았을 때 한 번이라도 만난 일이 있는 일본인들을 한 사람씩 챙겨 보았다. 그런 사람 가운데는 조선말을 어느 정도 할 줄 아는 사람이 있었다. 도훈도인 최천종과 변박을 가끔씩 만났던 대마도 사람 스즈키 덴조가 그였다. 그런데 그가 보이지 않았다. 사건이 일어난 그날 이후에는 본 사람이 아무도 없었다.

단체의 길 안내와 간단한 통역을 맡고 있던 스즈키 덴조는 직무상 여기 왔다가 저기 갔다가를 되풀이했다. 그렇기 때문에 자리를 이탈해도 어디로 갔는지 다른 사람들이 눈여겨보지 않았던 것이다.

사건 당일 이후 스즈키 덴조가 보이지 않았다는 소문은 금방 사행단 전체에 퍼졌다. 비로소 일행이 오사카를 떠나려고 하던 날 이른 아침에 간단한 보퉁이 하나를 들고 어디론가 황급히 가는 그의 모습을 본 사람까지 나타났다.

조엄 정사는 스즈키 덴조가 확실하게 용의선상에 오른 이상 그를 빨리 검거하도록 대마도 측에 강력히 요구했다. 만약 범인이 검거되지 않으면 검거될 때까지 사행단은 귀국을 무기연기하며 일체의 비용도 대마도에서 물도록 하겠다고 했다.

대마도 측도 다른 구실을 내밀 수 없었다. 스스로 검거에 나서는 한편 오사카에도 스즈키 덴조의 검거에 협조해 주도록 요청했다.

오사카는 이미 에도막부로부터 범인 검거에 협조하라는 명령을 받고 있는 터였다. 스즈키 덴조가 범인일 가능성이 높아지자 오사카에서도 일대에 그물망을 치고 그의 검거에 나섰다. 그러나 그의 행방은 묘연하기만 했다.

배를 타고 오사카를 벗어날 수도 있다고 판단한 오사카 측에서는 일대의 나루터라는 나루터는 전부 봉쇄했다. 가가호호를 전부 뒤지며 인상착의로 그를 찾았다. 그러나 그 또한 헛일이었다.

검거단에 포함된 변박도 팔방으로 뛰었다. 그러나 단독으로 검거활동을 펴기는 어려웠다. 스즈키 덴조의 인상은 기억하고 있지만 언어에 막히고 지리에 막혀 특별한 묘책을 마련할 수는 없었다. 그가 할 수 있는 일이란 고작 자신의 의견을 제시하는 정도여서 안타까웠지만 도리가 없었다.

그런 며칠이 흘렀다. 사고가 난 지 열여드레 만에 드디어 스즈키 덴조가 잡혔다. 그는 진작 자신을 검거하기 위해 펴 놓은 그 물망 밖으로 빠져나가 오사카에서 그다지 멀지 않은 고하마무라라는 곳에 숨어 있었다. 그곳이 바닷가였기 때문에 조선통신사가 오사카를 떠나면 바닷길로 섬에서 섬을 건너며 대마도로 돌아갈 계획을 세워 놓고 숨어 있었던 것이다.

니시혼간지로 끌려온 그는 처음에는 범행을 부인했다.

"행렬이 힘들고 어서 집으로 가고 싶어서 일행에서 이탈한 것뿐이었습니다."

이와 같은 변명이 통할 리 없었다. 계속 범행을 부인하자 그에게 고문이 퍼부어졌다. 검거 하룻밤을 다 넘기지 못하고 그는 자신의 범행을 모두 자백했다.

"누구랑 함께 범행을 저질렀느냐?"

대마도 조사원의 추달이었다.

"저 혼자였습니다."

"누가 시킨 일이냐?"

"아무도 시키지 않았습니다."

"그렇다면?"

"도훈도 최천종이 나가하마에서 저에게 한 일이 너무 화가 나서 그랬습니다. 일본인을 무시하는 태도도 그랬고, 조선인 누군가가 거울을 잃어버렸는데 그것을 내가 훔친 것으로 의심해서 더욱 화가 났습니다. 그래서 오는 동안 내내 앙심을 씻을 수 없었고 오사카에 와서는 그를 찾아가 이유를 따지려고 했습니다. 그러나 사행단은 곧 떠날 것 같았고 시비를 해도 이길 수 없을 것 같았습니다. 그래서 모두 떠나려고 한 날 새벽에 기회를 봐서 그가 자고 있던 곳을 찾아가 갖고 있던 칼로 그를 찔렀습니다."

조사관의 조사는 계속되었다.

"단도를 가지고 갔다면 처음부터 살인할 생각을 품고 있었던 것이 아니냐?"

"단도는 호신용으로 평소에도 가지고 다녔습니다. 제가 방 안으로 들어서자 잠에서 깬 그는 사람을 보지도 않고 고함부터 질러서 엉겁결에 놀라 칼을 휘둘렀던 것입니다."

앙심은 품고 있었지만 사고 자체는 우발적이었다는 주장이었다. 고함을 지르지 않았다면 따질 것을 따지려 했는데, 뜻을 이루지 못한 채 살인을 하게 되었다는 자백이었다. 스즈키 덴조의 자백만으로는 계획된 살인인지 다른 의도가 있었는지는 알 수가 없었다. 살해 이유는 도훈도가 인삼구입을 막은 데 대한 앙심일 것이라는 추측도 떠돌았다. 조선과 일본 측은 이 사건을 어떻게 처리할 것인가를 계속 논의했다.

에도막부의 태도는 이 사건 처리에 결정적인 영향을 미쳤다. 초청한 나라에서 초청된 나라 사절단원을 살해한 것은 있을 수 없는 일이라는 막부의 진노는 결국 스즈키 덴조를 극형에 처하는 것으로 결론이 났다. 처형의 날짜까지 사월 스무아흐렛날로 정해졌다. 사건 발생 스무이틀 만이다. 사건의 처리는 속전속결이었으나 사형집행은 그날로 이루어지지 않았다.

일본 측에서는 조선통신사 측에 형장입회를 요청했다. 그러나 진범이 확실했고 일본 측에서 책임지고 사형을 집행하기 때문에 입회는 하지 않겠다고 사양했다. 이 때문에 집행에 며칠이 연기되는 사태까지 벌어졌다. 결국 조선 측과 일본 측 입회인들이 형장에 들어선 가운데 스즈키 덴조의 사형집행은 오월 초이틀에 단행되었다.

범인이 검거되자 최천종의 시신은 곧 화장되었다. 시신의 부패를 막기 위해서였다. 그의 유골은 조선 측에 인계되었다. 사행단이 에도에서 오사카에 도착하고 한 달에서 사흘이 부족한 스무이레 만에 전대미문의 조선통신사 사행원 살인사건은 이렇게 매듭이 지어졌다.

조엄 정사의 복잡한 심경

귀로의 세토나이해는 잔잔했다. 세토나이해는 다시 봐도 역시 풍광명미 그대로였다. 에도로 갈 때 들렀던 여러 곳에서는 통신 사선이 다시 기항하기를 기다리고 있었다. 그러나 조엄 정사는 사행선의 정비나 궂은 날씨로 항해가 어려울 때만 잠시 기항하도록 했다. 기항을 해도 교류행사는 극도로 줄였다. 하루라도 빠른 귀국을 위해서였다.

선상에서 아름다운 원경을 바라보면서도 조엄 정사의 심정은 착잡하기만 했다. 타국에서 불귀의 객이 되고만 유진복과 최천중, 김한중을 생각하면 가슴이 먹먹해 오는 것을 어쩔 수 없었다. 사고사나 병사로 사행원이 불귀의 객이 된 것은 이번이 처음은 아니다. 그렇지만 이번 사고는 어쩐지 자신에게 모든 책임이 있는 것처럼 느껴졌다.

조엄은 정사로 임명될 때부터 기대 반 걱정 반이었다. 자리가 한 계단 더 높아진 것은 영광스러웠지만 짊어진 짐이 너무 무거웠기 때문이다. 국서를 전하고 국위를 높이며 당당하게 문화를

179

교류한다는 것이 말처럼 쉬운 일인가.

전쟁으로 쑥대밭이 되었던 나라 백성의 원망이 백 년을 가고 또 백 년이 간다고 말끔히 지워질 수 있을 것인가. 이번 행차를 통해서 조엄 정사가 명쾌하게 얻을 수 있는 답이 무엇이었던가. 생각해도 쉽게 답을 찾을 수는 없었다.

물론 조선통신사가 머물거나 지나가는 곳은 모두 표면적으로는 환영일색이었고 평화로웠다. 임금이 보내는 국서와 장군이 보내는 답서 또한 서로 평화를 갈구하고, 상호 선린을 다짐하고 있었다. 일본 사람들은 조선의 그림에 감탄했고, 한시를 지으며 서로 환호작약했다. 조선 역시 일본의 실사구시에서 많은 것을 느끼고 배웠다. 그러나 그 환호작약은 속마음 깊은 곳에서 우러나는 것이었겠는가.

조엄 정사는 그래도 이 길은 가지 않을 수 없는 길이라는 생각이 확실했다.

그는 임진왜란과 정유재란의 핏빛 장면들을 파노라마처럼 바다에 펼치며 그때의 장면 하나씩을 머리에 떠올렸다.

1592년에 시작된 침략전쟁은 1598년까지 7년간 계속되었다. 수많은 인명피해를 피할 수 없었다. 단란했던 조선의 가정은 느닷없는 침략으로 풍비박산이 되었다. 조선 사람들의 지존이었던 왕릉이 파헤쳐지는 치욕도 겪어야 했다. 체면과 예의를 생명처럼 여겼던 조선의 양반이 하루아침에 가족을 잃고 거리에 나앉아야 하는 신세가 되기도 했다.

기습 공격과 거듭된 살육으로 조선이 입은 피해는 우심했다.

조선은 전국 인구 약 1,100만 명 가운데 300만 명이 이 전쟁으로 목숨을 잃었다. 관군 9만 7,600명의 72%인 7만여 명이 전사했다. 전쟁 첫날의 부산진성, 뒤이은 동래성 전투에서 장수들의 장렬한 죽음에 뒤이어 정유재란 때는 남원 전투에서 조선인 3,720여 명이 코를 베인 것만 봐도 전쟁의 참혹함은 상상을 뛰어넘었다.

일본은 어떤가. 조선침략에 나선 고니시 유키나가의 병사 18만 7천 명 가운데 겨우 6만 6천여 명이 살아남는 등 66%의 병력 손실을 보았다. 가토 기요마사 병사 10만 명 가운데 5만 5천 명 정도가 살았고, 시마즈 요시히로가 이끌고 쳐들어온 병선 등 500여 척은 노량해전, 명량해전, 한산해전에서 거의 궤멸되면서 바다의 패권을 완전히 잃었다.

전쟁은 이렇게 참혹했다. 승자도 없고 패자도 없는 것이 모든 전쟁의 결론이다. 임진왜란의 주범은 분명히 일본이었다. 당장에 복수를 해서 한을 푸는 것이 옳은 방법이겠지만 조선은 그럴 힘이 없었다. 문약할 대로 문약한 궁중정치는 전란을 겪고도 당쟁을 멈추지 않았다. 신분제도는 무너지고 힘의 응집을 기대할 수 없었다.

보복의 칼을 쉽게 뽑을 수 없는 데는 다른 이유도 있었다. 임진왜란에 병사를 파견했던 명나라는 참전 지분을 요청하고 나섰다. 참전의 명분은 도요토미 히데요시가 명나라를 치려고 했기 때문에 이에 대한 응전이라는 것이었다. 내용이야 어떻든 조선의 피폐한 나라살림으로써는 명의 요구를 들어줄 수 없었다. 거기에다 북방의 여진족이 후금이라는 나라를 세워 조선에게 조공을 요구하는 터무니없는 일까지 계속되고 있었다.

조선은 어떻게 해야 할 것인가. 명나라에게 참전보상도 하고 세력이 크게 신장된 후금에게 조공을 하면서도 일본에게 복수전을 펼치는 것이 가능한 일인가. 조선으로서는 어느 것도 불가능했다. 그 가운데서도 전국을 초토로 만들었던 일본에 대해서는 복수전보다 재침방지가 현실적인 시급한 대책이었다.

생각이 여기에 이르자 조엄 정사의 심정은 더 복잡해졌다. 임진왜란 이후 조선통신사가 일본을 방문하기 시작한 것은 사실상 일본의 재침 예방에 목적이 있었다. 아무리 어려움이 뒤따르더라도 평화유지를 위한 문화교류는 피할 수 없는 선택이었다. 변박이나 이수의 같은 사람들을 앞으로 잘 훈련시켜 일본과 소통의 길을 열어 가면 두 나라의 갈등은 종국에는 해소될 가능성이 있을 것 같다는 생각도 들었다.

사실, 임진왜란 이후 조선통신사가 일본을 방문하게 된 것은 일본의 요청 때문이었다. 일본이 조선에게 화해의 손짓을 한 것은 일본 나름대로의 이유가 있었다.

일본은 조선침략에서 승전보를 울리지 못했다. 전범 도요토미 히데요시가 병사하자 조선 재침은커녕 일본의 정국 자체가 출렁거렸다. 그 틈을 이용해서 와신상담 기회를 노렸던 도쿠가와 이에야스가 도요토미 히데요시의 잔존세력과 천하를 양분하는 일전을 벌였다. 세키가하라 전투라는 이 전투에서 승리한 그는 오매불망하던 천하통일을 이룩하게 되었다.

그렇지만 일본 국내 사정은 편하지 않았다. 도요토미 히데요시의 잔존세력이 언제 사무라이의 칼을 빼들고 모반할지 알 수가 없었던 때문이다.

그뿐만이 아니었다. 원한이 뼈에 사무친 조선이 만약 복수의 반격을 해 온다면 모처럼 거머쥐게 된 통일천하가 내우외환으로 그의 손가락 사이로 빠져나가는 모래가 될지도 알 수 없었다.

백척간두에 서서 도쿠가와 이에야스가 그런 생각에 잠겨 있을 무렵 조선의 사명대사가 단기필마로 그를 찾아왔다. 1604년 2월의 일이었다. 사명대사의 질문은 단도직입적이었다.

"조선을 재침할 의사가 있습니까?"

"없습니다."

도쿠가와 이에야스의 대답도 간단명료했다.

"당신은 임진란 때 조선을 치려고 병사를 이끌고 규슈의 나고야성까지 오지 않았습니까?"

"명령에 의해서였습니다. 그러나 명분 없는 침략전이기에 나는 회군하지 않았습니까?"

"앞으로도 조선을 재침할 의사가 없다는 말을 어떻게 믿습니까?"

"말로써는 믿지 않을 것 같군요. 그렇다면 당신이 조선으로 돌아갈 때 전쟁 포로들을 모두 데리고 가도 좋소. 그것으로써 전쟁을 전쟁 전으로 돌리는 전쟁처리는 물론 조선침략 의사가 없다는 증거로 삼고 싶소. 그래도 못 믿겠다면 평화를 상징하는 대규모 문화사절단을 초빙할 용의도 있소."

도쿠가와 이에야스와 담판을 지은 사명대사는 돌아오는 길에 귀국을 희망하는 포로 1,390여 명을 데리고 왔다. 전쟁으로 인력이 부족했던 일본에서 전리품 같은 포로를 돌려주다니, 거짓말 같았다.

그 무렵 조선 침략 때문에 교류가 끊긴 대마도는 어려움이 많았다. 우선 농지가 없는 대마도에서 쌀을 비롯한 먹거리를 구하기가 힘들었다. 대마도의 경제를 좌지우지하는 인삼이나 비단과 은의 교환이나 교역 등은 전쟁 때문에 완전히 막혀 버렸다. 대마도가 사는 길은 조선과의 교류인데 이 교류가 꽉 막히자 섬 전체가 크게 곤궁에 빠졌던 것이다.

조선침략의 선봉장이었던 고니시 유키나가의 사위이자 대마도 번주인 소 요시토시는 조선과의 통교를 위해 백방으로 노력했다. 그러나 한때 조선침략의 선봉에 섰던 그의 노력만으로는 일이 쉽게 풀리지 않았다.

소 요시토시가 통교의 돌파구를 찾고 있을 무렵 도쿠가와 이에야스도 같은 생각을 하고 있었다. 조선사정에 밝은 소 요시토시가 이 일에 앞장서 주기를 은근히 바랐던 것이다.

만일에 조선과의 교류가 정식으로 회복된다면 도쿠가와 이에야스는 최소한 조선의 복수전에 대한 우려는 덜게 될 것이라는 확신이 섰다. 그렇게 된다면 천하통일을 이룩해 낸 일본을 완전히 자기 손아귀에 넣을 수 있겠다는 계산이 나왔다. 그것뿐이 아니었다. 내친김에 그는 조선의 문화사절단을 일본으로 불러들일 수 있게 된다면 더 큰 효과를 거둘 수 있겠다는 계산도 나왔던 것이다.

그 효과란 조선통신사가 일본 국내 곳곳에서 화려한 행렬을 펼치면서 에도로 갈 때 그 장관에 구경꾼들은 탄복할 것이다. 그러면서 평화의 시대를 열어 준 도쿠가와 이에야스를 신뢰하게 될 것이었다.

그 밖에도 그가 노린 또 하나의 효과는 일본 안에서 조선통신사에게 드는 비용을 모두 각 번의 번주들에게 부담시키는 것이었다. 영지와 사병, 말하자면 재산과 칼을 쥔 번주들에게 과도한 부담을 시킴으로써 그들의 힘을 빼 버릴 수 있기 때문이었다. 그렇게 될 경우 번주 누구도 자신에 대한 모반은 불가능해질 것이 분명했다. 거기에다 대륙의 문화까지 받아들일 수 있다면 일거양득이 아니겠는가. 그는 회심의 미소를 애써 지우려 하지 않았다.

도쿠가와 이에야스의 이런 계산은 조선의 이해와도 맞아떨어지는 것이 있었다.

일본에게 크게 당했던 조선으로서는 일본과 다시 전쟁을 치른다는 것은 생각하기조차 싫고 버거운 일이었다. 명과 청이 치근덕거리는 상황에서 조선통신사의 일본파견이 성사된다면 적어도 일본과의 전쟁에 대한 우려는 덜 수 있기 때문이었다.

명분이야 어떻든 조선으로서는 사행단의 초빙을 거절할 수 없었다. 도쿠가와 이에야스와 마주 앉아 강화에 성공한 사명대사는 돌아오는 길에 1,390명의 포로들을 탈 없이 데리고 오지 않았던가. 앞으로도 귀국을 원하는 포로가 있으면 언제든지 돌려보내주겠다는 약속도 받아냈다. 그렇다면 전쟁의 의사가 없다는 것은 확인된 셈이다. 거기에다 수백 명에 이르는 조선의 대규모 사절단을 초빙한다는데 거절할 이유가 없었다.

이렇게 해서 성립된 사절단이 1607년에 전쟁 이후 처음으로 일본 땅을 밟게 되었다. 1605년부터 2년간의 준비를 끝내고 2월 28일 부산을 떠난 그 첫 번째 사절단은 정사 여우길을 대표로 한 467명이었다. 500명 정도면 좋겠다고 했는데 조선에서 오히려 그

숫자를 다 채우지 못했던 것이다.

조선통신사가 처음 바다를 건널 때는 사절단의 명칭에 '통신'이 붙지 않았다. 아직까지 상대방의 진심에 믿음이 가지 않아 믿을 신(信)이 통(通)한다고 보지 않았기 때문이다.

그렇다면 이때의 명칭은 무엇이었던가. 명칭도 확실하게 정해지지 않은 상태로 일행은 바다를 건넜다. 다만 일본 측에서 초빙을 한 사절단이기 때문에 초빙에 보답한다는 뜻의 '보빙사(報聘使)'라고 부르기도 했다. 또 다른 명칭으로는 전쟁포로의 송환을 위해 간다는 뜻의 '쇄환사(刷還使)'란 말을 쓰기도 했다.

그 어느 명칭이나 사절단이 처음 일본으로 건너갈 때 쓴 명칭에는 두터운 신뢰가 아직은 깔려 있지 못했다. 그것은 참혹한 침략 전쟁을 겪은 나라로서 피해의식의 그림자에 덧칠된 불신까지 말끔히 지울 수는 없었기 때문이었다.

두 번째 사절단이 일본을 방문한 것은 10년 뒤인 1617년. 이때도 먼젓번과 같이 음악, 미술, 의술, 학술 등으로 사행원이 구성되었다. 세 번째는 다시 그로부터 7년 뒤인 1624년이었다. 거의 500명에 이르는 대규모 사절단이 취타대를 앞세우고 수천 명 일본인의 안내와 호위를 받으며 에도로 향하는 행렬은 일본인에게 전에는 볼 수 없었던 신선한 충격이었다.

처음 조선통신사가 왔을 때는 명목상 천하통일은 되었지만 일본 국내에는 아직도 구세력이 잔존하고 있었다. 그만큼 정정은 불안했다. 그런 가운데 첫 번째 사절단에 이어 두 번째, 세 번째 사절단이 나팔을 불며 거리에서 화려한 행렬의 모습을 보여 주었다. 대단한 구경거리였고 전쟁에 시달렸던 사람들에게는 더없이 큰 위로였다. 가는 곳마다 거리에는 평화의 분위기가 넘쳐흘렀다. 그런 분위기 속에서 남자들은 더 이상 싸움터로 끌려가서 죽는 일이 없게 하겠다는 막부장군의 의지도 알 듯 모를 듯 읽어 낼 수가 있었다.

조선의 사절단도 조금씩 일본에 마음을 열었다. 단순한 보빙사나 쇄환사보다는 초빙하고 초빙을 받아들여 오가는 행위 속에서 차츰 믿음이 가기 시작했기 때문이었다. 믿음이 통하기 시작했다는 것, 그것이 네 번째 일본을 방문할 때인 1636년부터는 사절단을 믿음이 통한다는 뜻의 통신사라고 부르게 되었던 것이다.

그럼에도 불구하고 전쟁을 치렀던 조선인과 일본인의 무의식 속에는 적대적 감정의 찌꺼기가 존재하고 있었다. 그것까지 말끔히 지워질 수는 없었다. 일본인의 무의식 속에 자리 잡고 있는 우월감과 조선인의 무의식 속에 자리하고 있는 저항감과 경계심이 완전히 없어지기에는 시간이 필요했다.

최천종 피살사건이 바로 그와 같은 무의식적 행동이 표출된 한 예일 수도 있다. 아니면 작은 이해관계에도 얽힐 수 있는 조선통신사 왕래의 부작용에 해당될지도 모른다. 화려한 겉모습과는 달리 사람들의 심리적 저층에 가라앉아 있는 갈등이 뜻밖에도 이렇게 극단적으로 표출된 것은 혹시 아닐까.

조엄 정사는 정사로 임명되자 앞서 있었던 여러 번의 사행단 활동을 면밀히 살펴봤다. 첫 번째 조선통신사가 대한해협의 거친 바다를 건넌 뒤 아홉 차례나 거듭된 사행의 과정을 모두 살펴본 것이다. 남겨 놓은 여러 기록물을 꼼꼼히 뒤지면서 효과적인 교류 방법을 찾았고 사고방지를 위한 대비책도 꼼꼼히 세웠다.

그는 조정의 고위직 위주 사행단을 꾸리고 싶지는 않았다. 보통사람이지만 특별한 재능이나 능력이 있는 사행원이 많았으면 좋겠다는 생각을 했다. 일본에 가서 조선의 서민을 위해 배울 것이 있으면 배워 서민생활에 보탬이 되었으면 좋겠다는 생각도 했었다. 그러자면 고관대작 일색의 사행단을 꾸려서는 안 될 것 같았다. 비공식 화원 변박, 향리의 의원 이수의와 같은 사람을 사행원으로 중용했던 것도 그래서였다.

조엄 정사는 국서전달식은 위엄이 있어야 한다고 생각했다. 이번 전례의식이 특히 수준 높았다는 평가는 그런 생각의 실현이었다. 평화를 나누어 갖자는 교류에서 지나친 겸손도 좋지 않지만 우월감이나 필요 이상의 적개심을 갖는 것 또한 부질없는 짓이라는 생각도 했다.

조엄 정사가 향리 출신에게 일본의 가뭄철 농사법을 배우게 한 것, 고구마 종자를 갈무리하며 좋은 재배방법을 익히게 한 것 역시 그의 평소 생각을 실현한 것이었다.

그런 조엄 정사에게도 막을 수 없는 안타까운 일이 많았다. 돌이켜보니 임진왜란 후 조선통신사는 열 차례나 일본을 왕래했다. 그러나 어느 때 할 것 없이 천재지변이나 크고 작은 사고가 있었다. 극심한 가뭄과 홍수, 사행선의 난파, 화재, 사행원의 사고사, 거기에다 이번처럼 흉악한 살인사건까지 있었다. 이런 일들을 모두 사전에 완벽하게 막을 수는 없었다. 이런 일들이 그를 매우 안타깝게 했다.

조엄 정사는 가뭄, 지진 등으로 인한 재해지역과 특히 어려움을 겪는 곳을 지날 때는 취타대 연주는 없도록 했다. 연도의 번주들로부터 호화로운 대접을 받는 것도 삼갔다.

귀로의 배 위에 앉아 조엄 정사는 몇 번이고 잡념을 쫓기 위해 머리를 흔들었다. 그래도 이런저런 걱정은 말끔히 지워지지 않았다. 일본과의 진전된 관계설정을 위하여 임금께는 어떤 의견을 보고해야 할 것인가도 여전히 어려운 과제였다. 막부장군 주변에서 조선통신사 접대비용이 지나치다는 여론이 일고 있다는 것도 마음 쓰이는 일이었다.

여러 이유들로 조선통신사의 일본 왕래가 끊어진다면 조선과 일본 사이는 어떻게 변할 것인가. 혹시 가라앉아 있는 묘한 감정이 수면 위로 떠올라 충돌로 격화될 것은 아닌가. 호전성이 되살아난 일본이 다시 전쟁을 일으킬 것은 아닌가. 조엄 정사는 배 위에서나 기항지 숙소에서도 잠을 제대로 이룰 수 없는 밤을 되풀이했다.

어떻든 하루라도 빨리 한양으로 돌아가자. 가서 막부장군의 답서를 임금에게 전하는 것으로써 이번 행차의 임무를 끝내자.

그는 어서 가자고 모두를 다그쳤다. 시간을 두고 해결해야 할 일은 시간이 필요하다는 생각을 하면서.

부산을 떠날 때는 사행원이 477명이었다. 그러나 오사카를 떠나 부산으로 돌아가는 사행원은 470명뿐이었다. 목숨을 잃은 사행원뿐만 아니라 정신착란증을 일으켰던 사행원도 있지 않았던가. 건강이 좋지 않아 중간에 되돌아간 사행원들은 무사한가.

세토나이해의 물 흐름은 귀국하는 사행선의 등을 잘 밀어 주었다. 날씨까지 거들어 주는 덕분에 귀항의 바다는 순조로웠다. 에도로 갈 때 번주가 새로 지은 사행원들의 숙관은 되돌아올 때도 새 모습 그대로였다. 날씨에 묶여 스무이틀 동안이나 머물렀던 새집, 올 때는 하룻밤만 묵기로 했다. 날씨만 문제없으면 어서 되돌아가겠다는 정사의 일념 때문이었다.

그러나 세상일이 그렇듯, 사행원들이 바쁘다고 바다가 그 마음까지 다 헤아려 주지는 않았다. 봄이 여름으로 바뀔 때면 안개는 동서가 구분되지 않게 모두를 뒤섞어 버렸다. 항해가 불가능하게 했던 것도 한두 번이 아니었다.

묵매도(墨梅圖)

일행이 대마도에 되돌아왔을 때는 모두가 지쳐 있었다. 지척이 부산이라는 생각을 하니 모두가 어서 이곳을 떠나고 싶었다. 유진복의 기억에 사로잡히는 것도 싫었고, 부러졌던 돛대를 머리에 떠올리는 것도 싫었다. 환자도 없고 선체에 이상도 없다면 뭣 때문에 대마도에서 또 머물 것인가.

변박은 그래도 후추의 첫날은 항해의 피로를 말끔히 씻고 편히 쉴 수 있으려니 하고 생각했다. 그런 생각을 하면서 세이잔지에 이르니 벌써 그를 기다리는 사람들이 와 있었다. 지난번부터 그의 그림을 구하고자 했던 사람들이었다.

"준비가 전혀 되어 있지 않아서…."

변박이 가볍게 사양을 했다. 그래도 그들은 다시 그림을 그려 달라는 부탁을 하는 것이었다.

"어떤 그림이라도 좋습니다. 동래부 제일 화가의 그림을 기념으로 꼭 갖고 싶습니다. 먹과 붓도 준비했으니 한 장만 부탁드립니다."

191

목이 마르는 것 같은 간절함이었다. 좀 쉬고 싶었지만 자신의 평판까지 듣고 이렇게 간청하는 것이 내심 싫지는 않았고 이들을 외면하기도 쉽지 않았다. 거기에다 앞으로 일본에서 그림을 그릴 기회는 따로 없을 것 같았다.

변박은 교토에서 그림을 그리려다 말고 넣어 두었던 일본식 화지 시키시를 짐꾸러미 속에서 끄집어냈다. 무엇인가 생각이 떠오르면 한 장 그려서 저렇게 갖고 싶어 하는 사람에게 기념으로 주는 것도 좋을 것 같았다. 끄집어낸 시키시는 짐에 치어 약간 구겨져 있었다. 소품이라도 기념으로 한 장 그릴까 생각했지만 구겨진 종이에다 어떻게 그림을 그리겠는가.

"이렇게 구겨진 종이밖에 없어서 어떻게 하면 좋겠소?"

변박은 방문객들을 둘러봤다. 한 방문객이 날렵하게 자신의 웃옷 품 안에서 조심스럽게 접힌 비단을 꺼냈다. 그림 그릴 때 쓰는 질 좋은 비단이었다. 조선에서 수입한 것이 분명했다. 변박은 그것을 받아 방바닥에 펴 놓고 손바닥으로 쓸어 보았다. 감촉이 부드러워 붓이 잘 나가겠다는 느낌이 왔다. 모두들 숨을 죽이고 이 장면을 지켜보고 있었다.

변박은 약간 망설이다가 붓을 들었다. 길이는 석 자 가깝고, 폭은 한 자는 넘을 것 같았다. 비단의 이쪽 끝에서 저쪽 끝까지를 주욱 한번 내려다본 뒤 그는 드디어 비단에 붓을 들이댔다. 검은색 물을 먹인 붓이 왼쪽 아래에서 오른쪽으로 향해 올라갔다. 조금 올라간 붓을 물에 풀어 연한 색으로 바꿔 비단의 중심으로 향하다가 반원을 그리며 다시 왼쪽으로 돌았다. 가지가 꺾인 곳에서 진한 색과 연한 색이 뒤섞이며 오른쪽으로 돌아 잔가지가 하늘로 솟았다.

거기까지는 금방이었다. 변박은 붓을 들고 잠시 숨을 고르며 그림을 한참 내려다보더니, 역시 연한 색으로 나무의 굵기를 조절했다. 매화나무가 나타났다. 비단 전체 길이의 절반을 그렇게 그린 그는 맨 위의 가지에서 가는 가지가 솟아 위로 뻗게 했다. 그 가지는 왼쪽으로 약간 가늘고 비스듬하게 위로 솟아 매화꽃을 터트리게 했다.

그림깨나 봐 온 일본 사람들은 오른쪽 위가 비어 있는 것을 이상하게 생각했다. 그렇게 생각하거나 말거나 관심 없다는 듯 변박은 이번에는 붓에다 검은 물을 잔뜩 먹였다. 사람들은 오른쪽 위의 빈 공간을 어떻게 메울 것인가. 힐끔힐끔 빈 공간을 보고 있었다.

뜻밖에도 변박의 붓은 매화나무 아래 둥치로 내려갔다. 예상과는 달리 오른쪽에서 왼쪽에 이르는 비단 폭을 모두 이용해서 거기다 대나무를 그리는 것이었다.

매화나무에 대나무를 섞어 그리는 것은 그다지 흔한 일은 아니었다. 매화면 매화, 대면 대를 그리는 것이 일반적이었기 때문이다. 그러나 변박은 대나무를 좋아하는 일본 사람들의 기호를 생각해서 매화를 중심으로 그린 그림에다 과감하게 대나무를 보탰던 것이다.

변박이 그린 묵매도는 의미심장했다. 매화는 겨울철 눈 속에서도 꽃잎을 틔우는 조선 선비들의 지조를 상징하는 것이었다. 일본 사람들에게 대나무는 같은 의미를 지니고 있었다. 그 둘을 같은 비단에다 함께 그린 것은 서로의 지조는 버리지 않더라도 어울려 한 장의 아름다운 그림이 되도록 조화를 이루어야 한다는 의미를 담았던 것이다.

완성된 그림을 살펴본 변박은 붓에다 다시 진한 먹물을 먹였다. 그리고 무릎을 꿇고 조심스럽게 붓을 그림의 위쪽 빈 공간으로 들고 갔다.

雪後寒梅雨後山(설후한매우후산)
看時容易畵時難(간시용이화시난)
早知不入時人眼(조지불입시인안)
多買臙脂畵牧丹(다매연지화목단)

눈 온 뒤 찬 매화와 비 온 뒤 산을 보기는 쉬우나
그림으로 그리기는 어렵네.
사람들의 눈에 들지 않을 줄 일찍 알았다면
연지를 많이 사서 모란이나 그릴걸

조선 전기 성리학자였던 김종직(金宗直)의 시에서 몇 자를 살짝 바꿔 이렇게 적은 뒤 한시의 끝에다 두 개의 붉은색 양각 낙관을 했다. 조선과 일본 사이에서 생각하는 것과 실천하는 것의 어려움, 더 좋은 방법을 찾지 못함에 대한 아쉬움을 넌지시 말하고 있는 시였다.

그림을 모두 완성한 그는 묵매도의 왼쪽 아래 빈 공간에다 세갑신맹하동화술재사(歲甲申孟夏東華述齋寫)라고 적은 뒤 그 아래에 역시 두 개의 낙관을 했다. 역시 여기서도 변박은 은근히 조선이 문명국임을 과시했다.

그림을 완성한 뒤 그는 그 그림을 어떻게 처리해야 할 것인가에 대해서 깊이 생각하지 않았다. 일본인 누구든지 가장 갖고 싶은 사람이 가지면 된다고 생각했기 때문이다. 붓을 내려놓고 이마의 땀을 닦은 그는 깊은 밤인데도 그림에 열중하는 사람들을 둘러보았다. 모두들 눈이 초롱초롱했다.

그 가운데 그림을 그릴 수 있게 비단을 가슴에 간직하고 왔던 사람, 눈이 가장 초롱초롱한 그 사람에게 그림을 잘 보관하라면서 건넸다. 언감생심, 뜻밖에 그림을 얻게 된 그 사람은 어안이 벙벙했다. 주위 사람들은 부러운 눈으로 그를 봤다.

변박은 순간 그 자리의 다른 사람들에게는 미안하다는 생각이 들었다. 마음 같아서는 밤을 새워서라도 그림을 더 그려서 갖고 싶어 하는 사람들에게 고르게 나눠 주고 싶었다. 그러나 더운 데다 피로가 겹쳐 그림을 더 그릴 수가 없었다. 떠나기 전 기회가 나면 머릿속에 가득한 그림들을 한 장씩 그려 줬으면 좋겠다는 생각을 하면서 그는 잠자리를 찾았다.

그 뒤 변박은 며칠 동안 오후나에에 가 있었다. 부산에서 후추에 처음 도착했을 때 선박을 손질했던 이즈하라항의 왼쪽 산기슭 오목한 곳의 지명이 오후나에다. 번주의 계선장이 있는 곳인데 이번에도 조선으로 떠나기 전 사행선은 마지막으로 이곳에서 점검하기로 되어 있었다.

모두들 어서 대마도를 떠나고 싶었다. 그랬지만 이번에도 나쁜 날씨가 바닷길을 막았다. 칠월 한여름을 꼬박 후추에서 보내야 했다. 팔월에 들어서야 모두들 겨우 조선의 땅을 밟을 수 있게 되었다. 계미년 10월에 부산을 떠났던 사행원들은 갑신년 팔월, 달로 계산하면 열 달, 날로 계산하면 이백쉰이레 만에 귀국을 하게 된 것이다.

삼사는 귀국하자 임금에게 사행결과를 보고했다. 그리고 막부 장군이 보낸 답서도 전했다.

그러나 사행길이 무사하지는 못했고 일정이 너무 길었으며 중간에 각종 끔찍한 인사사고가 겹치기도 했다. 문책을 당하지 않을까 모두들 걱정을 했지만 임금은 사행원들의 활동을 먼저 소상히 알고 그들의 그동안의 노고를 치하했다. 또 사행원에 따라서는 승진과 포상도 있었다.

계미 사행은 이렇게 끝났다.

혼
란
의

대
마
도

대마도는 원래 복잡한 곳이었다. 외래 세력과 마을 공동체 세력인 토족들과의 부딪침이 쉽지 않았다. 그러다가 1274년 몽골군에게 죽은 전설의 인물 소 요시쿠니가 영웅화되면서 소 씨에 의해 대마도는 통일된 지배체제를 갖추게 되었다. 소 씨가 초대 대마도 도주가 되었으나 대를 이은 순조로운 승계에는 굴곡이 많았다. 암투가 있었고 모반도 반복되었기 때문이다.

도요토미 히데요시에 의해 번정체제가 확립되면서 대마도 도주가 행정 최고 실력자인 번주를 겸하게 되었다. 19대 도주인 소 요토시가 초대 번주가 된다. 그는 임진왜란 때 조선 침략에 동원되고 뒤에는 조선통신사 초빙에도 공을 세운 인물이다. 섬의 발전에도 큰 공을 세운 도주이자 번주였다.

조선통신사의 계미 사행 15년 뒤에도 대마도의 내부 상황은 복잡했다. 26대부터 29대 번주까지 복잡한 되물림도 그것을 반증했다. 26대 번주 소 요시유키가 죽었을 때 동생인 소 요시시게가 27

대 번주가 되어 가문을 잇고, 소 요시유키의 아들 소 요시나가가 성장을 해서 28대 번주로 책봉되면서 번주의 가문을 다시 이어받게 된다. 그의 아들 소 요시카쓰가 요시나가의 대를 이어 29대 번주가 되면서 모든 것이 정상화된다.

그러나 평소 병약했던 28대 소 요시나가가 죽었을 때 그의 외동아들인 소 요시카쓰는 겨우 여덟 살밖에 되지 않았다. 거기에다 아버지를 닮아 아들도 매우 병약했다. 그런데도 불구하고 다른 방법을 쓰지 않고 그를 29대 번주로 앉힌다. 번주의 자리에는 앉게 되었지만 그는 건강 때문에 당차게 번정을 펴 나가기에는 역부족이었다.

소 요시카쓰 29대 번주의 어머니인 신조인은 중신들과 상의를 한 뒤 27대 전 번주이자 시삼촌인 요시시게를 찾아간다. 아들이 너무 어려서 번정을 제대로 펼 수가 없으니 번정의 경험이 있는 요시시게가 자신의 아들 29대 번주 소 요시카쓰를 도와주도록 부탁한다.

요시시게는 이 부탁을 기꺼이 받아들인다. 나이 어린 번주의 번정을 돕던 그는 얼마 지나지 않아 수렴청정의 소매를 걷어 올리게 된다. 멋대로 번정을 주무르지만 어린 나이에다 아버지를 닮아 병약하기 이를 데 없는 소 요시카쓰 번주는 번정에 제대로 나서지도, 요시시게를 견제하지도 못했다.

요시시게의 섭정이 지나치자 번의 원로들이 차츰 불만을 터뜨리기 시작한다. 섬의 발전은 뒷전이고 자신의 권력만 강화한다는 것이 불만의 주요 내용이었다.

"대마도는 앞으로 크게 달라질 것입니다. 지금부터 섬의 발전을 위해 섬 안팎의 인재들로부터 지혜를 얻어 여러 가지 발전의 방도를 마련하겠습니다."

요시시게는 자신에 대한 불신이 높아지자 중신들에게 섬을 발전시켜 모두가 잘사는 곳이 되도록 하겠다고 다짐했다. 위기 극복의 술책으로 섬의 발전을 들고 나선 것이다.

"구체적인 방법이라도 마련되어 있습니까?"

번주의 어머니인 신조인과 함께 번의 미래를 걱정하는 중신들은 요시시게에게 발전계획을 구체적으로 제시하라고 요구했다. 그러나 비록 나이가 많기는 하지만 번주의 전력에다 현재의 권력을 손아귀에 넣고 있는 요시시게에게 중신들은 그 이상 다그칠 수는 없었다.

요시시게도 권력을 행사만 할 것이 아니라 번의 발전에 구체적으로 기여하지 않으면 안 되겠다는 위기의식을 느끼게 되었다. 섭정에 힘을 실어 오래도록 권력을 행사하기 위해서라도 어쩔 수 없이 섬의 발전계획을 세우고 실천하지 않으면 안 된다는 것을 인식하게 된 것이다.

그는 에도막부와 줄이 닿는 유력인사를 찾는 한편 섬에서 존경받고 있는 사람이 누구인가도 찾았다. 섬의 발전을 위해 적극적으로 도움을 받고자 해서였다.

그가 처음 찾은 사람은 섬의 유력자이자 자신도 전부터 잘 알고 있었던 스기무라였다. 그는 막부에서도 실력자인 타누마와 매우 친했다. 그리고 중앙정부 고관도 지낸 사람이었다. 요시시게는 그의 힘을 빌려 막부로부터 재정적 지원을 받고자 했다.

"계속된 가뭄으로 섬 안의 모든 사람들은 어려움을 겪고 있습니다. 막부의 지원이 없이는 이 어려움을 견뎌내기가 힘들 것 같습니다."

요시시게는 스기무라가 타누마에게 건네줄 뇌물까지 마련해서 그를 만났다. 번주가 병약해서 아무것도 할 수 없으니 우리가 돕지 않으면 안 된다는 점을 강조하며 막부가 지원을 해서라도 섬을 살려야 하니 도와 달라고 간곡하게 부탁했다.

요시시게는 또 막부의 지원이 성사되면 중간에서 애써 준 스기무라에게도 응분의 보상이 있도록 노력하겠다는 약속까지 했다. 그리고 에도까지 갔다 올 수 있는 넉넉한 여비를 건네주었다.

이어서 그는 번의 고위직에서 물러난 뒤에도 섬사람들에게 여전히 존경받고 있는 게이센이라는 사람을 만났다. 게이센은 평소에 대마도의 번영을 위해 개혁이 필요하다고 주장해 온 경세의 학자이기도 했다.

"섬이 살아나기 위해서는 중앙정부로부터의 지원이 절실합니다. 이와 함께 섬사람들 모두가 힘을 합쳐 섬의 발전을 도모하지 않으면 안 될 것 같습니다. 선생의 지혜가 어느 때보다 절실합니다. 도와주십시오."

요시시게의 말을 들은 게이센은 무엇인가를 잠시 생각하더니 입을 열었다.

"어떻게 도우면 되겠습니까? 저도 마지막으로 섬의 발전을 위해서 할 수 있는 일이 있다면 힘을 보태겠습니다."

"우선 급한 것은 섬사람들이 가난에서 벗어나는 일입니다. 가뭄을 이겨내고 먹고사는 걱정을 덜게 되는 것이 무엇보다 급합니다."

게이셴은 그 말을 듣고 난 뒤 진지한 표정을 하며 학자답게 입을 열었다.

"역시 대개혁입니다. 섬사람들이 지금까지 살아온 방식을 바꿔야 하고요. 그러기 위해서는 번에서 앞장서지 않으면 안 될 겁니다."

게이셴이 주장한 개혁의 첫 번째가 다른 무엇보다 대마도 사람들은 체면 같은 것을 생각하지 말고 서둘러 조선통신사를 초빙해야 한다는 뜻밖의 제언이었다. 그러면서 조선과의 무역을 통해 부를 축적하지 않으면 섬은 가난에서 벗어나기 어렵다고 단언했다. 그리고 그다음으로는 섬의 요소요소에다 성을 쌓아 국방을 튼튼히 하지 않으면 안 된다고 했다.

"국방을 위한 축성을요?"

"그렇습니다, 이 일은 번에서 다 해낼 수 있는 일은 아닙니다. 막부에 건의해서 많은 예산을 확보함으로써 성사가 가능한 일이라고 생각합니다."

게이셴은 몽골의 침략은 물론 임진왜란 때 전쟁을 겪은 일이 있는 국경의 섬이기 때문에 대마도는 항상 전쟁에 대비해야 한다고 주장했다. 특히 청나라의 세력이 천하를 지배하고 있는 것에 대비해야 하며 이 문제 해결을 위해서는 재정지원을 받지 않아서는 안 된다고 주장했다. 재정지원은 섬사람들의 어려운 삶을 해결하기 위해서도 절대로 필요하다고 역설했다.

재정지원 문제해결의 중요성은 스기무라의 주장과 같은 맥락이었다. 요시시게는 게이셴의 주장을 듣다가 무엇인가 생각나는 것이 있었는지 속으로 무릎을 쳤다.

"이 문제가 성공을 거두게 되면 선생에게 응분의 보상이 있도록 하겠습니다."

철저한 주고받기 정신이 게이센을 만났을 때도 그대로 드러났다. 그는 이런 일들만 잘 되면 대마도를 손안에 넣고 주무르는 것은 여반장이라는 자신감이 들었다.

이미 뇌물을 받은 스기무라는 타누마를 만나겠다면서 에도로 떠났다. 게이센 역시 국방을 위한 축성비용안을 그럴듯하게 마련해 요시시게에게 건네주었다. 그리고 조선통신사 초빙 교섭이 가능한 인물을 찾아보겠다고 했다.

요시시게는 자신이 중심이 되어 대마도 발전을 위한 각종 계획을 수립하기 시작했다. 이런 이야기를 듣게 된 섬사람들의 그에 대한 불만도 차츰 누그러졌다. 번의 원로인 게이센의 주장에 대해서도 섬사람들은 지지를 하기 시작했다. 그의 학자적 진실성을 믿었기 때문이다. 번의 중신들도 섬사람들이 찬성하는 마당에 더 이상의 요시시게에 대한 불평은 말하지 않기로 의견을 모았다.

그러나 대마도 전체에서 7천 석밖에 생산되지 않는 쌀을 농지 개혁을 통해 10만 석까지 증산하겠다는 계획은 무리라고 머리를 갸웃하는 사람들도 많았다. 실현이 어려운 난공사에 과다한 예산을 들이는 것도 섬으로서는 감당하기 어려운 일이라고 생각하는 사람들도 있었다.

그렇지만 섬을 일으켜 세우자는 데에는 누구도 반대할 수가 없었다. 그만큼 요시시게는 섬의 여론을 주무르는 데 성공했던 것이다.

스기무라와 게이센의 성향은 서로 달랐다. 그렇지만 섬의 발전이라는 공동목표에는 이견이 없었다. 특히 막부와 선이 닿는 스기무라는 막부로부터 조선통신사 응접비 3천 냥, 조선통신사 초빙교섭비 3천 냥, 조선무역 단절보전비 1만2천 냥, 양곡증산, 축성비 지원과 대마 발전 지원비로 3년 동안 해마다 1만2천 냥의 빚을 얻고 상당한 하사금도 받아내는 등 큰 성과를 거두기도 했다.

섬사람들은 스기무라와 게이센이 추진하는 일의 성공을 크게 기대했다. 요시시게는 그들의 노력에 얹혀서 불신의 그늘에서 슬그머니 벗어날 수 있었다. 그만큼 그의 힘도 다시 강해지게 되었다.

그러나 스기무라와 게이센은 대마도의 예산이 전례 없이 많아지자 그 공을 둘러싸고 서로 눈에 보이지 않는 반목을 시작했다. 특히 스기무라는 요시시게와 손을 잡고 권력의 한 조각을 나누어 얻으려고 안간힘을 썼다. 게이센은 그것이 보기 싫었다.

게이센이 추진하는 일 가운데 가장 부진한 것은 조선통신사 초빙이었다. 요시시게는 이 일이 성공을 거두게 되면 막부로부터 자신에 대한 신임도 두터워질 것이 확실하다고 생각했지만 여의치 않았다. 조선과 소통이 막히면 대륙을 향한 일본의 외길이 막히는 것을 그가 모를 리 없었다. 그래서 막부가 갑갑증을 내고 있다는 것도 잘 알고 있었다.

요시시게는 생각 끝에 능력 있는 사람을 직접 찾아 그를 조선으로 내보내 일을 추진하기로 했다. 스기무라와 게이센에게도 그런 사람을 찾아보라고 했다. 사람을 찾아 나서자 뜻밖에도 조선을 잘 알 뿐 아니라 다예다재한 오오모리라는 사람이 섬 안에 살고 있다는 사실을 알게 되었다. 게이센도 그의 다재다능을 소문으로 알고 있었다.

"조선으로 나가 왜관에 머물면서 조선통신사 초빙의 길을 열어주면 좋겠소."

오오모리는 당장의 성사는 어려울 것 같다고 잘라 말했다.

"그렇게 하기 위해서는 동래부를 자주 드나들면서 한양과 연결고리를 만들지 않으면 안 될 것으로 압니다."

"그렇다면 그렇게 하면 되지 않겠소."

"그렇게 하자면 시간이 다소 걸릴 것입니다. 시간을 갖고 왜관에 머물면서 먼저 동래부 관계자들과 친해져야 할 것입니다. 그렇게 하더라도 지금 조선에서 기근이 계속되고 있어서 일의 빠른 성사는 장담하기 어렵습니다."

"좋습니다. 1년이 걸리거나 2년이 걸리거나 간에 일만 성사시켜주시오. 그러면 그다음 있어야 할 응분의 보상은 내가 알아서 하겠소."

요시시게는 오오모리에게도 슬쩍 보상이라는 미끼를 던졌다. 그러나 조선의 사정을 잘 알고 조선의 문화까지 상당히 깊게 이해하고 있는 그는 미끼는 싫지 않았지만 일의 성사에는 확신이 서지 않았다,

오오모리에 대한 이야기를 듣고 스기무라도 말을 보탰다.

"조선도 가뭄으로 기근이 들어 한참 어렵습니다. 일본에서도 가뭄에 못 견딘 주민들이 소란을 일으키고 있지 않습니까? 이런 가운데 조선통신사를 불러들여 말 타고 나팔 불며 일본의 거리를 요란스럽게 행진하게 하는 것을 곱잖게 볼 사람들이 많을지도 몰

라 그게 걱정입니다. 막부인들 그런 민심을 모르고 있겠습니까?"

요시시게도 생각해 보니 그 점은 걱정이 아닐 수 없었다.

"그래도 조선통신사 초빙은 반드시 이루어져야 하오. 그래야 막부로부터 받은 지원금을 되갚지 않을 수도 있을 것인데, 그렇다면 어떻게 하면 좋겠소?"

"빚을 갚는 일이 급하긴 하지만 시기를 두고 추진하는 것이 좋을 것 같습니다."

스기무라는 조선통신사를 초빙하면 빚을 탕감받을 수 있다는 사실을 부정할 수 없었다.

"더 좋은 방법이 있는지 저도 한번 찾아보겠습니다."

요시시게는 다시 오오모리를 만났다.

"방법은 하나 있습니다. 조선통신사가 대마도까지만 왔다가 되돌아가는 것입니다."

"대마도까지만이라니요?"

"그렇습니다. 그러면서 조선은 막부장군의 취임을 축하해 주고, 조선과 일본은 서로 평화를 다짐하는 국서를 대마도에서 교환하게 되니까 소기의 목적을 다 이루는 것이 아니겠습니까? 그리고 대마도는 에도에서도 주목받는 곳이 되고 말입니다."

"그것이 가능하겠소? 막부에서는 그런 초빙행사를 인정하겠소?"

"저는 막부도 은근히 좋아할 것이라고 생각합니다. 조선통신사가 대마도까지밖에 오지 않으니까 가뭄으로 인한 본토 안의 소요사태도 자극하지 않고 초빙비용도 줄이며 외교적인 성과는 그대로 다 거둘 수 있을 테니까요."

요시시게는 오오모리의 생각이 옳은 것도 같았다. 그래서 내일이라도 당장 왜관에 나가서 거기 머물면서 시간이 걸리더라도 일을 꼭 성공시키도록 신신당부를 했다.

그동안 가장 부진했던 이 일에 대해서 요시시게는 자신의 노력으로 길을 뚫게 되었다고 스기무라와 게이센에게도 자랑하고 싶었다. 오오모리의 말처럼 이런 시기에 조선통신사가 대마도까지만 와 줘도 큰 성공이 아니겠는가.

그러나 이 일은 뜻밖에도 스기무라가 계속 반대하고 나섰다. 조선통신사가 대마도까지만 오는 것은 아무런 의미가 없다는 것이었다. 그래도 요시시게는 이 계획을 강행, 오오모리를 조선으로 내보냈다.

요시시게는 조선통신사 초빙이 성공을 거두게 된다면 다른 일들도 순조롭게 진행될 것이라 믿고 있었다. 그러나 막부로부터 받은 지원금과 하사금만 손가락 사이로 모래 빠지듯 하고 있을 뿐 거둔 실적이 전혀 없었다.

그 가운데서도 식량증산이 특히 그랬다. 농지확대를 위한 공사는 열심히 하고 있었지만 온통 바위뿐인 공사장은 소출을 기대하기는 거의 불가능했기 때문이다.

막부가 기대했던 성을 쌓는 일 역시 지원받은 예산에 비해 공사의 진척은 엉망이었다. 공사장 진입로를 만들기가 어려웠고, 바위산인 데다 용수문제가 해결되는 곳이 드물었던 것이다.

그런 가운데 조선과의 무역 보전비로 받았던 1만2천 냥은 진작 바닥이 나 버렸다. 그 위에 1년에 1만2천 냥씩 빚으로 3년간 명맥을 유지해 왔던 대마 발전 보조비 역시 막부가 끊어 버리고 말았다. 성과를 내지 못한 데 대한 당연한 결과였다.

요시시게는 섬의 재정이 절벽에 서게 되자 자신이 좋아하지도 않는 요시카쓰 번주의 생모 신조인까지 찾는다. 대대로 재산이 넉넉하고 집안에 사찰까지도 있는 친정 다카마츠의 마츠다이라 가문에서라도 빚을 얻어 위기를 면하고 싶어서였다.

"아들 요시카쓰 번주가 습직을 하고 몇 년이 지났는데도 아직 막부장군 알현도 못하고 있는 상태가 아닙니까? 막부로부터 제대로 인정도 못 받는 번주의 어머니로서 친정엔들 무슨 얼굴로 빚을 말할 수 있겠습니까?"

신조인은 친정 가문에다 빚을 말할 처지가 아니라면서 요시시게의 부탁을 한마디로 거절했다.

재정이 바닥나자 섬의 살림은 빠른 속도로 어려워졌다. 거기에다 스기하라 막부로부터 타누마를 통해 얻은 빚을 갚아 달라는 강한 빚 독촉을 받기 시작했다.

요시시게에게 꽉 막힌 섬의 숨통을 틔울 수 있는 유일한 길은 조선통신사의 일본 방문뿐이라는 생각이 점점 굳어졌다. 요시시게는 오오모리가 조선에 도착하기가 바쁘게 그의 활동결과가 궁금했고 좋은 소식이 기다려졌다.

왜관에 도착한 오오모리는 도착 즉시 동래에 드나들기 시작했다. 관계자들과 안면을 넓히기 위해서였다. 그러나 조선통신사 방문교섭을 담당하고 있는 사람들은 모두 가뭄대책에 바빠서 다른 일에는 엄두도 내지 못하고 있었다.

사정을 파악한 오오모리는 원래 생각했던 대로 시간을 느긋하게 잡았다. 서두른다고 조선통신사 초빙이 당장에 이루어질 일이 아니었기 때문이다. 이왕에 그렇게 되었으니 틈틈이 조선의 문화도 익히고 지역 원로들도 찾는 등 자신의 이익도 챙기는 한편 바닥에서부터 조선통신사 초빙을 위한 기초를 다지기로 했다.

오오모리,
변박의 문하생이 되다

동래를 오가는 틈을 내서 그는 왜관 근처 산중턱에 있는 부산요를 찾았다. 조선의 도자기가 일본에서는 천정부지로 인기가 높아 조선에 머무르는 동안 도자기 굽기 기술을 확실하게 배워 두는 것도 자신의 장래를 위해서 매우 유익할 것 같아서였다.

부산요는 일본 방문객이 잦은 곳이기도 했다. 그래서 일본 안의 소식을 듣기가 대마도보다 더 쉽고 빠르며 정확했다. 그뿐 아니라 유명인사와의 교류도 가능하다는 이점이 컸다.

도자기 굽기의 장인만 된다면 일본에 돌아가서도 큰돈을 만질 수 있을 것이 분명했다. 불확실한 조선통신사 초빙보다 확실한 이 일을 하는 것이 자신에게 실속 있는 일이라고 생각하자, 조선통신사 초빙은 그의 우선순위에서 자연스럽게 뒤로 밀려나고 말았다.

그의 부산요 작업은 생각보다 발전이 빨랐다. 워낙 다예다재한 데다 이 일에 집중했기 때문이었다. 점토 짓이기기, 백토 주무르기, 물레 돌려 그릇 형상 만들기 등을 달음박질하듯 익혀 나간 그는 드디어 가마작업을 배우기 시작했다. 사흘 밤, 사흘 낮을 가마에 불을 잘 지펴 자신이 만든 자기가 제 모습을 띠고 작품으로 나오게 됐을 무렵이었다.

부산요에서 그는 일본 사람 한 명을 만났다. 처음 보는 사람이었다. 하지만 부산요의 다른 사람들은 그를 잘 알고 있었다. 히라카와라는 그 사람은 일본인이지만 도자기에는 이미 장인의 수준에 이르렀고 부산요의 식구들과도 격의가 없었다.

"이제 남은 일은 도자기에 자신의 그림을 그려 넣는 일이군요. 그래야 완전한 도자기 예술가로 설 수 있게 되지요."

오오모리도 유약 아래서 빛을 반짝이는 도자기의 그림을 여러 번 봤다. 자기를 두드리면 쇳소리 같은 종소리가 울려 나오는 것을 듣고 언젠가 자신도 자기에 그림을 그려 넣는 방법을 배워야겠다는 생각을 하고 있던 터였다.

"우선 그림 그리는 것부터 배워야 하겠는데 선생님도 없고…."

"그렇죠. 혼자서 익히기란 생각보다 어려우니 좋은 선생을 만나는 것이 중요하죠."

오오모리는 히라카와의 말이 옳다는 생각이 들었다. 그러나 그림 선생을 만나 화법을 배울 수 있는 방법이 없었다.

"내가 좋은 선생님 한 분을 소개해 드리겠습니다. 나도 처음 그 선생으로부터 그림을 배웠는데 아주 훌륭한 분입니다."

그가 소개해 준 사람은 화가 변박이었다. 변박은 이미 남에게 그림이나 가르치며 밥을 구하는 사람은 아니었다. 동래에서는 가장 원로여서 그의 문하생들이 선생의 이름으로 그림을 가르치면 밥벌이를 할 수 있을 정도로 고명한 분이었다.

"나도 갑신년에 일본에 갔던 일이 있었지. 그때 거기서 그림을 좀 그리고 싶어 했는데 여의치 않았어. 그림을 그려서 가져오지는 못했지만 일본 사람들이 얼마나 친절했던지, 지금도 잊히지 않아."

변박은 오오모리를 편하게 대했다. 일본인에 대해서 상당한 호감을 가지고 있는 것도 같았다. 자신을 특별히 문하생으로 받아들이는 것은 히라카와의 부탁이 있어 그러는 것 같기도 했지만 대마도 출신이라서 호감을 갖는 것 같기도 했다.

변박은 오오모리에게 그림에 대해서 이런저런 것들을 물었다. 그리고는 자신의 문하에서 그림을 배우고 있는 화생 한 명을 불렀다.

"그림을 많이 그려 본 사람이 아닌 것 같다. 처음부터 자세히 가르쳐라."

오오모리는 변박을 처음 만나는 날 운 좋게도 그의 문하생이 됐다.

"선생님 정말 감사합니다."

그는 변박과 히라카와에게 고맙다는 인사를 했다. 이어 화생을 따라 나가려 하자, 변박의 말이 더 이어졌다.

"화룡점정이란 말을 들어 보았는가?"

"들어 보기는 했습니다만⋯."

"짐승을 그릴 때는 그 짐승의 눈을 그릴 때까지 최선을 다해야 되지"

변박은 말을 이었다.

"우선 그림을 그릴 대상을 단단히 봐야 해. 그리고 남이 그리는 것도 자세히 보고, 또 눈 감고도 본인이 그리고 싶은 그림을 그릴 수 있어야 되는 거지. 동물을 그릴 때는 마지막 그 동물의 눈까지를 완벽하게 그려야 비로소 완성된 그림이 될 수 있다는 것을 명심하게나."

오오모리를 처음 만났음에도 변박은 친절하게도 그림을 공부할 때의 기본자세를 자상하게 일러 주었다. 뜻밖이었다.

일이 이렇게 되자 오오모리에게 조선통신사 초빙은 자연스럽게 시간의 흐름에 의존하지 않을 수 없게 되었다. 때가 오기를 기다리면서 그는 날마다 그릇 굽기와 그림 그리기에 심혈을 쏟았다. 뛰어난 재능의 바탕이 있는데다 좋은 선생들을 만나 그의 솜씨는 하루가 다르게 변했다.

"후생이가외라더니 정말 그렇군. 오래지 않았는데도 탁월한 그림 솜씨가 그대로 나타나고 있으니."

그림 공부를 시작한 얼마 뒤 오오모리의 습작을 보게 된 변박은 칭찬을 아끼지 않았다. 조선에 와서 열심히 그림을 그리고 있는 그를 보자 다시 옛날이 생각나는 듯했다.

"갑신년에 내가 일본에 갔을 때는 많은 그림을 그리고 싶었으나 여의치 않았어. 묵매도, 묵죽도와 송하호도를 그려 그곳에다 두고 온 일이 있지. 일본에는 호랑이가 없는데도 호랑이 그림을 좋아하는 사람들이 많았지만 그 그림은 한 장밖에 그리지 못해 지금 생각하면 참 아쉬운 일이었어."

과거를 회상하듯 그는 말을 덧붙였다.

"일본에는 말이 많아서 그런지 말을 그리는 화가는 더러 있었어. 나도 조선에 돌아와서 말을 여러 번 그려 봤는데, 생동감이 넘치는 것이어서 참 재미있단 말이야. 거기에다 말을 그리는 것은 움직이는 짐승을 그리는 그림 공부에도 대단히 좋고."

오오모리는 변박의 말을 듣고만 있었다.

"말 그림을 한 장 줄 테니 그려 보겠나? 화선지의 어느 위치에다 말을 그리고, 나무는 그림의 배경에서 또 어떻게 휘어지며 말과 어우러지게 그리는가는 그림 공부에 매우 좋을 것 같아. 원근이 잘 어우러진 그림 가운데 서 있는 말, 아니 달리는 말이라도 좋지. 그 말의 눈은 그림 전체를 살려내기도 하고…. 말 그림을 한번 그려 볼 텐가?"

변박은 벽장 안에서 길쭉하고 각이 진 오동나무 상자 하나를 꺼냈다. 그리고 그 속에서 둘둘 말아 넣은 두루마리 그림 한 장을 끄집어내 펴 보였다.

"감히 제가…."

오오모리는 그림을 보는 순간 그 말밖에 다른 말을 할 수가 없었다. 그는 말을 잇지 못하고 긴장해서 그림만 바라보고 있었다.

"가져가게나. 가져가서 꼭 좋은 말 그림을 한번 그려 보게나"

대마도의 사정은 날로 악화되었다. 요시시게는 오오모리가 좋은 소식을 가져오기를 학수고대하고 있었다. 그러나 날이 가고 달이 가도 소식은 감감했다. 만약 조선통신사만 올 수 있게 된다면 사정은 급변, 막부의 빚 독촉은 유예를 받을 수 있을 것도 같았다. 그러나 막부의 빚 독촉은 갈수록 심해지기만 했다.

대마도에 투자했던 모든 일의 전망이 흐려지자 막부는 타누마를 통해 빚을 알선한 스기하라를 에도로 불러들였다. 조선통신사를 초청하고 조선 무역을 통해 부를 축적하려고 했던 게이센 역시 편하지 않기는 마찬가지였다. 거기에다 병약해서 번정에 나서지도 못했던 요시카쓰 번주 역시 건강이 더욱 악화되어 있으나마나한 번주 그대로였다.

요시시게는 오오모리를 불러들이기로 했다. 섬의 예산을 한 푼이라도 절약하겠다는 계산도 있었지만 다른 계산도 있었다.

"당분간 조선에 다시 나가기는 어려울 테니까 완전히 철수해야 할 것이오."

소환명령을 받은 오오모리는 짐을 모두 챙겼다. 도기나 자기의 굽기도 상당한 수준에 올랐고, 그림도 변박이 인정할 정도에 이르렀으니 대마도로 되돌아가서도 품위를 지키며 사는 것은 어렵지 않을 것 같았다.

그는 돈이 될 만한 도자기는 모두 짐 속에 넣었다. 자신이 그린 그림과 변박에게서 얻은 그림, 그리고 인삼과 비단 등도 이삿짐 속에 잔뜩 챙겨 넣었다. 돈을 살 만한 것은 돈을 사고 요시시게가 까탈스럽게 굴면 뇌물을 좋아하는 그에게 뇌물을 줘 그의 입을 막겠다는 계산에 그에게 줄 것들도 준비했다.

오오모리는 귀국하자 곧바로 요시시게를 찾았다.

"이제 가뭄의 피해도 숙지막해서 조금만 더 조선에 있으면서 사정을 알아보면 조선통신사 초빙의 길이 열릴지도 모르겠습니다."

"그러나 초빙에 필요한 비용이 없지 않소. 당장에는 여러 가지로 어려울 것 같으니 돌아와 있으면서 사정을 좀 봅시다."

말은 편하게 했지만 요시시게의 목소리에는 어딘가 옹이가 박혀 있는 것 같았다.

오오모리는 짐꾼에게 지우고 간 선물꾸러미를 내려놓았다.

"보잘것없지만, 조선의 인삼과 비단, 그리고 조선 그림입니다. 막부 사람들에게 인사도 하고 입막음을 하는 데에 어느 정도는 필요할 것 같아 준비해 왔습니다."

"우선 인삼은 번주님의 약으로 쓰고, 비단은 막부에 보내면 좋을 것 같군. 귀하고 비싼 것들을 준비한다고 수고가 많았소."

선물 꾸러미를 보자 오오모리에게 불만이 가득했던 요시시게의 표정은 이내 부드러워졌다. 그는 굳어 있던 표정을 펴면서 조선통신사는 사정이 좋아지는 대로 다시 초빙활동을 펴자고 했다. 지금은 대마도가 막부로부터 빚 때문에 어려움을 겪고 있으니 이 문제 해결이 섬으로서는 가장 시급한 일이라고 묻지도 않은 것을 설명하기도 했다.

요시시게에게는 사실 번주의 건강도 여간한 문제가 아니었다. 건강이 좋지 않아 그냥 조용히 앓고 누워 있으면 시끄럽지나 않겠지만 만약 병사라도 한다면 번이 표면적으로 더욱 시끄러워질 것이 뻔했기 때문이었다.

요시시게는 번주의 약으로 쓰라면서 인삼 조금과, 자신에게는 필요하지도 않은 그림을 들고 신조인을 찾았다.

"번주님이 하루 속히 건강을 되찾으시기를 빕니다."

그러나 요시카쓰 번주의 건강은 하루가 다르게 나빠져 갔다. 생모인 신조인은 다른 모든 일을 폐하고 아들의 간병만 했다. 그것도 부족해 그를 돕고 있는 다카마쓰 출신 번주의 후실 데이신인까지 교대로 간병을 했건만 차도는 없었다.

215

겨울이 되자 그의 건강은 더욱 악화되었다. 그러다가 그해 겨울을 넘기지 못하고 그는 병사하고 말았다. 29대 소 요시카쓰 번주가 만 15세를 맞기 며칠을 앞두고 일어난 변고였다. 그때가 신해년(1791년)이었다.

아들이 당한 변고에 넋을 놓고 있는 신조인을 요시시게가 찾아왔다. 애도를 표하러 온 줄 알고 그를 맞는 신조인에게 요시시게는 장례문제를 끄집어냈다.

"중신들과 의논한 결과 장례는 조용히 치르자는 의견이었습니다. 신조인께서는 어떻게 생각하시는지요?"

급하게 해결하지 않으면 안 될 문제이긴 했다. 그러나 번주인 아들의 장례를 이렇게 급하게, 그리고 조용하게 치르자는 요시시게의 말은 뜻밖이었다.

"아니, 무슨 그렇게 해야 할 이유라도…?"

"예, 저도 번주님께서 가시는 마지막 길을 여유 있고 화려하게 보내드렸으면 합니다만, 지금 섬의 상황이 그렇지 않은 것 같습니다."

"지금 상황이 어떻기에 그렇단 말씀입니까?"

대답하기를 약간 멈칫거리는 것 같더니 그는 빚투성이가 된 대마도의 인심이 지금 몹시 흉흉하다고 했다. 막부의 빚 독촉은 번주가 건강이 좋지 않아 제대로 번정을 펴지 못하기 때문이라고 생각하는 사람이 많다고 했다. 또 건강 때문에 장군 알현도 못해서 정식 번주로 습직하지 못한 것에 대한 불만도 적지 않다면서 이런 분위기로는 있는 듯 없는 듯 조용하게 장례를 치르는 것이 좋겠다는 중신들의 의견이라는 것이었다.

신조인은 뭐라고 할 말이 없었다. 아들은 이미 죽었고, 실질적 실력자인 요시시게의 의견을 정면으로 거부하기도 쉽지 않았다.

"알아서 잘 결정해 주세요."

신조인은 말은 그렇게 했지만 쓰라린 가슴을 가눌 길이 없었다.

번주의 장례식이 그렇게 끝난 며칠 뒤 요시시게는 다시 신조인을 찾아왔다.

"섬사람들에게는 번주님의 변고를 알리지 말도록 했습니다. 자리를 이어받을 후사도 없는 데다 번주님의 변고를 알면 이러쿵저러쿵 시끄럽기만 할 뿐 지금처럼 어려운 번정에 아무 도움도 되지 않을 것 같아서 그랬습니다."

"그러면 언제까지 그 자리는 비워 두실 계획입니까?"

신조인에게 그 문제는 이미 관심 밖이었다. 그러나 요시시게의 하는 짓이 못마땅해서 후임자를 어떻게 할 것인지 짐짓 물어본 것뿐이었다. 놀랍게도 요시시게는 이미 후임자에 대한 계획을 마련하고 있었다.

그의 계획은 중신들을 비롯해서 성안의 모든 사람들에게 번주의 죽음에 대해서 입을 다물게 하는 것이었다. 성안에서 조용히 장례를 치렀기 때문에 비밀유지가 가능하고 생전에 번주가 번정에 얼굴을 나타내지 않았기 때문에 그가 죽었는지 살았는지 일반인은 관심도 없게 만드는 것 역시 가능하다는 것이었다.

그다음에는 번주의 사촌인 토미즈라는 인물에게 슬그머니 요시카쓰 번주의 대역을 시킨다는 것이 요시시게의 계획이었다. 그런 놀라운 계획을 세운 것은 뒷날 토미즈가 요시카쓰 번주가 아니라는 소문이 나돌면 요시카쓰 번주가 건강을 회복했을 뿐이라고 우기면 된다고 생각을 했던 것이다. 요시카쓰와 토미즈는 사촌이어서 서로 얼굴도 닮았고, 나이도 비슷하기 때문에 우길 자신이 있었던 것이다.

그런 각본에 따라 요시카쓰의 대역을 맡게 된 토미즈는 성안으로 들어오면서부터 외출이 금지되었다. 외부 인사를 만날 때는 언제나 토미즈가 아니라 29대 번주의 자격으로 요시시게와 함께 만났다. 요시시게는 그런 식으로 계속 번정을 주무를 수는 있었지만 막부의 빚을 갚을 길은 없었다.

아들은 죽고, 번정은 엉망이 되어 가는 꼴을 보면서 신조인의 속앓이는 시작되었다. 다카마츠에서 시집온 그녀는 역시 다카마츠에서 와서 번주와 자신을 돕는 후실 데이신인 외에는 대마도는 사고무친한 곳이 되고 말았다.

"절에나 가자꾸나. 가서 번주님의 명복을 빌게."

신조인은 마음이 괴로운 날에는 데이신인을 데리고 가까운 절을 찾았다. 그러나 둘이서 절을 찾는 것도 쉬운 일이 아니었다. 번주의 어머니가 초라한 모습으로 쓸쓸하게 절이나 찾는 일이 아무래도 마음에 걸렸다.

"날씨가 풀리면 고향의 절에라도 한번 갔으면 좋겠다."

신조인이 말하는 고향의 절이란 두말할 것도 없이 호넨지. 그절은 마츠다이라 가문에서 세운 절이고 집안의 중요한 인물을 대대로 봉안하고 있는 절이다.

"제가 모시고 가겠습니다."

"그게 좋겠구나."

신조인은 그날부터 대마도의 가까운 절에 나가던 것을 중지했다. 날씨만 풀리면 데이신인과 함께 호넨지에 가고 싶었지만 그해 겨울은 추위가 오래 계속되었다.

"번주님의 명복도 빌고 그래야겠는데 추위가 너무 길구나. 날씨가 풀리면 함께 가기로 하고 우선 건강한 사람이라도 먼저 호넨지에 한번 다녀오면 어떻겠느냐?"

"그것도 좋겠습니다."

"그러면 내가 넉넉하게 향초를 준비하마. 그리고 조선에서 건너온 불경도 몇 권 가져가고 유마도, 그 그림도 가져가거라. 불경이랑 그림이랑 다 내가 가지고 있는 것보다 부처님께 공양하는 것이 좋겠다."

"그러겠습니다."

"바다만 잔잔해지면 나도 하루라도 빨리 가서 부처님께 번주님의 명복을 빌 생각이야. 날씨만 풀리면 뒤따라갈 테니까 먼저 가서 번주님의 명복을 빌어 줘."

데이신인은 신조인의 뜻에 따라 먼저 호넨지를 찾기로 했다. 그래서 소 요시카쓰 번주의 명복을 빌기 위한 공물을 가지고 대마도 후추를 떠난 것은 임자년(1792년) 이른 봄이었다.

바람도 잔잔하고 날씨도 그다지 춥지 않았다. 그러나 데이신인을 먼저 보내는 신조인의 마음에는 찬바람이 멎지 않았다. 이른 봄이긴 하지만 바다 물결도 잔잔하지 않았다.

우여곡절 유마도

실타래 풀기

계미년에서 갑신년의 『조선통신사 사행록』을 전부 뒤져본 나는 다시 실망했다. 변박이 그렸다는 버드나무 밑의 말 그림은 그의 사행기록 어디서도 찾아볼 수가 없었다. 말은 차치하고 일본에서 버드나무 가지 하나 그렸다는 기록도 찾을 수 없었기 때문이다.

그런데도 일본의 절에서 변박의 말 그림이 발견되었다니 갑갑할 노릇이 아닌가. 그것도 학술논문에서 그런 사실을 밝히고 있으니.

정사 조엄이 쓴 『해사일기』를 처음 읽을 때는 무엇인가를 발견해 낼 것 같았다. 변박의 이야기가 자주 등장했기 때문이었다. 그러나 정작 화원으로서의 활동이나 작품에 관한 이야기는 『사행록』에 조금밖에 나오지 않았다. 그가 화가로서보다는 선장으로서 일본에 갔다 왔다는 사실이 주가 되어 기록되어 있을 뿐이었다.

묵매도, 송하호도, 세이켄지에서 쓴 한시 한 편, 묵매도에서 읽을 수 있는 한시 한 편, 고구마와 물레방아, 대마도 지도. 변박의 손끝에서 나온 이런 것들은 화원으로서의 그를 웅변해 준 것이라 기보다 한 선장의 소질이나 취미에 가까운 것에 대한 기록이 아닌가. 아무리 뜻이 컸어도 실천에 이르지 못한 화원으로서의 그의 활동에 실망하지 않을 수 없었다.

서기 김인겸이 쓴 『일동장유가』, 원중거가 쓴 『승사록』, 역시 서기 성대중이 쓴 『일본록』, 『사상기』 등을 숨을 몰아쉬며 바쁘게 읽었지만 그에 대한 결론은 마찬가지였다. 물론 이런 글들을 읽어서 조선통신사를 이해하는 데는 분명히 큰 도움이 되었다. 그렇지만 내가 이렇게 방대한 양의 책을 숨을 몰아쉬며 읽어 치운 것은 어디까지나 변박의 그림 〈유하마도〉가 호넨지에서 발견된 이유를 밝혀내고 싶어서였다.

그럼에도 그런 근거는 어디에서도 찾을 수 없었다. 사행록들을 읽고 난 뒤 궁금증은 솜사탕처럼 오히려 더 부풀어 오르는 것 같았다. 호넨지와 가까운 다카마츠라는 곳은 사람도 많이 살고 있다. 그렇지만 변박이 사행단의 일원으로 갔던 곳은 분명 그곳은 아니었다.

사행록의 어느 구석에선가 〈유하마도〉에 대한 흔적을 발견할 수 있으리라는 기대 때문에 읽어치운 책이 실망만 되돌려 줬다. 하다못해 변박이 사행길에서 〈유하마도〉를 그려 누구에겐가 주었다는 추측이라도 할 수 있는 구석이 없었기 때문이다.

어떻든 변박이 그렸다는 그림 〈유하마도〉가 일본의 절인 호넨지에서 발견되었다는 것은 사실이다. 그런데도 그 행로를 추측해내기란 막막했다. 나는 사행록을 뒤지면서 수첩에 메모해 뒀던 것들을 다시 펼쳐 보았다. 혹시 깜빡할지도 몰라 기억을 되살리려고 중요한 내용을 단단히 기록해 두었던 수첩이다. 그러나 그런 노력 역시 허사였다.

생각 끝에 나는 호넨지에 직접 가보기로 했던 당초의 계획을 앞 당겼다. 『사행록』만 뒤져서는 〈유하마도〉의 행방을 찾을 수 없다 면 현지에 가서 직접 뭔가를 찾을 수밖에 없지 않겠는가.

어차피 그렇게 결론이 난 이상 백문이불여일견, 그림을 내 눈으 로 직접 보기로 했다. 그리고 절의 관계자로부터 그림의 입수 경 위를 듣는 것이 수수께끼를 푸는 열쇠가 될 수 있을 것도 같았다.

호넨지를 찾아가기는 어렵지 않을 것 같았다. 계획한 대로만 잘 진행된다면 1박 2일이면 되지 싶었다. 그러나 나는 2박 3일 일정 을 잡았다. 행여 시간에 쫓겨 뭔가를 놓치는 일이 있어서는 안 될 것 같아서였다.

출발에 앞서 인터넷에서 '호넨지'라는 절부터 검색해 보았다. 첫 번째 나타난 것이 나라현에 있는 호넨지라는 절이었다. 이름 은 같지만 그 절은 아니었다. 다시 다카마츠에 있는 호넨지를 찾 았다. 시코쿠 다카마츠 시내에서 멀지 않은 곳에 위치한 '호넨지' 가 인터넷 화면에 떠올랐다.

이 절이 내가 찾는 절임에 틀림이 없었다.

다시 절의 상세정보를 찾아보았다. 1207년에 세이후쿠지라는 이름으로 창건된 절이었다. 지금의 이름인 호넨지로 개명된 것은 1668년의 일이었다. 맞다. 이 절이 틀림없다. 당시 다카마츠 영주 가 세이후쿠지라는 절의 이름을 호넨지로 바꾸었다. 그런 연유로 지금도 절 안에는 당시의 영주였던 마츠다이라의 묘소가 있다고 했다.

일본 불교 종파 가운데서도 세력이 큰 정파의 사원이긴 하지만 화려하지는 않고, 기품이 있는 절이라고 소개되어 있다. 절 전경 사진 아래에는 절의 주소와 전화번호가 적혀 있다. 나는 그 전화번호로 당장에 전화를 했다. 몇 번 신호가 울리자 중년으로 짐작되는 남자의 목소리가 들렸다.

"여보세요? 호넨지입니다."

"아, 여기는 한국입니다. 주지스님과 통화를 하고 싶어서 전화를 했습니다."

"미안합니다. 주지스님은 지금 출타 중이십니다. 한국의 누구신지요? 용건을 저에게 말씀해 주시면 주지스님이 돌아오시는 대로 전해드리겠습니다."

"예, 한국의 김이라고 하는 사람인데요. 인문학을 연구하고 있습니다. 혹시 그 절에서 조선인 화가의 그림을 보관하고 계신가 싶어서. 버드나무 아래 서 있는 말의 그림인데요…."

"예, 그런 그림을 보관하고는 있습니다만."

그 말을 듣는 순간 나는 가슴이 갑자기 뛰기 시작했다. 저쪽 전화기에서 너무 쉽게 보관하고 있다는 사실이 확인되었기 때문이다. 그림이 있는 줄은 알고 있었지만 절에서 확인해 주는 목소리를 직접 들으니까 그게 사실일까 하는 엉뚱한 생각까지 들었다.

"아! 그렇습니까? 그 그림을 보고 싶어서, 보고 싶어서 전화를 했습니다…."

나는 자신도 모르는 사이에 말을 더듬고 있었다. 예상했던 일인데도 그림이 있다는 말을 듣자 흥분한 것이다.

"주지스님께 지금 전화하신 내용을 그대로 전해 드리겠습니다.

그러나 그림을 직접 보시기는 어려울 것 같습니다. 미안합니다만, 우리 절의 소장품은 전시회 때가 아니면 개인이 보고 싶다고 누구에게나 다 보여 드리지는 못하고 있습니다.”

이 무슨 뚱딴지같은 소린가. 그 그림에 대해서 알고 싶은 것이 많아서 밤잠을 설치며 여러 권의 책을 독파하고 한국에서 거기까지 달려가려고 하는데….

“혹시 지금 어디서 전화를 하고 계시는지 알아도 될지요?”

“아, 한국입니다.”

“예, 조금 전에 한국이라는 말씀은 하셨군요. 깜박했습니다. 한국의 어디쯤이신가요? 혹시 학교이신가요?”

“전화하는 곳은 부산입니다. 저는 대학에서 학생을 가르치긴 했습니다만, 얼마 전 정년으로 은퇴했습니다. 저의 전화번호를 말씀드려도 괜찮겠습니까? 그 그림을 꼭 좀 보고 싶어서 호넨지로 가려고 하고 있습니다.”

“알겠습니다. 전화번호를 주시면 내용과 함께 전화번호도 주지스님께 그대로 전해 드리겠습니다.”

“전화번호는 지금 말씀드리겠습니다. 그리고 그 그림을 볼 수만 있다면 내일 당장 절로 찾아가겠습니다. 주지스님께 그 그림을 볼 수 있도록 말씀을 꼭 좀 잘 전해 주십시오.”

“조금 전에 말씀드린 것처럼 그림을 보시기는 쉽지 않을 것 같습니다. 어떻든 선생님의 말씀은 주지스님께 그대로 모두 전해드리겠습니다.”

“고맙습니다. 가능하면 내일 아침 여기서 떠나 호넨지로 가겠습니다. 잘 부탁드리겠습니다.”

"잘 알겠습니다. 다시 말씀드리지만 그림은 주지스님의 승낙이 있어야 보실 수 있을 것 같으니 참고하시기 바랍니다."

나의 전화번호를 가르쳐 주었다. 기쁜 소식이 있으면 좋겠다는 기대가 간절했다. 그렇건만 전화받는 사람의 태도는 너무 깐깐했다. 말하는 것으로 봐서 그림을 볼 수 있도록 도와줄 것 같지는 않았다. 그래도 갑자기 마음이 바빠졌다.

전화를 끊고 난 뒤 나는 곧바로 공항에다 전화를 했다. 내일 아침 일본 후쿠오카로 가는 비행기 표가 있으면 예약하기 위해서였다. 그러나 방학이라서 그런지 표가 없다고 했다. 다시 인터넷 여기저기를 두드리며 비행기 표를 찾아봤으나 역시 헛일이었다. 몇 군데 여행사에도 전화를 해 봤지만 표가 없기는 마찬가지였다.

후쿠오카로 가는 쾌속 여객선 회사 사무실로 전화를 했다. 쾌속선은 다행히 좌석의 여유가 있었다. 무조건 예약부터 해 버렸다. 내일 아침 일찍 국제여객선 터미널로 나가기로 하고 가방부터 주섬주섬 챙겼다. 주지가 그림을 보여 주지 않겠다면 억지를 쓰겠다고 단단히 마음을 먹으면서.

몇 번이고 자다 깨서 시간을 봤다. 그런다고 밤잠을 설치던 나는 터무니없이 일찍 잠자리에서 벗어나 버리고 말았다.

후쿠오카로 가는 쾌속정의 첫 출항 시간은 아침 8시 반이었다. 터미널에서 국수 한 그릇을 먹었다. 쾌속정은 정시에 출항했다. 파도를 가르며 달리는 부양 쾌속정이어서 그런지 이따금 밑창이 파도에 부딪치는 소리가 들리는 것 같았다. 그러나 전혀 흔들리지도 않고 멀미도 없어 기분 좋게 달렸다.

부산을 떠난 지 정확하게 2시간 55분 만에 쾌속여객선은 예정

대로 후쿠오카 국제여객선 부두에 닿았다. 입국심사도 공항보다
는 훨씬 빠르게 끝냈다. 쾌속정으로 와도 비행기보다 못할 게 하
나도 없다는 생각이 들었다.

입국심사가 끝나기 무섭게 택시로 가까운 하카타역으로 달렸
다. 고속열차 신칸센을 타고 오카야마로 가기 위해서였다. 오카
야마에서는 호넨지와 가까운 다카마츠 왕복 특급열차가 시간마
다 있다. 오카야마에서 세토나이해를 건너는 특급을 타면 다카마
츠는 금방이다.

예상대로 다카마츠는 금방이었다. 도착하니 오후 4시 반. 우선
역전 관광안내소에서 호텔부터 예약했다. 시내에는 전철이 달리
고 이 전철은 호넨지로 가는 길 입구에도 섰다. 어쩌면 당장에라
도 갈 수 있을 것 같았다. 전철을 이용해서 호넨지로 가는 방법을
알아봤다. 호넨지 입구에서 다시 택시를 타야 호넨지에 갈 수 있
었다.

마음은 당장에라도 달려가고 싶었다. 그러나 초행이어서 길 찾
는다고 시간이라도 걸리게 된다면 호텔을 찾아 되돌아오기가 쉽
지 않을지도 모른다. 우선 예약한 호텔부터 먼저 찾았다. 수속이
끝나고 방이 정해지자 짐을 풀고 곧장 호넨지로 전화를 했다.

"여보세요. 호넨지입니다."

어제 전화 속에서 듣던 깐깐하면서도 점잖은 그 목소리였다.

"어제 전화를 했던 사람입니다. 한국에서 지금 막 다카마츠에
도착했는데, 혹시 지금이라도 호넨지로 가면 주지스님을 뵐 수
있을까요?"

"먼 길을 오셨군요. 수고하셨습니다."

수고했다는 인사부터 하는 그의 목소리는 어제보다는 조금 부드러워진 것 같았다.

"감사합니다."

무엇이 감사하다는 것인지도 모르게 내 입에서 감사하다는 말이 튀어나왔다. 이 사람이 누군지, 절에서 무슨 일을 하는 사람인지 알 수 없지만 우선 이 사람에게 매달리며 좀 더 간곡하게 부탁을 하면 일이 이루어질지 모르겠다는 생각이 들었다.

"지금은 주지스님이 몹시 바쁘십니다. 그리고 다카마츠 시내에서 지금 오셨다가 돌아가시기에는 시간이 충분하지 않을 것 같습니다. 여기까지 오시는 데도 한 시간쯤은 더 걸리니까요. 거기에다 오셔서 얼마쯤 기다리셔야 주지스님을 뵐 수 있을지도 잘 알수가 없습니다. 날은 이제 곧 저물지 않겠습니까?"

그 소리를 듣자 맥이 탁 풀렸다. 부산을 떠날 때는 무조건 절로 달려갈 생각이었다. 그리고 주지를 만나면 그림을 보자고 떼를 쓸 생각이었다. 그러나 이미 하오도 꽤 기울었다. 주지를 만나고 만약 그림을 볼 수 있게 된다고 해도 시간이 걸려 예약한 호텔로 돌아오기는 너무 바쁠 것 같았다. 절에서 재워 주기라도 하면 좋으련만 주지를 만나는 것부터도 알 수가 없었다. 그런데도 이 시간에 초행임을 무릅쓰고 절을 찾아간다는 것은 무모한 짓 같았다.

"한국에서 여기까지 오셨다는 것을 주지스님께 잘 말씀드리겠습니다. 그러나 말씀하신 그림은 창고 깊숙한 곳에 보관되어 있어 찾기도 시간이 걸릴 것이고…."

"시간이 걸리는 것은 저는 아무 상관이 없습니다."

상대방의 말이 채 끝나지도 않았는데 중간에 불쑥 끼어들어, 시간이 걸리는 것은 상관이 없다고 강조했다.

"그것보다도 사적으로는 아직 공개한 일이 한 번도 없어서요."

"잘 알겠습니다. 그럼, 오늘 가서 뵙고 돌아오기가 힘들 수도 있으니까 내일 오전에 들르겠습니다. 주지스님께 잘 말씀드려서 꼭 그림을 볼 수 있도록 좀 도와주시기를 부탁드립니다. 그 그림은 저의 연구에 아주 중요한 자료입니다."

전화를 끊고 생각해도 그림을 보기란 그렇게 쉬울 것 같지 않았다. 창고 안에 있는 것이라면 어려울 것도 없는데 보여 줄 생각이 없는 것 같았다. 그 그림을 눈으로 직접 보기가 어렵다면 큰 비용을 들여 여기까지 온 게 나로서는 헛일이 아닌가. 그런 생각을 하자 그림을 보고 싶은 마음이 더욱 간절해졌다.

오늘 전화를 받은 그 사람은 절에서 무슨 일을 하는 사람일까. 목소리가 비교적 무거운 사람. 약간 냉랭하고 딱딱한 느낌은 주지만 절에서 일하고 있는 사람은 분명한 것 같았다. 그러나 전화 받는 목소리의 톤으로 봐 심부름이나 해서 밥벌이나 하는 사람은 아닌 것 같았다.

그는 주지가 바쁘다고 핑계를 대고 중간에서 면담을 거절할 수도 있는 사람이라는 느낌도 줬다. 그렇다면 절에서 상당한 지위가 아니겠는가. 내일은 좀 일찍 가서 그 사람에게 먼저 매달려야지. 그러면 혹시 그림을 볼 수 있을지도 모른다는 기대가 마음속에서 꿈틀거렸다.

이런저런 생각이 먼 길을 달려온 나의 피곤을 밀어 버리고 잠도 쫓아 버렸다. 지난밤에는 이곳으로 온다는 생각에 잠을 설쳤는데 여기 와서도 또 잠을 쉽게 이룰 수가 없었다. 도시가 어둠에서 깨어나기도 전에 나는 까슬까슬하던 눈을 먼저 떠 버리고 말았다.

아침의 호텔식은 간단했다. 토스트 한 조각과 커피를 마신 뒤 바로 나오려고 했다. 그러다가 생각하니 당장에 밖으로 뛰어나가면 너무 이를 것 같았다. 일요일 아침이어서 거리는 복잡하지 않을지 모르지만, 절의 사정은 알 수가 없었다. 나가려다 말고 웃옷만 벗어 방 안의 의자에 걸쳐 놓고는 침대에 벌렁 누워 버렸다. 어떻게 하면 그림을 볼 수 있을지 다시 이런저런 궁리를 했다.

아홉 시를 기다리는데 왜 그렇게나 지루하던지, 시간이 되자 들고 왔던 가방을 챙겨 나는 바쁘게 호텔 밖으로 나왔다. 거리는 조용하고 생각보다 더 한산했다. 호넨지 입구를 지나가는 방향의 전철을 탔다. 도로 한복판을 달리며 덜컹거리는 전차소리는 요란했지만 속도는 꽤 빨랐다.

호넨지 입구라는 안내판이 붙어 있는 곳에서 내렸다. 택시가 있나 주위를 두리번거렸다. 마침 지나가는 여인이 있어 호넨지를 어느 편으로 가면 되는지 물었다. 작은 동네를 가로지르는 길을 올라 동네를 벗어나서도 좀 더 가야 절이 나온다며 그녀는 상세히 설명해 주었다. 중년 여인의 친절이 놀라웠다.

"여기서는 택시를 불러야 되는데, 불러 드릴까요?"

그 여인은 대답도 듣지 않고 핸드백에서 전화기를 끄집어냈다. 그녀의 친절함에 나는 감사하다면서 머리를 주억거렸다. 호넨지의 신자여서 그 절을 찾아간다고 이렇게 친절한 것일까. 아니면 어리병한 외국인임을 금방 눈치채서 그런 것일까.

"지금 곧 택시가 올 거예요. 호넨지로 간다고 하면 됩니다. 잘 다녀오세요."

여인은 휴대전화의 뚜껑을 닫으며 공손히 절을 하고 돌아섰다.

아무 이해관계도 없는 사람으로부터 받은 기대 이상의 친절에 기분이 활짝 개이는 것 같았다. 어쩐지 오늘 일이 잘될 것 같다는 예감이 들었다. 여인이 든 양산이 시야에서 골목 안으로 사라졌다. 절로 연결된다는 동네 입구 길 여기저기를 기웃거리는데 금방 예약한 택시가 왔다.

동네 복판을 가로질러 호넨지로 가는 길은 좁고 길었다. 긴 동네 길을 벗어나자 택시는 비스듬한 오르막길을 열심히 치달았다. 기사가 뭔가를 물었다. 그러나 무슨 말인지 쉽게 알아들을 수가 없었다. 어디 서는 것이 좋겠냐는 질문 같아 어림짐작으로 그냥 절 입구 어디에나 세워 달라고 했다.

택시에서 내리자 절의 정문으로 이어지는 보도가 길게 연결되었다. 비질을 금방 끝냈는지 길이 깨끗했다. 입구로 가는 길 오른쪽으로 연못이 보였다. 고즈넉했다. 조금 더 걷자 금박으로 번쩍이는 5층 탑이 절 안에서 담을 넘어 나의 시야로 들어왔다. 절에 이른 것이다. 갑자기 가슴에서 쿵쾅거리는 소리가 들렸다.

드디어 호넨지의 정문 앞에 섰다. 이 절의 입구 양쪽에도 여느 절과 마찬가지로 사천왕상이 버티고 섰다. 정문을 향해서 입구 오른쪽으로도 담을 끼고 길이 길게 이어져 있다. 돌비석들이 절의 벽을 등지고 길 따라 정렬해 섰다.

부도가 아니고 웬 비석일까. 누구의 비석인지는 알 수가 없었다. 나를 몇 걸음 앞서가던 서너 명의 방문객이 절로 들어가지 않고 정문 앞에서 오른쪽으로 돌아 돌비석을 지나갔다. 그 끝에도 절의 다른 입구가 있었다. 그들은 그 입구를 통해서 절 안으로 들어갔다.

나는 사천왕상 앞을 지나 본당 쪽을 향해 절 안으로 들어섰다. 절 안은 괴괴할 정도로 바람 소리 하나 들리지 않았다. 본당은 숲에 싸여 어깨를 낮춘 채 조용히 앉아 있었다. 고색이 창연했다. 오전 10시가 훌쩍 지났는데도 절에서는 염불소리도 들리지 않았다. 본당 안은 본존불 좌우로도 불상이 있어 한국의 절과 다름이 없었다. 환한 전깃불 아래 켜진 촛불마저도 조용했다.

내부를 잠시 살핀 뒤 뒷걸음으로 물러서서 주위를 둘러봤다. 아무 데도 사무실 같은 것이 보이지 않았다. 멈칫거리다가 이상하다는 생각을 하면서 다시 정문 밖으로 나왔다. 인적도 없는 본당 앞에 혼자 더 서 있을 이유가 없어서였다.

마음에 짚이는 것이 있었다. 조금 전 몇 명이 걸어간 쪽의 길을 따라가 봤다. 그 길 끝에는 커다란 대문이 활짝 열려 있었다. 대문을 들어서자 입구 안 왼쪽에 종무소가 보였다. 예측이 맞았다. 종무소를 지나면 본당으로 이어지는 마당이 하나로 연결된다. 종무소가 있는 쪽으로 몇 발자국 옮겨 종무소 안을 기웃거렸다.

"안녕하세요?"

머리를 짧게 깎고 편한 복장을 한 50대 초반의 남자가 나오며 일본식으로 인사를 했다. 스쳐 들어도 어제 통화를 했던 그 사람의 목소리임을 금방 알 수 있었다.

"안녕하세요?"

나도 같은 일본말로 인사를 했다.

"어디서 오셨죠? 무슨 일로 오셨는지, 도와 드리겠습니다."

그는 한눈에 방문 이유를 알아차리기라도 한 것처럼 물었다. 다소 느릿한 말이었지만 불친절하다는 느낌은 주지 않았다. 그러나 약간 깐깐한 어투는 어제 그 사람에 틀림이 없다.

"저, 주지스님을 만나고 싶어서 왔는데, 계시는지 모르겠습니다."

"예, 한국에서 오셔서 어제 전화하신 분이시죠? 잠깐 이리로 들어오세요."

사람을 대하는 태도가 어제와는 전혀 달랐다. 그는 기다리고 있었다는 듯 나를 종무소 건물 오른쪽 복도로 안내했다. 판자바닥으로 된 복도로 올라서 몇 걸음 들어가자 왼쪽으로 여닫이문이 벽을 따라 연결됐다.

"이리로 들어오시죠."

복도 중간에서 여닫이문 하나를 열어 방 안으로 안내했다. 방은 넓었다. 입구 맞은편 창밖은 널따란 빈터이고, 그쪽 문은 모두 유리창이었다. 창의 아래 절반은 우윳빛으로 막혀 있고, 그 위는 투명유리였다. 아까 보았던 5층 탑과 본당이 유리창 너머 마당 저쪽으로 보였다.

"잠깐 앉아서 기다려 주십시오."

그는 방석을 내밀며 나에게 자리를 권한 뒤 방 안 가장자리 생화가 꽂혀 있는 화병 쪽으로 갔다. 그 곁에 있는 벨을 눌러 손님이 한 분 계시니 차를 준비하라고 누군가에게 일렀다. 평복에 머리는 짧게 깎았지만 뭔가 잡일이나 하는 사람 같지는 않았다.

그를 보고 있던 나는 선 채로 주머니에서 명함을 꺼냈다. 그도 주머니에서 명함을 끄집어냈다. 친절함이 확실히 한국에서 듣던 전화 목소리와는 다르다. 허리를 굽히며 나의 명함을 받아든 그는 자신의 명함을 건네며 말했다.

"마츠다이라 가즈히로라고 합니다."

그리고 내 명함을 잠시 들여다본 뒤, 그것을 손에 든 채 말을 이었다.

"주지스님의 사정이 어떠신지 알아보고 곧 연락을 드리겠습니다. 아침에 어제 한국에서 학자 한 분이 여기까지 오셨다는 말씀은 드렸습니다. 그런데 요즘 절에서는 불사가 있어서 오늘도 오전부터 주지스님은 여전히 절 안쪽에서 바쁜 일이 많으십니다. 짬이 나실지 잘 모르겠습니다만 알아보고 곧 연락을 드리겠습니다."

그는 고개를 약간 숙여 인사를 하고 여닫이문을 조심스럽게 열고 나갔다. 그가 나간 뒤 받아 든 명함을 자세히 들여다봤다. 절의 주소는 인터넷 그대로다. 그의 이름도 어디선가 본 듯했다. 명함을 주머니에 넣고 앉으려다가 창문 밖 바깥 풍경을 보기 위해서 방 가운데에서 창쪽으로 발걸음을 옮겼다.

한국의 절은 대개 깊은 산속에 있다. 그런데 이 절은 깊은 산속에 자리를 잡고 있지는 않았다. 절 뒤를 키 큰 숲이 둘러싸고 있어서 분위기는 깊은 산속의 옛 절이나 다르지 않았다. 그렇지만 동네에서 그다지 멀지 않기 때문에 어딘지 분위기가 다르게 느껴졌는지 모르겠다.

종무소와 본당 사이 마당 한쪽에는 작업을 하다가 펼쳐 놓은 석물들이 여기저기 흩어져 있다. 돌을 깨서 무슨 작업인가를 하고 있는 것 같았다.

조금 있자 여닫이문을 노크하는 소리가 났다. 그리고 문이 열렸다. 아까 그 사람이 아니었다. 머리를 깎지 않은 젊은 청년이 찻잔과 찻주전자를 담은 까만색 사각형 나무쟁반을 받쳐 들고 조심스럽게 들어왔다. 머리를 숙여 가볍게 절을 한 뒤 무릎을 꿇고 앉아 다다미방 바닥에 나무쟁반을 내려놓았다. 다시 가볍게 절을 한 뒤 몇 걸음 뒤로 물러서 아무 말도 하지 않고 조용히 돌아 나갔다.

그는 평상복을 입고 있었다. 머리를 깎지 않은 것으로 봐 승려가 아닌 것 같았다. 그러나 하는 짓이 조심스럽고 이런 일에 잘 훈련된 젊은이가 분명했다.

나는 차가 들어 있는 통의 뚜껑을 열었다. 볶은 녹차다. 그 차를 찻주전자에 조금 옮겨 넣었다. 그리고 따뜻한 물을 부었다. 향긋한 차 냄새가 금방 퍼져 올랐다.

차를 몇 잔이나 우려 마시며 기다려도 주지스님을 만나러 간 마츠다이라라는 사람은 아무 소식이 없었다. 불사가 있다는데 어찌 된 일인지 절은 마냥 조용하기만 했다. 자리에서 일어서서 다시 유리창문 밖을 내다봤다. 더 볼 것이 없었다. 방 한쪽 가장자리 꽃이 꽂혀 있는 꽃병 쪽으로 눈을 돌렸다.

벽에 걸린 커다란 두루마리 매화 그림 한 장이 눈으로 들어왔다. 채색이 아니고 흑백이다. 그 그림 아래는 꽃을 꽂아 놓은 꽃병이 절과는 어울리지 않게 화려한 여인의 자태 같아 보였다. 꽃병 옆에 절을 소개한 팸플릿이 두툼하게 쌓여 있다.

본당의 위용, 절의 연혁, 절의 위치, 창건의 유래, 거쳐간 고승 등의 사진이 실려 있고 일부는 절을 그림으로 소개하고 있는 팸플릿이었다. 여느 절이나 다름없는 절의 창건 내력과 세이후쿠지라는 절 이름이 호넨지로 바뀐 것 등이 몇 겹으로 접은 종이 한 면에 가득했다. 나는 한 장을 주머니에 접어 넣었다.

주지를 기다리는 시간이 꽤 길어졌다. 한 시간은 넉넉히 지난 것 같았다. 조금 있으면 점심시간이 될 텐데 그렇게 되면 어떻게 하나 슬그머니 걱정이 되었다.

걱정을 눈치챘는지 드디어 문을 두드리는 소리가 들렸다.

"들어오세요."

들어오라고 하면서 나는 앉았던 자리에서 반사적으로 벌떡 일어섰다. 노크소리가 나는 쪽으로 가서 문을 열어 주기 위해서였다. 그러나 문은 먼저 가만히 열렸다. 파랑색과 갈색이 돋보이는 비단 천으로 곱게 만든 승복 겉옷을 정갈하게 차려입은 스님이 들어섰다. 그는 50대에 들어섰거나 아니면 아직 50대도 되지 않은 것처럼 젊어 보였다.

보자마자 이분이 주지임을 직감으로 알 수 있었다. 나는 머리를 깊이 숙이며 그에게 인사를 했다. 그도 두 손바닥을 서로 붙여 마주 잡으며 동시에 머리를 깊이 숙였다. 손에는 나의 명함이 들려 있었다.

"오래 기다리셨죠? 죄송합니다. 오늘은 특별히 일이 많은 날이어서… 자, 앉으십시오."

스님이 나와 보조를 맞추며 함께 앉았다. 그리고 들고 있던 나의 명함을 한번 보고 난 뒤 조용히 말을 이었다.

"제가 이 절의 주지입니다. 말씀하신 그 그림이 이 절에 있는 줄 어떻게 아셨습니까?"

역시 주지가 맞았다. 다시 봐도 맑은 모습이 예상했던 것보다 훨씬 젊어 보였다. 그러나 그 젊은 주지는 매우 정중했다. 그리고 품위가 있어 보였다.

"논문을 읽다가 알았습니다. 일본 책인 『조선통신사 대계』에도 그 그림이 소개되어 있어 알 수 있었고요."

"한국 어디에서 오셨는지요?"

"부산에서 왔습니다."

"아, 그러셨다죠. 호넨지는 전부터 알고 계셨습니까?"

"죄송합니다. 그림이 이 절에 있다는 것을 알기 전에는 어디 있는 절인지 몰랐습니다."

"2년 전에 우리 절에서는 귀중한 소장품들을 전시한 일이 있었습니다. 말씀하신 그 그림도 그때 함께 전시한 일이 있었습니다. 전시가 끝나면 대부분의 전시품은 창고의 한쪽에 깊이 넣어 보관하게 됩니다. 벌레의 피해를 막기 위해 약도 뿌리고 있으며, 일반인에게 개별적으로는 공개를 거의 하지 않고 있습니다."

그래서 그 그림을 보여 줄 수 없다는 말인가. 그 말을 듣는 순간 긴장감이 머리를 바짝 조여 오는 것 같았다.

"그 그림을 무엇 때문에 보려고 하시는지요? 무슨 특별한 이유라도 있으신지…."

"그 그림을 그린 화가는 지금 제가 살고 있는 부산에서 살았던 분입니다. 그래서 당시 부산지역의 화가를 연구하는 데 그 그림은 매우 중요한 자료가 되지 않을 수 없습니다. 또 그의 그림이 일본의 이와 같은 절에 보관되어 있다는 것은 이 절이 당시의 조선과 문화적 교류가 있었다는 귀중한 증거가 될 수도 있다고 생각했습니다. 그렇다면 요즘처럼 한일관계가 매끄럽지 못한 시기에 이 절이 한일 우호관계의 개선을 위한 어떤 단서를 제공할 수도 있지 않을까 하는 생각에서 꼭 그 그림을 한번 보고자 하는 것입니다."

나는 생각나는 대로 열심히 설명했다. 가만히 듣고만 있던 주지는 무엇인가를 잠시 생각하는 것 같았다.

"특별히 어려운 일이 아니라면 여기까지 왔으니까 한번 볼 수 있는 기회를 주시면 대단히 고맙겠습니다."

"잘 알겠습니다. 조금만 더 기다려 주실 수 있겠습니까? 가능한 방법을 찾아보겠습니다."

주지는 자리에서 일어섰다. 나도 주지를 따라 일어섰다. 그리고 주지를 향해 또다시 고개를 가볍게 숙였다. 주지도 머리를 숙여 정중하게 절을 한 뒤 조심스럽게 문을 열고 나갔다. 순간 주지의 명함이라도 받아 둘 걸 하는 생각이 들었다.

주지가 나간 뒤 '잘 알겠습니다'라고 한 그의 말뜻이 무엇일까를 생각해 보았다. 그리고 다시 창밖을 내다봤다. 벌써 점심시간이 되었다. 자칫하면 이곳 다카마츠에서 하루를 더 묵게 될지도 모른다는 생각이 들었다. 그래도 그림만 볼 수 있다면 하루쯤 더 묵는 것이야 어렵지 않을 것 같았다.

유리창 쪽으로 가서 밖을 보았다. 마당 쪽에서 중년 여인들 몇 명이 절 밖으로 나가는 모습이 보였다. 뒤에는 허리가 굽은 노인네 두 명이 따르고 있었다. 그들은 이미 낮 공양을 끝내고 돌아가는 것 같았다.

시선을 돌려 벽에 붙은 그림을 다시 보았다. 그리고 절을 안내하는 팸플릿을 들었다. 옛날의 이곳 영주 마츠다이라가 세이후쿠지라는 절의 이름을 호넨지로 바꾸고 유력한 종파에 소속시켜 오늘에 이르게 되었다고 적혀 있는 것이 눈을 끌었다. 부산에서 인터넷을 통해 살펴본 절의 역사 그대로였다.

마츠다이라가 영주였다면 그는 영지를 다스리는 정치가였다. 그가 절의 주인이 되고 절의 이름까지 바꿨다면 그 불심의 깊이에 대한 짐작이 간다. 오죽했으면 자신의 묘까지 절 안에 두었겠는가. 그는 불심으로 영지를 다스렸고, 영지 밖과는 정치와 종교로 교류를 했는지도 모른다.

순간 머리에 떠오르는 것이 있었다. 처음에 이 방으로 나를 안내한 사람의 명함을 주머니에서 끄집어냈다. '마츠다이라 가즈히로'. 자신을 이곳으로 안내한 뒤 주지를 만나러 간 사람의 성이 마츠다이라가 아닌가. 그렇다면 그는 이 절과 깊은 관계가 있는 사람일지도 모른다. 호넨지를 연 당시 영주의 직계 후손이거나 아니면 그 가계일 수도 있다.

나는 갑자기 머리를 짧게 깎고 편한 복장을 한 그 사람을 다시 만나고 싶었다. 그가 마음을 굳힌다면 그림을 보는 것은 그렇게 어려울 것 같지 않았다. 그리고 그 그림을 이 절에서 보관하고 있는 내력을 알 수도 있을 것 같았다.

다시 한참을 기다려도 아무도 나타나지 않았다. 시간은 자꾸 흘렀다. 여기서 마냥 이렇게 기다리고 있어서는 안 되겠다는 생각을 했다. 그때 노크소리가 들렸다. 조금 전의 그 마츠다이라다. 그의 손에는 사각형의 긴 통이 하나 들려 있었다. 눈이 그쪽으로 쏠렸다.

"오래 기다리시게 해서 대단히 미안합니다. 창고 안의 밑쪽에 있는 그림을 조심스럽게 끄집어낸다고 시간이 좀 걸렸습니다."

"아니올시다. 아니올시다. 저 때문에 정말 수고하셨습니다."

나는 꿈이 이루어지는 순간임을 직감했다. 고맙다는 말을 하면서도 눈은 계속 마츠다이라의 손에 들려 있는 사각형의 작은 나무통에서 떨어지지 않았다. 정말 변박의 그림인지, 그 그림이 지금 저 작고 긴 오동나무 상자 안에 들어 있는지 눈이 의심스러워졌다.

"자, 앉으시지요. 그림은 천천히 보셔도 됩니다. 시간이 좀 늦었습니다만, 그림을 보신 뒤 여기서 점심공양도 하시고 가십시오."

"감사합니다. 감사합니다."

마츠다이라가 들고 있는 좁고 긴 나무상자에서 눈을 떼지 못한 채 나는 감사하다는 말만 되풀이했다. 그는 그것을 앞에다 눕힌 뒤 몸을 수그리더니 정중하게 무릎을 꿇고 앉았다. 나는 그 상자에서 도저히 눈을 뗄 수 없어 그것만 지켜보고 있었다. 마츠다이라가 꿇어앉자 뒤이어 나도 맞은편에 꿇어앉았다.

상자 뚜껑에는 '유마도(柳馬圖)'라고 붓으로 쓴 한지가 세로로 길게 붙어 있다. 그 아래 빈자리에는 역시 '조선술재사(朝鮮述齋寫)'라고 쓴 것이 붙어 있다. 술재가 변박의 호니까 두말할 것도 없이 상자 안에 들어 있는 것은 변박의 그림에 틀림없다.

"어?"

그러나 뚜껑에 '유마도'라고 쓰인 것을 보는 순간 나는 의아한 생각이 들었다. 내가 알고 있는 그림의 이름은 '유마도'가 아니었기 때문이다. 변박의 그림은 분명히 '유하마도(柳下馬圖)'로 알려져 있었다. 지금까지 내가 본 책, 또는 변박을 연구했다는 교수들의 논문에서도 내가 아는 한 그의 그림을 '유하마도'라고 적어 놓고 있었다.

그런데 호넨지가 보관하고 있다는 변박의 유일한 그림 보관함에는 지금 확인한 것처럼 분명히 '유마도'라고 적혀 있다. 뭔가 잘못된 것이 아닌가. 순간 나의 눈이 의심스러웠다.

"혹시 유하마도라는 그림은 없는지요?"

"유하마도요? 그런 그림은 우리 절에는 없습니다. 조선인 변박의 그림은 이것뿐입니다."

"이 절에는 이 그림 외에 다른 조선인의 그림은 없습니까? 묵화나 아니면 다른 채색화, 또는 불화라도 말입니다."

"조선인의 다른 그림도 있습니다. 달마도도 있고요. 그림 외에 조선에서 만든 불상과 불경도 있습니다. 달마도는 누구의 그림인지 밝혀지지 않은 것입니다."

그의 대답은 간단했다. 간단히 설명을 끝낸 그는 나를 보고 더할 말이 없느냐는 듯 잠시 호흡을 멈췄다. 내가 별다른 반응을 보이지 않자 그는 천천히 그 나무 상자의 뚜껑을 열었다. 뚜껑은 그대로 방바닥 한쪽으로 조심스럽게 옮겨 놓여졌다.

오동나무 통 안에는 두루마리 그림이 얌전히 들어 있었다. 마츠다이라는 두 손으로 그림이 든 통을 들었다. 그러고는 다시 한 손으로는 통을 받쳐 잡고 다른 한 손으로 그것을 거꾸로 들어 그림을 끄집어냈다.

폭이 1미터는 채 안 될 것 같았다. 눈짐작으로는 70센티 정도가 약간 넘을까, 그런 정도다. 조선화지에 그린 그림으로 표구가 잘되어 있다. 뒷면이 밖으로 나오도록 안으로 말아 놓은 그림을 끄집어낸 그는 방바닥에다 조심스럽게 두루마리를 풀어 그림을 펼쳤다. 다 풀어 놓으니 길이가 제법 길었다. 그래도 눈으로 봐 길이가 2미터는 채 안 될 것 같았다. 1미터 80센티 정도쯤은 될까. 상당히 큰 그림이다.

화려한 색은 없고 흑백이 약간 퇴색됐다는 느낌이 들었다. 『조선통신사 대계』라는 책에 '유하마도'라고 적혀 있는 바로 그 그림에 틀림이 없었다.

버드나무 줄기는 그림의 중앙에서 약간 오른쪽 아래 여백으로부터 왼쪽 위로 휘어지며 뻗어 올랐다. 그리고 버드나무 가지가 그림 윗부분에서 갈라지며 오른쪽은 성글게, 왼쪽은 좀 더 촘촘하게 하늘을 덮고 있었다. 말 한 마리가 그 버드나무 아래 그림의 중간쯤에서 약간 왼쪽을 보고 서 있었다.

나는 이 그림의 이름이 학자나 일반인에게 잘못 알려져 있음을 금방 알 수 있었다. 그림이 들어 있는 뚜껑에는 분명히 '유마도'라고 적혀 있었기 때문이다. 그럼에도 '유하마도'라고 불러야 할 특별한 근거는 보이지 않았다. 국내나 일본에서 '유하마도'라고 부르는 것은 잘못된 것이 분명했다. 적어도 학계에서는 잘못 불리고 있는 변박의 이 그림 명칭을 바로잡아야 할 것이 아닌가 생각되었다.

한쪽으로는 그런 생각을 하면서도 나는 다시 그림을 살폈다. 역시 '유하마도'라고 불러야만 할 근거는 찾을 수 없었다. 그런데 지금까지의 책이나 논문에서는 왜 이 그림을 '유하마도'라고 불렀을까. 말이 버드나무 위에 그려져 있는 그림이 아니라 버드나무 아래에 그려져 있는 그림이라는 뜻에서 그냥 '유하마도'라고 불러 버렸던 것일까. 그랬다면 무책임한 일이 아닌가.

그림의 정확한 이름이 '유마도'라는 것을 여기 와서 알게 된 것만으로도 이 먼 곳까지 온 보람은 있었다. 학계가 범하고 있는 오류를 나와 같은 그림의 문외한이 제대로 밝혀낼 수 있게 되다니 보람 있는 일이 아닌가.

그런 생각을 하면서 그림을 구석구석 더 자세히 들여다봤다. 그림 왼쪽 중간의 가장자리에 세로로 '세기해초하 동화술재사(歲己亥初夏 東華述齋寫)'라고 제작되었던 해가 밝혀져 있다. 그 아래에는 양각과 음각을 한 낙관이 찍혀 있다. 낙관의 붉은색은 오랜 세월을 건너왔지만 아직도 선명했다.

이 그림을 언제 그렸을까. 그림에 적혀 있는 대로라면 기해년 초여름이다. 기해년이 언제인가. 계산을 해보면 금방 알 수 있다. 그러니까 언제 그린 것인가를 밝히는 것은 큰 문제가 없다. 그리고 이 그림이 변박의 그림임에도 이론의 여지가 없다. '동화술재사'가 이를 증명해 준다.

변박은 다른 그림이나 글씨에서도 자신의 호인 '술재'를 자주 사용했다. 거기에다 자신이 그린 것임을 증명하는 '사(寫)'자까지 써 놓지 않았는가. 그러니 변박의 그림이다 아니다 하는 다툼의 여지는 있을 수가 있겠는가.

"이 그림, 사진을 좀 찍어도 되겠습니까?"

거절당하면 야단이란 생각을 하면서 조심스럽게 물었다.

"예 상관없습니다."

뜻밖에도 그는 망설임도 없이 한마디로 찍어도 좋다고 했다. 보통의 경우 미술관 같은 데서는 사진촬영은 안 된다고 거절한다. 그래서 걱정을 했던 것이다. 그런데 그는 망설임이 없었다. 된다고 하니 이런 다행한 일이 어디 있겠는가. 그러나 유감스럽게도 나는 고성능 사진기를 가지고 오지 않았다. 그런 사진기도 없을 뿐 아니라 이런 일을 경험했던 일조차도 없었기 때문이다.

할 수 없이 들고 있던 휴대전화기를 들이댔다. 전화기에 부착된 카메라도 성능이 좋기 때문에 촬영에는 이상이 없을 것 같았다. 그림에서 가깝게, 또 멀게 여러 장의 사진을 계속 찍었다. 한참 사진을 찍고 난 뒤 물었다.

"혹시 이 그림이 언제부터 이 절에 있게 되었는지 알 수 있을까요?"

이 절에 기증한 사람과 변박이 어떤 연관이라도 있었던 사람인지 알고 싶어 물어본 것이다.

"죄송합니다. 저는 잘 모르고 있습니다."

"그러면 어떻게 이 절에서 이 그림을 보관하게 되었는지는 알 수 있을까요?"

"죄송합니다. 그것도 저로서는 잘 모릅니다."

전화 속에서는 공식적인 말만 하고 냉정한 느낌을 줬던 그의 목소리는 생각 밖으로 부드러웠다. 그림의 내력에 대한 물음에도 '죄송합니다'라는 말로 모른다는 대답을 대신했다. 일본 사람들 대부분이 미안하다, 혹은 죄송하다는 말을 잘 쓰긴 한다. 이 사람도 보기와는 다르게 죄송하다는 말을 자주 쓰면서 또 상대방에게는 친절했다.

"실례입니다만, 이 절에는 오래 계셨습니까?"

그는 가볍게 웃었다.

"아주 어렸을 때부터 이 절에서 자랐습니다."

"아, 그렇습니까? 실례했습니다. 그렇다면 이 그림이 그때부터 있었습니까?"

"제가 태어나기 전부터 있었던 것 같습니다. 제가 이 절의 주지 직을 맡기 전부터 한 번씩 소장품 전시를 했고, 이 그림이 그때도 늘 전시되었다고 들었습니다."

"아, 그렇습니까? 주지셨던 줄은 몰랐습니다. 죄송합니다."

그는 전 주지였다. 절에 붙어사는 일꾼 같지는 않았지만 전 주지라고는 생각하지 못했다.

"요즘 우리 절은 중수를 포함해서 여러 가지 일로 좀 바쁩니다. 그래서 주지스님도 바쁘시고요. 그림은 창고 아래 깊숙이 들어 있어서 보시기 어려울 것으로 생각했습니다. 그런데 선생님께서 이 그림을 꼭 보시고 싶어서 한국에서 여기까지 오셨는데 힘들지만 보여 드리자고 했더니 주지스님도 그렇게 하는 것이 좋겠다고 찬성했습니다. 선생님을 뵙고 와서는 점심공양까지 드신 뒤 돌아가시도록 하자는 말씀도 있었습니다."

"감사합니다."

"보시고 싶어 하셨는데, 도움이 좀 되셨습니까? 도움이 되셨으면 좋겠습니다. 이 그림이 말씀하신 대로 한일문화교류관계 연구에 도움이 되었으면 좋겠습니다만."

"정말 그랬으면 좋겠습니다."

"그림을 다 보셨으면 입에 맞을지 모르겠습니다만, 공양이나 좀 드시죠."

그가 마츠다이라라는 성을 가졌다는 것이 비로소 이해가 되었다. 그의 말솜씨까지도 그러고 보니까 꽤 품위가 있었다.

"시간이 꽤 됐으니 점심공양은 꼭 드시고 가세요."

그는 그림을 두 손으로 말면서 다시 공양을 권했다. 시계를 보니 1시 반이 넘었다. 그런데도 전혀 배가 고프지 않았다.

"유마도라고 쓰여 있는 이 그림통 뚜껑도 좀 촬영하겠습니다."

나는 다시 휴대전화를 들었다. 뚜껑에 써 놓은 '유마도'에 초점을 맞춰 촬영했다. 그리고 그 아래 쓰여 있는 '조선인술재사'도 촬영했다. 촬영이 끝나자 마츠다이라는 그림통의 뚜껑을 뒤집어 들며 닫으려 했다.

그 순간 나의 눈길을 확 끌어당기는 것이 있었다. 뚜껑 안쪽에 적혀 있는 작은 글자들이 눈에 들어왔기 때문이다. 나도 모르는 사이에 뚜껑을 닫으려는 것을 한 손으로 다급하게 막았다.

"잠깐만요! 뚜껑 안에 무슨 글자가 적혀 있는데요….".

그러자 그는 뚜껑을 닫으려다 말고 주춤하며 뚜껑 안쪽의 글자를 들여다보았다.

"아, 이것 말입니까?"

"예, 그렇습니다. 무슨 말이 적혀 있는지 좀 보고 싶습니다."

그는 뚜껑이 뒤집힌 채로 그것을 나에게 내밀었다. 나는 조심스럽게 그것을 받았다. 그리고 거기 적힌 내용을 읽어 봤다. 그러나 그게 무슨 내용인지 금방 알 수가 없었다.

"이게 무슨 말인지 알 수가 없군요. 무슨 말인지요?"

그도 그 글자들을 들여다보며 고개를 갸웃거렸다.

"죄송합니다. 저는 한문에 그렇게 능통하지는 못합니다."

그는 또 죄송하다고 했다. 그러면서 정말로 미안하다는 표정으로 나를 바라보았다.

"이것도 좀 촬영했으면 합니다만…."

그는 나의 말에 닫으려고 들었던 뚜껑을 방바닥에 다시 내려놓았다. 나는 뚜껑 안에 적힌 글자를 방바닥에 놓아둔 상태로 여러 방향에서 촬영했다. 그것도 모자라 주머니에서 수첩을 끄집어내 한 자 한 자 거기 적혀 있는 글자를 모두 그대로 옮겨 적었다.

朝鮮人迷齋之一軸相對馬守殿
後室從貞心院殿被送當山心譽
依附法然寺永付也
　　　寬政四年壬子正月

조선인술재지일축상대마수전
후실종정심원전피송당산심예
의부법연사영부야
　　　관정4년임자정월

"이 글의 내용을 해석할 수 있는 분이 계시지 않을까요?"

"해석 자체야 그렇게 어렵겠습니까? 저는 한문공부를 하지 않아서 정확하게 말씀드리기가 어렵지만 말입니다. 공양 후에 방법을 한번 찾아보기로 하죠."

그렇다. 한자의 해석보다 저분은 지금 공양이 더 바쁠 것이다. 내 일 때문에 배고픈 그를 더 잡고 있는 것은 실례일 것 같았다.

"감사합니다만, 저는 공양은 괜찮습니다. 선생님께서 공양을 하러 가시면서 아까 말씀하셨던 그 불화와 불경을 보관하고 있는 곳을 좀 안내해 주실 수 없겠습니까. 저는 그 전시실도 꼭 좀 구경을 했으면 합니다."

"공양 때가 좀 늦어서… 시장하시지 않겠습니까?"

그는 걱정스러운 듯 나를 바라봤다. 때를 넘긴 그가 더 시장한 것 같았다.

"시장하실 텐데, 정말 죄송합니다. 저는 공양은 괜찮습니다. 가시는 길에 불화와 불경을 볼 수 있도록 전시실에 계시는 분에게 소개만 좀 부탁드리고 싶습니다."

전시실은 건물 안으로 연결된 복도의 끝에 있었다. 출입문이 잠겨 있어 상설전시관이 아니라는 것을 금방 알 수 있었다. 전시관이라기보다 수장품 보관소 같았다. 그는 관계자를 불렀다.

"한국에서 오신 선생님이신데 보시기에 불편하지 않게 잘 안내해 주세요."

"감사합니다."

고맙다는 의미로 머리를 숙여 인사를 하자 그가 말을 이었다.

"그럼 먼저 실례하겠습니다. 불편하신 점이 있으면 저에게 연락 주십시오."

그가 사라진 뒤 안내자를 따라 전시실 안으로 들어갔다. 볕은 들지 않았으나 방 안은 그늘진 구석 없이 화안했다. 전시실 한쪽에는 유리상자 안에 불경이 전시되어 있고 벽에는 달마상을 비롯한 몇 장의 불화가 붙어 있었다. 신라불인지, 고려불인지, 금동여래불 입상과 좌상도 보였으나 불상은 눈여겨볼 틈이 없었다.

유리상자 안을 들여다봤다. 어떤 불경은 표지만 볼 수 있고 다른 것은 책장을 펼쳐 놓기도 했다. 그러나 목판인쇄라는 것은 알 수 있지만 내용을 알 수는 없었다. 그런 것들은 비전문가인 나의 눈에는 해인사 팔만대장경이나 별로 다른 것 같지 않았다.

"이 가운데 일본 유일본이나 특별한 내용이 있는 것은 없나요?"

"미안합니다. 일본 유일본이 있긴 합니다만 저로서는 그런 내용에 대해서는 구체적으로 아는 바가 없습니다."

"이 불경은 어떻게 여기서 보관하게 되었는지요?"

지나치려다 전시된 불경 한 권을 가리키며 안내원에게 다시 물었다.

"미안합니다. 저는 자세한 것은 잘 모르고 있습니다. 한국의 해인사나 다른 절에서 일본의 불교신자를 위하여 기증한 것들이라는 말을 들은 일은 있습니다. 불상과 같은 것은 불구를 판매하는 사람들로부터 구입하기도 했구요."

이 안내자 역시 '미안합니다'라는 말을 자주 되풀이했다. 그 분야 전문가도 아닌 안내자에게 자꾸 자세한 것을 묻는 것도 실례가 되겠다는 생각에 질문을 포기했다. 그뿐 아니라 전시실에는 눈길을 끌어당길 만한 것이 있는 것 같지도 않았다.

그러면서도 마음은 계속 조금 전에 촬영한 유마도 상자 뚜껑 속의 글로 쏠렸다. 어서 귀국해서 궁금증을 풀어야겠다는 조급증이 나의 마음을 바쁘게 만들었다. 유하마도가 아니라 '유마도'를 직접 본 것만 해도 다행이란 생각을 하면서 전시실을 나왔다.

시계를 보니 이미 2시가 넘었다. 나오면서 종무소 직원에게 주지에게 인사도 못하고 급하게 떠나게 되었다면서 감사하다는 인사를 전해 달라고 부탁했다.

밖으로 나오니 비로소 시장기가 엄습했다. 오전에 온 길을 급히 되돌아 나가며 택시가 있는지 살폈다. 간혹 지나가는 택시가 보이긴 했으나 모두 손님이 타고 있었다.

연못 옆길에서는 여신도 여러 명이 빗자루로 깨끗한 길을 또 쓸고 있다. 절 입구에 있는 요사채 같은 건물에서도 여신도들이 유리창을 닦고 있다. 점심 공양을 끝낸 뒤 오후 작업에 나선 것 같았다.

"저기서는 택시 잡기가 쉽나요?"

청소를 하고 있는 한 여신도에게 절 입구 세 갈래 길을 가리키며 물었다.

"저기선 택시 잡기가 매우 힘듭니다. 택시를 타고 절에 오시는 분이 계시면 몰라도 그렇지 않으면 전화로 택시를 불러야 합니다."

"역시 그렇군요. 택시를 어떻게 부르죠? 부르는 방법을 좀 가르쳐 주시겠습니까?"

여신도는 내가 이곳 사람이 아닌 것을 알아차렸는지 더 상냥했다.

"어디까지 가시려구요?"

"전철을 타는 곳까지만 가면 됩니다. 그곳에서 전철로 바꿔 타고 역으로 가면 되니까요."

이 여신도 역시 자신의 휴대전화로 택시를 불러 주겠다면서 주머니에서 전화를 끄집어냈다. 그리고 전화를 해 주었다.

조금 있자 빈 택시가 나타났다. 가까운 전차 정거장까지 가려던 나는 홀가분해진 기분으로 내친 김에 다카마츠역까지 갔다.

일본 택시비가 비싼 줄은 알고 있었다. 그러나 생각보다 훨씬 많이 나왔다. 40분 뒤 떠나는 오카야마행 특급열차표를 사고 난 뒤에야 비로소 몰려드는 허기에 역 구내식당을 찾았다.

우동으로 간단히 요기를 한 뒤 시계를 봤다. 출발까지는 아직도 여유가 좀 있다. 역 앞으로 나갔다. 바로 곁에 시민공원이 있어 발을 옮겨 그 안을 기웃거렸다. 일요일인데도 공원은 한산했다. 입장료도 받지 않기에 몇 걸음 들어갔다. 그러다가 자칫 열차시간이라도 놓칠까 걱정이 되어 주위를 휘익 둘러보고 역으로 되돌아와 버렸다.

오카야마행 특급열차 안에서 휴대전화를 다시 열어 봤다. 절에서 찍은 유마도와 관계된 사진을 한 컷씩 꼼꼼히 살펴보았다. 도대체 어떤 곡절로 유마도가 호넨지라는 일본의 그 절까지 가서 창고 안 깊은 곳에서 잠자고 있었을까? 새삼 궁금했다.

순간 어쩌면 뚜껑 안쪽에 적혀 있는 글이 그 비밀을 모두 밝혀 줄 수 있을지 모른다는 생각이 들었다. 하지만 글의 내용을 대강 짐작해서 멋대로 판단해서는 될 일이 아니다. 정확하게 번역이 되지 않아서는 안 될 것 같았다. 부산으로 돌아가서 글의 뜻부터 완벽하게 읽어낼 수 있는 전문가를 찾아 그의 신세를 져야겠다는 생각을 하며 글자 한 자 한 자씩을 다시 읽어 봤다.

오카야마로 가는 세토대교를 건너면서 차창 밖을 내다봤다. 바깥 풍광은 다시 봐도 한 폭의 그림이다. 저렇게 빠른 세토나이해의 물살을 타고 조선통신사의 사행선이 저 섬 사이를 빠져나갔다니 믿어지지 않았다.

오카야마 역에 내려서 시계를 보니 하오 4시. 나는 잠시 망설였다. 여기서 묵고 월요일 아침 일찍 출발하는 것이 좋을지, 아니면 신칸센 초고속열차를 타고 후쿠오카까지 가서 거기서 자고 아침 일찍 한국으로 가는 것이 좋을지를 생각했다.

후쿠오카항 국제터미널에서 한국으로 가는 쾌속여객선은 낮 12시 30분과 오후 2시 30분이다. 약간 피곤했지만, 후쿠오카행 신칸센 열차를 타기로 했다.

신칸센 열차 안에서도 몇 번이고 나는 그림 뚜껑 안에서 촬영해 두었던 한문 글자를 한 자 한 자씩 읽어 봤다. 그리고 그게 정확하게 무슨 뜻인지를 생각하고 또 생각했다. 차츰 짐작은 갔지만 역시 정확한 내용에 대해서는 자신이 없었다.

부산에 도착한 나는 서둘러 한문을 전공하는 교수부터 찾아가 뚜껑 안에 쓰여 있는 글자의 해석을 부탁했다. 초서라면 흘려 쓴 것이어서 그것을 해석하는 '해초'의 과정이 필요하다. 그러나 이 글의 해석에는 그런 과정이 필요 없었다. 한 자 한 자를 또박 또박 정자로 써 놓았기 때문이었다.

그러나 그 교수는 일본에서 쓰는 한문문장과 중국이나 한국에서 쓰는 한문문장은 표현에서 미묘한 차이가 있을 수 있다고 했다. 해석이 어려울 것 같지는 않지만 그런 차이까지 고려한다면 약간의 시간이 필요할 것 같다고 했다.

"관정 4년 임자년 정월이 언제인지 알 수는 있겠죠?"

"물론이죠. 그건 간단합니다. 임자년(壬子年)은 육십갑자의 마흔아홉째죠. 최근의 임자년이 1972년이니까 그걸 기준으로 60년씩 계산하면 됩니다. 관정(寬政)은 일본 연호입니다. 이건 일본의 연호표를 보면 쉽게 알 수 있는데 이 둘이 합쳐지는 해를 계산하면 여기서 적어 놓은 임자년이 언제인지는 쉽게 알 수 있습니다."

그 말을 듣고 보니 언제부터 유마도가 호넨지에 보관되어 있었는지 그 시기를 아는 것은 간단했다. 우선 임자년이라는 것이 확실해졌기 때문이다. 그것만 해도 궁금증 하나는 쉽게 해결된 것 같았다.

그림의 낙관 위에 기록되어 있는 글자도 머리에 떠올렸다. '세기해초하 동화술재사'라고 적혀 있지 않은가. 그것은 화가 자신이 기해년 초여름에 그린 그림임을 스스로 밝히고 있는 것이다.

기해년이 언제인가. 변박이 태어난 때가 1741~1742년쯤이니까 그 이전의 기해년은 해당되지 않는다. 1719년이 기해년이긴 하지만 이 해는 변박이 태어나기도 전이어서 계산 밖이다. 그가 태어난 뒤의 첫 번째 기해년은 1779년이다. 그리고 그 다음 기해년은 1839년이다.

변박이 몰한 연대는 아직 정확하게 밝혀지지 않았다. 다만 1780년대 전반까지 살아 있었던 흔적은 있다. 그러나 1백 살 가깝게 살았다는 흔적은 어디에서도 찾을 수 없다. 그렇다면 그가 유마도를 그린 해는 1779년이라고 단정해도 이상할 것은 없다.

마침내 나는 변박이 유마도를 그린 해가 1779년 기해년이라고 결론을 내렸다. 그런 결론을 얻을 수 있어 기뻤다. 그러나 그림을 그린 기해년은 그가 조선통신사 사행원으로 일본에 가 있던 계미년이나 갑신년보다는 15~16년이나 뒤의 일이었다.

유마도가 변박의 그림에는 틀림없지만 일본에서 그가 일본인에게 직접 그려 준 것이 아님도 확실해졌다. 그의 일본에서의 활동을 모두 추적했지만 결론은 역시 마찬가지였다. 유마도를 그린 시기는 그가 일본에 갔다 왔을 때보다 훨씬 뒤의 일이었다는 것이 이로써 자명해진 것이다.

나는 변박이 일본에서 유마도를 그렸을 것이라는 '가정'을 지워 버렸다. 힘들여 『사행록』을 읽고 호넨지를 찾으며 고심했던 것도 결국 변박이 유마도를 사행기간에 그리지 않았다는 것을 확인하기 위한 과정이었다. 허탈했지만 그게 소득이었다.

유마도를 사행기간에 그리지 않았다면 그 그림은 동래에서 그린 것이 분명하다. 그런 그림이 어떻게 일본인 손에 넘어가게 된 것일까. 그리고 그림을 넣어 둔 통의 뚜껑에 쓰여 있는 것처럼 대마수에게 건너가게 된 것일까. 그 대답은 그림이 든 나무상자 뚜껑 안쪽에 있는 짧은 문장에서 찾을 수 있을지 모른다.

관정 4년 임자년 정월

뚜껑 안에 적힌 문장의 자세한 내용을 아직은 구체적으로 알수 없다. 유마도가 호넨지에 전해진 내력을 적고 난 뒤 밝혀 놓은 날짜가 바로 임자년 정월이라는 사실뿐이다. 그렇다면 임자년 정월은 당연히 그림을 그린 날보다 뒤라야 한다.

변박이 스스로 그림을 그렸다고 밝힌 1779년 기해년 뒤 맨 먼저 찾아온 임자년은 1792년이다. 그 뒤의 임자년인 1852년에는 변박이 살아 있을 수도 없었고 호넨지에 이 그림이 전해졌을 가능성도 없다. 그때는 이미 메이지유신을 앞둔 에도막부가 한일관계에서 힘이 빠져 조선통신사 왕래나 문화교류에 행정력이나 예산을 쏟기는 어려웠기 때문이었다.

나로서는 이 정도만 해도 얻은 게 많았다. 그림 추적은 이 정도에서 끝내도 좋겠다는 생각도 들었다. 그래도 한 장의 그림이 일본의 산속 오래된 절에서 발견됐다는 것은 여전히 흥미로운 일이다.

나무상자 뚜껑 안의 문장을 읽고 또 읽었다. 되풀이 읽으며 내용을 이렇게도 해석해 보고 저렇게도 해석해 봤다. 대략의 짐작은 갔다. 그러나 한자로 된 문장을 어디서 띄어 읽어야 정확하게 이해할 수 있을지는 나의 능력으로는 알기가 어려웠다.

며칠 뒤 뚜껑 안 문장의 의미를 개략적으로 번역한 내용이 전해져 왔다. 그러나 그 내용은 내가 기대했고 알고 싶어 했던 바와 딱 맞아떨어지지는 않았다.

번역을 해 준 교수 역시 한국과 일본의 한문문장에는 해석의 차이가 있을 수 있다고 전제했었다. 뜻은 충분히 알 수가 있으나 묘한 문화적 차이가 있을 수 있으니 그것을 감안하라고 했다. 일본의 역사적 사실이 문장 속에 녹아 있을 경우 한문의 번역은 되더라도 그 나라 역사를 모르는 사람에게는 이해에 어려움이 있을 수 있다는 말이겠지. 나는 변박의 이 그림에서도 그런 차이가 있을 수 있다는 설명으로 해석했다.

번역 내용은 대강 다음과 같았다.

조선인 술재의 두루마리의 작품 하나가 대마도 높은 분의 후

실인 데이신인님에 의해 이 절에 보내졌다. 이 절의 직분을
맡고 있는 심예의 부탁에 의해서 호넨지가 영원히 이 그림을
보관하게 되었다

관정(1792년) 4년 임자년 정월

번역문 끝에 각주를 달아 이해를 돕도록 하는 등 번역자는 세
심한 배려를 아끼지 않았다. 술재는 변박의 호라는 것과 그가 조
선통신사 사행 때 기선장으로서 일본에 갔다 왔다거나, 데이신인
은 대마수 후실의 당호로 보인다거나, 또 당산은 '이 절'로 해석
할 수 있다는 점과 심예는 다소 애매하지만 절의 직분을 맡은 사
람으로 해석하면 될 것 같다는 것 등이었다.

그동안 조선통신사 관련 책들을 읽어 온 나로서는 심예가 과연
절의 어떤 직분의 사람을 말하는 것인가는 다소 의심스러웠다. 법
명이 아닐까 하는 생각도 들었으나 이런 부분은 밝혀내기가 쉽지
않았다. 또 전체의 뜻을 알고자 하는 데 결정적인 걸림이 아니면 그
냥 넘어가도 무방할 것 같다는 생각도 들었다.

이렇게 짧은 글 속에서도 문화와 제도에 따라 해석이 달라질
수 있다는 것을 새롭게 배웠다. 그렇기 때문에 생각이 날 때마다
나는 휴대전화를 열어 사진으로 찍어 두었던 뚜껑 속의 그 문장
을 다시 읽어보고는 했다.

다행스럽게도 최대의 걸림돌이었던 뚜껑 속의 한문은 그 내용
을 이렇게 해서 대략이나마 이해할 수는 있게 되었다. 그러나 그
것으로써 호넨지에서 유마도를 보관하게 된 과정까지는 환안하
게 밝혀낼 수가 없었다.

'이제 이 문제는 이 정도에서 만족하자.'

그림의 행로가 나를 잡고 계속 미궁으로 빠져 들어가는 것 같았다. 그래서 이쯤에서 미궁 속으로 끌려 들어가는 것을 그만둘 생각을 했던 것이다. 그러나 막상 생각을 접으려 했지만 마치 알 수 없는 무슨 덫에라도 걸린 것처럼 도저히 잠을 이룰 수가 없었다. 언덕 하나만 더 넘으면 지평이 보일 것 같은데 여기서 좌절할 수는 없다는 생각이 나를 자꾸 채근하는 것 같았다.

유마도는 신조인을 돕는 후실 데이신인의 손을 통해 호넨지로 넘어갔다. 대마수는 대마번주 자신일 수도 있다. 아니면 당시의 계급체계에 따라 번주보다 한 단계 아래 지위의 사람에게 붙여 준 관위일 수도 있다.

임진왜란 때의 번주는 소 요시토시였다. 그러나 당시의 대마수는 다카마츠 출신이었던 일도 있다. 소 요시토시가 임진왜란 때 침략군의 선봉장으로 참전하자 다카마츠 출신이 대마수가 되어 번의 행정을 꾸려나갔던 역사가 그것을 설명해 준다. 그렇다면 유마도가 호넨지에 전해질 때의 대마수는 구체적으로 어떤 사람이었을까. 그도 다카마츠 출신이었을까. 그렇기 때문에 데이신인도 다카마츠에서 시집왔던 여인이었을까.

신조인은 소 요시나가 번주의 정실이었다. 데이신인은 신조인을 도왔다. 그렇다면 데이신인의 이름 앞에 '대마수의 후실 종 데이신인(貞心院)'이라고 한 것에 대해 궁금해할 것은 없다.

자리에 누웠던 나는 잠자리를 걷어차고 일어났다.

덮어 두었던 대마도 역사연표를 다시 펼쳤다. 데이신인이 호넨지에 유마도를 보냈다는 임자년, 그때의 대마번주는 정확하게 누구였을까를 찾아보기 위해서였다.

당시의 번주는 29대 소 요시카쓰였다. 그는 1778년에 번주가 되어 1812년에 죽었다. 그의 재임 중인 1792년에 유마도가 호넨지에 전해졌다. 재임기간이 32년. 역대 번주들보다 훨씬 길다. 어째서 재임기간이 그렇게 길 수 있었을까.

다시 연표를 자세히 들여다봤다. 놀랍게도 이 연표에는 같은 이름으로 29대 번주가 두 명이 등재되어 있었다. 두 명을 한 명인 줄 알고 재임기간을 한 명으로 계산했으니 길 수밖에 없었다.

한 명은 1778년에 번주가 되었다가 겨우 7년 뒤인 1785년에 죽은 요시카쓰 번주다. 그리고 두 번째 29대 번주는 1785년에 번주에 올랐다가 1812년에 죽는다. 이 둘이 32년간 대마도를 지배한 것이다. 자칫하면 한 명으로 볼 수도 있다. 동명이인이 잇달아 번주를 하다니 이상한 일이 아닐 수 없다.

보통의 경우 동명이인이 대를 이어가며 한꺼번에 번을 지배하는 경우는 없다. 그렇기 때문에 지레짐작해서 나는 29대 번주가 한 명인 줄로 생각해 버렸던 것이다. 그리고 그가 32년간 대마도를 지배했던 것으로 잘못 본 것이다. 연표를 스쳐 보면 그럴 수도 있을지 모른다.

그래도 그렇지 두 사람이 같은 이름으로 잇달아 번주를 하다니. 다른 연표도 다시 살펴봤다. 그 연표도 앞의 소 요시카쓰 번주는 29대, 뒤의 소 요시카쓰 번주는 30대로 구분해서 기록해 놓고 있었다. 또 다른 연표는 29대는 소 요시카쓰 번주뿐이고 30대는 이름이 전혀 다른 소 요시타다로 되어 있었다. 앞선 2명의 번주를 29대로 함께 묶어버리고 다음 차례의 번주를 30대로 따로 밝혀 놓은 것이다. 가지각색이다. 희한한 일이다.

가장 정밀하고 정확해야 할 역사 연표가 어떻게 해서 이렇게 뒤죽박죽일 수가 있는가.

기필코 여기에는 무슨 곡절이 있을 것이다. 그 곡절 속에는 변박이 한 번도 스쳐 간 일이 없는 호넨지가 불쑥 등장하고 있다. 생각이 여기에 미치자 잠은 완전히 달아나 버리고 정신만 말똥말똥해졌다.

대마민속자료관이 펴낸 『대마종가 역대도주(對馬宗家歷代島主)』 표를 다시 펴보았다. 29대와 30대는 번주 이름이 분명히 다르다. 번주들의 혼령을 모시는 만송원이라는 절에서 펴낸 역대 번주표도 29대와 30대를 다른 사람으로 구분하고 있다. 마지막으로 최근에 발행된 무게 있는 역사책 『대마삼국지』 전 3권을 폈다. 여기는 29대와 30대가 같은 이름의 다른 사람이었다. 이름은 같고 사람은 다르다니, 그런데 이 책에는 이 둘이 형제라고 분명히 밝혀 놓았다.

형제가 어떻게 이름이 같은가. 속명이나 유아명과 번주명은 다를 수도 있다. 그런데 번주가 된 뒤 각각의 속명을 던지고 형제가 구태여 꼭 같은 이름의 번주명을 쓴다는 것은 이상하다. 여기에 깃들어 있을 무슨 사연이 있을지도 모른다. 그 사연이 궁금해졌다.

방대한 저서라고 할 수 있는 『대마삼국지』의 그 부분 기록을 다시 찬찬히 챙겨 짚어 가면서 읽어 봤다. '소씨 가문의 계승문제를 둘러싼 소란'이란 항목이 눈을 확 끌었다. 소란? 그때 무슨 소란이 있었던 것인지를 밝혀보면 29대 번주의 수수께끼가 풀릴 수 있지 않을까.

대마도 26대 번주는 소 요시유키였다. 그의 동생이 27대 소 요시시게였다. 여기서 번주는 꼭 아들에게만 승계되는 것이 아니라 동생에게도 승계되고 있다는 사실을 알 수 있었다.

28대 소 요시나가는 26대 소 요시유키의 아들이다. 그러나 나이가 어려 아버지로부터 바로 번주의 자리를 이어받지 못했다. 대신 삼촌 요시시게가 번주를 이어받고 아들인 요시나가는 삼촌인 요시시게에게 양자로 입양된다. 그랬다가 자란 뒤 삼촌으로부터 번주의 자리를 이어받는다. 요시시게의 조카이자 양아들인 요시나가가 28대 번주가 되었고 그의 아들이 첫 번째 29대 요시카쓰가 된 것이다.

두 번째 29대 번주인 소 요시카쓰 재임 때인 1792년에는 유마도가 호넨지에 전해진다. 그로부터 9년 뒤인 1811년에는 조선통신사가 대마도까지만 왔다가 갔다. 에도까지 갔던 조선통신사가 왜 대마도까지만 왔다가 되돌아갔던 것일까.

그러나 그다음 30대 번주부터는 번주 습직에 별다른 이상이 없었다. 그렇다면 틀림없이 28대 소 요시나가 번주로부터 두 명의 동명이인이 번주로 재임했던 29대 소 요시카쓰 번주 시대의 상황을 자세히 살펴볼 필요가 있을 것 같다. 그러면 유마도의 행방에 대한 어떤 단서가 잡힐지 모른다.

작가의 말

여기까지가 제가 '유마도'의 행적을 쫓은 내용입니다.

변방 동래의 화가 변박. 그는 궁중 도화원 출신이 아니어서 조선통신사 공식화원으로는 선발도 되지 못했습니다. 동래부사 시절 그를 눈여겨봤던 정사 조엄이 사행선 선원으로 발탁, 그는 비로소 일본에 갔다 오게 됩니다. 재능은 꽃과도 같아 산속에서도 필 때가 되면 아름다운 꽃을 피운다는 것을 그가 남긴 작품이 말해주었습니다.

한양이 아닌 동래 변방의 화가 변박의 그림이 이제 세계기록유산의 반열에 올랐습니다. 조선통신사 유네스코 세계기록유산으로 등재 신청이 되었기 때문입니다. 그가 그린 그림의 좌표가 243년 만에 다시금 조명 받지 않을까 생각합니다.

그의 그림 〈유마도〉를 학자들까지도 〈유하마도〉라고 부른 것은 실수였습니다. 소설 『유마도』가 그런 실수를 바로잡는 계기가 되었으면 합니다. 문학이 현실을 광정하는 또 하나의 예가 될 것이라고 생각합니다.

이 소설을 쓰면서 능력의 한계를 많이 느꼈습니다. 역사적 사실의 픽션화 정도가 늘 문제였습니다. 사실의 고증 없는 스토리 전개는 황당하다는 생각이 들게 했고, 사실에 치중하면 역사 교과서를 닮아 문학성이 떨어지는 것 같았기 때문입니다. 유진복의 죽음에 이르는 과정이 너무 긴 것 같아 혹시 긴장감이 떨어지지 않았나 하는 우려도 있었습니다. 최천종의 죽음은 극화의 충동을 받았지만 원전과 너무 떨어져서는 안 되겠다고 생각했습니다. 특히 〈유마도〉가 호넨지에 전해지는 과정에서 어쩔 수 없이 대마도의 역사를 더듬어야 했는데, 이 또한 역사와 허구의 충돌에서 번민이 있었던 것도 고백합니다.

이 소설을 쓰면서 다시금 깨친 것이 있습니다.

평화는 저절로 오는 것이 아니라는 엄중한 사실이 그것입니다. 임진왜란을 겪은 뒤 조선통신사가 일본을 오가는 200년 이상 조선과 일본에는 전쟁이 없었습니다. 우리의 선조들은 황파를 헤치면서 수많은 목숨을 희생시켜야 했고, 결코 방심하지 않고 평화의 터전을 다듬었기 때문입니다. 시간을 초월해서 지금의 우리에게도 유효한 나침반은 아닐까 생각하게 했습니다.

변박이 변방에서 그림을 그렸던 것처럼, 변방의 무명작가가 부산에서 쓴 소설 『유마도』가 양질의 도서를 출판하고 있는 지방의 출판사 '산지니'에서 출간된 것을 뿌듯하게 생각합니다. 좋은 작품이 되도록 편집과 교정, 디자인 등에 힘을 쏟아주신 출판사 여러분들에게 고맙다는 과장 없는 마음을 전합니다.

2017년 11월
해운대에서 강남주